岁月的注脚

罗高　著

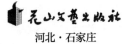

花山文艺出版社

河北·石家庄

图书在版编目（CIP）数据

岁月的注脚 / 罗高著. --石家庄：花山文艺出版社，2025.1. --ISBN 978-7-5511-4325-7

Ⅰ.I267

中国国家版本馆CIP数据核字第20245K9S13号

书　　名：**岁月的注脚**
SUIYUE DE ZHUJIAO

著　　者：罗　高

责任编辑：刘燕军
封面设计：中尚图
美术编辑：王爱芹
出版发行：花山文艺出版社（邮政编码：050061）
　　　　　（河北省石家庄市友谊北大街330号）
销售热线：0311-88643299/96/17/34
印　　刷：三河市中晟雅豪印务有限公司
经　　销：新华书店
开　　本：880毫米×1230毫米　1/32
印　　张：8.5
字　　数：198千字
版　　次：2025年1月第1版
　　　　　2025年1月第1次印刷
书　　号：ISBN 978-7-5511-4325-7
定　　价：68.00元

— 谨以此书致敬我的祖母 —

自序
Preface

◌ 岁月留香 ◌

时光如水，日月如梭。当我翻开尘封的相册，仿佛打开了时光的闸门，那些被定格的瞬间，鲜活、流香、恬然地带着我走过了青春的岁月。

稚气未脱，笑容灿烂的小学生，在操场追逐，在教室憧憬，在荷塘山野放歌，少了烦恼，不添忧虑；些许成熟，眼神忧郁的中学生，为赋新诗强作愁，为得佳句苦思量，为书新章强寻韵，多了忐忑，增了青涩；各种留影，不同场景的工作照、生活照，青春的装扮，奋斗的梦想，坚毅的脚步，写满幸福、彷徨、拼搏。

纯色单一的幕布前，一把方椅上坐着位精神矍铄的老人，发髻高盘，对襟大袄，端庄高贵，面带微笑。身旁站着一位身着条纹毛衣背心、警服裤子的孩童。这一对祖孙就是我和祖母。这张黑白照片，是我未曾上学前拍的。小时候，祖母总是用她那温暖的手掌拉着我，告诉我遇事不要急躁，人生路上的坎坷和挫折是常态，只有勇敢面对才能成长。她的话语像一缕春风，温暖而清新，滋润而富足，一直陪伴我初为人父。如今，再也听不到她温暖的语言、和善的言辞了。事务繁杂，心境不佳时；疾病缠身，痛苦不堪时；努力求索，闲暇放松时——这张照片都会给我带来力量，导我前行。沉稳内敛、宽以待人、热情待事……祖母身上闪耀的众多优良品行，如珍珠点点，串接和装扮起我多彩的生活。

在某次作协活动中，我有幸结识了一位老作家。他是一个充满生活情趣的人，平日里喜欢品茶、游山玩水，尽情享受着美好的老年生活。令人惊叹的是，他每天都会坚持写一首诗，并且精心配图，然后发给我作为祝福——"纵使冷风像标签一样，贴在门外，一壶春红依然醒来""黄昏不令人期待，街灯又为何亮起来，且将翘首假饰了顾盼""云的多余部分，伞也在抵御，淌在街头无人收留的雨""黄昏，像块精致的刹车片，白天戛然而止后，留下一道长夜的痕迹"……在他的眼里，万般皆为景，注情流笔端，他的诗作充满了对生活的热爱和对自然的敬畏，每一首都洋溢着诗意的美好。他说从不让自己过于劳累，也不让自己的兴趣成为负担，这种豁达的心态使他在晚年生活中过得充实而愉快。

正是这种态度，让我深受启发。我们常常为了追求自己的梦想而忽略了生活的美好。而这位老作家却告诉我们，要让自己的兴趣成为生活的点缀，而不是成为我们的负担。所以，他的诗，每一首都充满了对生活的热爱和对自然的敬畏。他的文字，如同清泉一般，洗涤着我的心灵，让我感受到生命的美好和意义。

在温暖的夏日午后，小男孩兴高采烈地在沙堆上玩耍。沙子如同魔法般流动，在他稚嫩的手指间穿梭。他专心地筑起一座座沙堡，嘴角挂着无忧无虑的微笑。然而，就在他全情投入时，一阵风吹来，沙子随风起舞，小男孩的新衣裤瞬间变得脏兮兮的。看着满是沙渍的衣裤，他的脸上闪过一丝惊慌，但很快又被笑容取代。此时，奶奶取完快递回来，看到孙子满身沙土脏兮兮的样子，忍不住责备了几句。小男孩却一脸无所谓的态度，他笑着说："奶奶，没关系啦！衣服脏了可以洗，只要玩得开心就好。"

奶奶听了，不禁笑了起来。她走过去，轻轻抱起孙子，眼中满是宠溺。她知道，这个小小的身躯里，藏着一份难得的纯真和豁达。在小男孩的世界里，快乐是最宝贵的财富，远胜过一切物质的拥有。

孩童的纯真，是成年人早已遗忘的奢侈回忆。我寻求的富足，并非物质的丰盈，而是心灵的满足。我生来就不爱权力的诱惑，权力的争斗让我心生厌倦。商海波涛，我亦无意涉足，斤斤计较绝非我所愿，那种被制度束缚的生活，我更是一向拒绝。我向往的是无拘无束的自由，是灵魂的飞翔。我以笔墨为舟，以文字为帆，漂浮在思想的海洋，与世界对话。我所求不多，唯愿在这纷扰的世界里，找到一片属于自己的宁静之地，安放那颗不愿被世俗所圈困的心。

给岁月留段香吧！像美酒那样，岁月沉淀，历久弥香，不因时光的流转而淡去，反而在年华的窖藏中，散发出迷人的芬芳。"莫惧岁月匆匆逝，何妨静候香满枝。壶中日月长如酒，谁叹！一段芳华醉梦时！"该是何等雅致！

给岁月留段香吧！像古董那样，历史的痕迹时光的印，熠熠生辉岁月河长。不逐潮流不羡华，珍视时光品真章。"流水淘沙不暂停，前波未灭后波生。"该是何等沉静与从容！

给岁月留段香吧！像茶那样，细细品味，慢慢感悟，于时光之河，我们不只是匆匆过客，更应做品茗之人。"无由持一碗，寄与爱茶人。"品味那"松风吹解带，山月照弹琴"的雅致，陶醉于"竹影扫阶尘不动，月穿潭底水无痕"的清幽，该是何等惬意与悠然！

给岁月留段香吧！像诗歌那样，用最美的语言记录生命中的点滴。"繁华事散逐香尘，流水无情草自春。"让每一个字句都如同"采菊东篱下，悠然见南山"般悠然自得，让每一段回忆都如同"风萧萧兮易水寒，壮士一去兮不复还"般慷慨激昂。这该是何等浪漫与深邃！

繁花之盛，盛在"春色满园关不住，一枝红杏出墙来"；
溪流之清，清在"潺潺流水绕村行，野径花香伴客行"；
月光之静，静在"月出惊山鸟，时鸣春涧中"。

给岁月留一段香吧！学会珍视每一个瞬间，感受每一个细节，品味每一个过程。在岁月的长河中，我们要成为那个散发着芬芳的香水瓶，让自己的生命之旅变得更加美好！

2024 年 1 月 1 日于杭州

目 录
Contents

第三辑

人间清欢

第五辑

诗意芳华

第一辑／

风华正茂

一元复始，载梦起航

一元复始，万象更新。岁月匆匆，又迎来了一年新的征程。古人有言："春日宴，绿酒一杯歌一遍，再拜陈三愿……"今我亦步古人之后尘，许下新年之愿，开启全新篇章。

新年新气象，愿亲人安康，家庭和睦。父母退休，曾一度无所适从，作息紊乱，身体欠佳。幸得我的耐心劝说，他们终于参加了附近的老年旅行团，拍照留念，欢声笑语，乐在其中。新的一年，我将继续为他们策划多彩活动，让他们在享受生活的同时，增强体质，焕发青春。妻子默默付出，为家庭操持；子女勤奋好学，我为他们送上按摩椅，愿他们在忙碌之余，得以放松身心，笑口常开。家，是温暖的港湾，我将倾注更多心血，守护这份小小的幸福。

新年新气象，愿友谊长存，情深义重。人生旅途，知己难寻。在过往的岁月中，有幸结识诸多挚友，共同度过欢笑与泪水交织的时光。新的一年里，愿我们依旧携手并肩，相互扶持，在人生的道路上共同前行。无论风雨兼程，还是阳光明媚，都愿我们的友谊如同陈年的美酒，愈久愈醇，愈品愈香。让我们在忙碌的生活中，不忘彼此的关怀与陪伴，共同书写属于我们的精彩篇章。

新年新气象，愿自己砥砺前行，再创佳绩。工作是我立身之本，亦是我展现才华之舞台。唯有保持斗志昂扬，刻苦钻研，勇攀高峰，方能演绎精彩人生。我将与人为善，携手共进，营造和谐共事氛围。同时，我将摒弃陋习，克服慵懒，虚心向长者、智者、能者学习，倾听他们的智慧之声。在热爱的写作之路上，我将不断探索，用平凡的笔触描绘生活的多彩画卷，以真挚的情感传递真善美的力量。愿我如一道光，照亮前行的道路，折射出生活的精彩纷呈。

新年新气象，愿山河无恙，国家昌盛。每当听到"请党放心，强国有我"的誓言，我深感自豪，为国家的强大和民族的自信而振奋。我深知，家国一体，国富民强。愿这片热土上的每一个人，都能享受到幸福的时光：男子把酒言欢，壮志凌云；女子互诉梦想，魅力四射；老人万事如意，晚年幸福；孩童学业有成，为中华之崛起而读书。愿我们的国家在新的一年里更加强大，更加繁荣昌盛，让每个人都能在安宁与和谐中享受幸福的生活。

岁月如歌，记忆如诗。新的一年，让我们怀揣美好憧憬，坚定理想信念，扬帆起航，乘风破浪。愿我们在新的征程中，不断追求卓越，创造更加辉煌的明天！

春风吹，绘春色

古代的春分有三候："一候玄鸟至，二候雷乃发声，三候始电。"华中农谚："春分麦起身，一刻值千金。"春分花信："一候海棠，二候梨花，三候木兰。"春分悄然而至，春季也便款款而来。冰融了，雪化了，春姑娘推开家门奔向了院外……

假如把季节比作一套画册的话，春天一定是最诗意、最精彩的一幅。春风拂面，万物复苏，花红柳绿，草长莺飞，流水潺潺。无论是身与心都散发着"千里莺啼绿映红"的蓬勃气息。

万紫千红、五彩缤纷是画册封面。你瞧：山野大地瞬间换上了崭新的外衣，鲜艳的红，清新的绿，娇艳的粉，明媚的黄……是凌空飞舞的风筝，是撒欢儿奔跑的马羊，是山间汩汩清泉，是庭院追闹的孩童。姹紫嫣红道出了春之欢快热烈的主旋律。

画册的类别可多啦！春耕是唤醒春的使者，清代姚鼐《山行》就最为贴切地传递："布谷飞飞劝早耕，春锄扑扑趁春晴。千层石树遥行路，一带山田放水声。"人们三五成群地迈向田野，春游踏青，放松身心的同时领略祖国大好河山之壮美，让人不禁自吟："三月三日天气新，长安水边多丽人。"万木吐翠，芳草茵茵，阳光和煦，空气清新，置身于这如诗如画的环境中，文人墨客岂能不抒情寄思？"种柳坚堤非买春"，想想吟哦畅欢的情境就不失为一种青春之美！

绿色当称是画册的主页。春色萌动，各种绿意如雨后春笋般拔节伸腰、竞相露脸，有立于山巅的迎客松枝，有展于坡间的葱茏藤蔓，有站于道边的梧杨槐柳，有植于园舍内的桃李果樟……其形状多姿多态，有的吐出点点新蕊，有的甩出根根垂条，有的张开把把花伞，有的亮出亭亭身姿。小草是线条，梯田是轮廓，山峦河流是布局。目之所及的绿就如同一页页的工笔白描与水墨写生。

春声是画册的点缀。春雨阵阵，细雨蒙蒙，嫩芽吮吸，小草洗澡；行于天地，漫步旷野，鸟雀的欢鸣，虫草的呢喃；"儿童散学归来早，忙趁东风放纸鸢。"一切都把春的讯息播报。餐桌上的美味佳肴，来往交谈间的快意品咂，春声春味的点面结合，使每一幅画作都情味浓郁、意味深刻。

"泉水叮咚，泉水叮咚，泉水叮咚响……"哼着歌谣，踩着微风，享受着多彩杂糅的曼妙诗情，人们也将憧憬并描绘属于自己的那份精彩。

捡拾春色，描绘春色，装点这份精美的画册吧，我们的一切奋斗、奋进、创业、创新……也都随之奋楫再出发！

觅得春光入诗来

在城市，举手投足间一抹新绿的惊喜；在乡村，闲暇休憩中鸟鸣的喃喃；在林间，闻风而动下的朵朵清香。我知道，那是春天与我握手，好觅得春景入诗来。

"春风吹，春风吹，吹绿了柳树，吹红了桃花，吹来了燕子，吹醒了青蛙……"在阵阵朗读声中，叫作春风的画师开始忙碌了。她手执画笔，携带五彩瓶，在城市与乡村间设计，在河流与平原间勾勒，在山川与沟壑间丈量。"春风知别苦，不遣柳条青"，她轻柔地梳理根根柳条，为之插上柳花，用整齐的刘海把温情传递；"春风一夜吹乡梦，又逐春风到洛城"，她为奔跑前行的游子解梦，眼里心里满是乡声乡情；"东风知我欲山行，吹断檐间积雨声"，她的热情大方，吹醒了无数个迷离困惑，翻涌着盎然生机与和煦温暖。她何曾仅限于"不知细叶谁裁出，二月春风似剪刀"的神奇呢？

春花艳艳，春草萋萋。天气渐暖，草芽含青，此时正是"草色遥看近却无"的时段，昨天还是一朵朵零零散散，今天就一簇簇相谈甚欢，道着沉淀一冬的知心话；它们竞相开放、雀跃秀技，浪漫着空气，点缀着自然，舞动了行人，染尽了相框。放眼看去，枝干扶疏，花朵丰腴，漫山一抹红阳间，年迈的老人正扶杖凝视，似乎在花间看到了过往的青春年华；健步的青年正大摆身姿，与迎春花共荣光；小孩子则三五成群席地而卧，倾听种子萌发的躁动。可谓"嫩绿柔香远更浓，春来无处不茸茸"！

"春雷响，万物生""细雨吞平野，余寒勒早春"。春雨的好，是在清爽的风中送来的，如多情的女子，拂拭长袖，用指间的温柔慰藉你疲惫的心。走进雨幕中，你可以呼应这方世界的律动，倾听彼此心跳的声音：感受朱自清"春雨像牛毛，像花针，像细丝……"那般寻常百姓的烟火气；体会季羡林听雨习文的快意，此时有声胜无声地溢满了的青春活力；闻嗅余光中笔下淡淡薄荷香味的雨气空蒙而迷幻的诗意；走进郑振铎勾勒的春景，享受如毛细雨由天上洒落，花草树木、虫鱼飞燕的激情与力量……

"一畦春韭绿，十里稻花香。"寻春、赏春的路上不能缺失品尝春天美食的清香味道。食材在此季生长，美食在此季上桌，葱绿的韭菜饼散发着欣欣向荣的快乐，嫩绿的茼蒿、春笋、蓼芽在盘中撒欢儿，连饭食都充盈着花香。烹炸蒸煎煮，炒焖炖醋熘，咬住春天，放肆肚腩。母亲在厨房弹奏锅碗瓢盆的《春日赞歌》，连挑剔的儿子都暂放手中风筝，大呼："我还要，我还要！"酒足饭饱，再煮一盏浮着雪沫乳花似的茶，就着书页间的美食一页一页享用，顺便选择下一餐的美味。家家户户的餐桌上都在上演一场"江南鲜笋趁鲥鱼，烂煮春风三月初"的美食大赛！

拥抱春色，和春天来一场浪漫的约会吧！叙不完的诗情、看不尽的画意，随着"春色满园关不住，一枝红杏出墙来"的渲染，眼里、心里、梦里的春景都被奔跑、追索的憧憬奏响生命的赞歌。

清明恰是读书时

"燕子来时新社，梨花落后清明。"清明将至，春也变得多情了！花枝招展，灯红柳绿，这个被冠以形容词定义的时节，愈加唤起阅读的情愫。

"清明时节雨纷纷，路上行人欲断魂。"扑面而来的是清明的文化元素：扫墓祭祀、踏青寻春、插柳播种、娱乐舒筋。任何一种形式的活动都会在文字间寄托其情感和演绎其韵致。我特别钟情阅读古典文字，如《鹊踏枝·六曲阑干偎碧树》《风入松·听风听雨过清明》《红窗月·燕归花谢》。冯延巳的诗篇引领我们领略短暂美梦的柔情暖意，使我深刻领悟到，无论是春意盎然、明媚动人的美景，还是落花纷飞、细雨沾絮的忧伤景致，皆能成为传情达意的媒介，慰藉我们内心的相思之情。吴文英的伤春之作，让我坚信思念无碍于天气阴晴、时过境迁，情之所系，心之所归。纳兰性德诠释了离愁别恨、重誓盟约的爱恋就是"语罢一丝香露、湿银屏"的自然。读书，可以从不同人群感悟游子离人的清明情思！

"独绕回廊行复歇，遥听弦管暗看花。"捧卷阅读，让心感受清明的律动。"去年今日此门中，人面桃花相映红。人面不知何处去，桃花依旧笑春风。"片片花瓣、滴滴春露都诉说着惆怅哀婉；不远处还伫立着一位眯眼凝神、肺腑镂出的老者，千百次看着"小轩窗，正梳妆"叩问心扉，却已然不知是泪是沙迷蒙了双眼。"游人日暮相将去，醒醉喧哗。路转堤斜，直到城头总是花。"属欧阳修笔下生动壮美的清明游春图，写得人欢景艳，别具一格，焕发我追梦山野，放达人生的本能。读书，可探情思、乡愁，倾诉别样的心声。

"素衣莫起风尘叹，犹及清明可到家。"循规蹈矩的现代人对于清明有了更多的解读，除了追思祖先，还会举办缅怀先烈的活动，开放先烈故居，探寻先烈足迹，传承先烈精神，以此激励子孙。释放自己，正确对待生死，清理思绪，守望亲人，活好当下。我最推崇丰子恺"借墓游春"的清明踏青情趣。读书，可以享受新时代人与时俱进、情感洗礼的激情。

清明节，向来都是死亡与新生交织、欢乐与伤情共存的节日。展卷阅读，浇灌心田，哺育心声，净化心灵，漫步文字间，可以更清晰、更深刻地探寻、理解清明节气所特有的飘飘之韵和悠悠之情。

谷雨品茶正当时

"诗写梅花月，茶煎谷雨春。"谷雨节气，恰逢采制春茶的佳期，这个时候采摘新鲜茶叶，烧水泡茶，叶肥汁美，汤浓味厚，入口清香四溢，唇齿生津，好不惬意！

几撮嫩芽，经过水的冲泡，就能魔幻般顿生韵致，使人神清气爽？非也。这得从源头追溯。

谷雨茶，又曰雨前茶，是谷雨时节采制的春茶，别名二春茶。春暖花开，烂漫春色中，温度适中，雨量充足，经过一冬的休息和滋养，春梢芽叶肥硕，色泽青翠，叶质娇柔，不免香气怡人。有人比喻泡出的茶形如旗枪、雀舌，看之赏心悦目，食之如沁心脾；还有清火、辟邪、明目之功效，实为品茗之大快。

明代许次纾《茶疏》道："清明太早，立夏太迟，谷雨前后，其时适中。"我的眼前立时出现一级级茶田，依着山势蜿蜒，就像少女梳理的麻花辫般整齐有序。思绪在许浑"云暖采茶来岭北，月明沽酒过溪南"中描绘出惬意的采摘氛围；刘禹锡"何处人间似仙境，春山携妓采茶时"展现出歌女采摘的性情；张籍"采茶寻远涧，斗鸭向春池"勾勒出采摘间隙的快意；苏轼"雪后独来栽柳处，竹间行复采茶时"细述采摘的乐趣……你瞧，头戴毡帽，肩背竹篮，哼着小调，漫步茶田，采摘捡拾，炒青晾晒。《咏茶叶》中写道："千挑万选白云间，铜锅焙炒柴火煎。泥壶醇香增诗趣，瓷瓯碧翠泯忧欢。老聃悟道养雅志，元亮清谈祛俗喧。不经涅槃渡心劫，怎保本源一片鲜。"无不道着茶农的心声，书写着茶道的内涵，表达着古人劳作之美。

文人雅士、商贾政要交谈会晤、畅欢达情自然少不了品茗一二。茶家釜锅煮水，沸水冲下，茶芽朵朵，似绿云翻滚，香气袅袅，深呷细品，回甘悠长，不觉诗兴大发。唐昭宗时户部侍郎陆希声诗云："二月山家谷雨天，半坡芳茗露华鲜。"清代郑板桥面对家乡谷雨茶也不禁赞扬："正好清明连谷雨，一杯香茗坐其间。"北宋黄庭坚更是写尽了茶之芳华："未知东郭清明酒，何似西窗谷雨茶。"历经沧桑，《七碗茶诗》的余香还在心间："一碗喉吻润，二碗破孤闷。三碗搜枯肠，唯有文字五千卷。四碗发轻汗，平生不平事，尽向毛孔散。五碗肌骨清，六碗通仙灵。七碗吃不得也，唯觉两腋习习清风生。"品茶，传经送道，抒发诗书意气。

古人把谷雨分三候："一候萍始生，二候鸣鸠拂其羽，三候戴胜降于桑。"我也抓住这大好春色举家踏青，一群人以天为庭以地为桌，或躺或坐，赏着美景，品着茶香，聊着生活。妻子烧水烫杯，娴熟冲泡，开始给大家普及知识："茶韵，即为茶语。是茶品、制造者、品茗者相互交流的特殊感受。常冠以茶汤的色泽、香气、滋味、气韵而被饮者所称道，百味俱佳，神韵自知……"她手衔一撮芽叶，捧于掌心，外形均匀，色泽乌润，身心即刻临于自然之境。冲泡杯中，芽叶肥壮，金毫显露，香气馥郁不绝于心，繁杂即刻失于耳畔之间。汤色明鲜，呷一口滋味浓烈，伴着周围的花香即刻沁入灵魂。"怎么样？"妻子这口气根本不像询问啊，分明是等待我给茶"点赞"！我闭眼闻吮，轻轻抿一口，然后故作惊讶状："嗯嗯，好茶好茶！"妻子得意极了，随口念道"金毫之气，齿颊留香"……谈生活，养茶气，不失为感恩天地的造化。

品茶，品的是劳动生产物之丰盈，道的是谷雨景致之情韵。因茶所呈现的发扬茶德、传播茶道、提炼茶气、汇聚茶精神如多彩的春景装扮着谷雨，踩踏着春日最后的浪漫节奏，将一切美好生活之愿景都杂糅于新的季节、新的征程之中。

阅读谷雨

"谷雨，谷得雨而生也。"她不仅是春的使者，更是衔接夏季的桥梁，她的到来总是带着无尽的生机与深意。我深深热爱着坐落在西北大地的家乡，那里的四季更迭、节气变换尤为鲜明，而谷雨，这一节气更是让我心生敬仰，情感深沉。

谷雨，她是描绘春的魔法师。当她轻轻走来，春景便在她的笔触下被推向了高潮。春雨如丝，润物无声，她滋养着大地，也滋养着万物生灵。几番绵绵细雨后，人们纷纷脱下厚重的羽绒服，换上轻薄的短袖短裙，筋骨舒展，踏青赏花，忙于播种。尤其是那些天真无邪的孩子们，他们呼朋唤友，三五成群地在田野间奔跑嬉戏，或在河中抓鱼，或乘风放鸢，或沉醉于花海之中，或聆听林间的鸟鸣。"百般红紫斗芳菲"，百花争艳，万紫千红，春的生机与活力在他们的欢声笑语中得到了最完美的诠释。

谷雨，她也是创造美的艺术家。春风轻拂，柳絮飘飞，仿佛在诉说着仓颉五谷丰登的美好愿景。她让我们明白，无论何时何地，我们都应心怀敬畏之心，感恩大自然的恩赐。当然，谷雨时节的美食也是不容错过的：香椿炒蛋、诱人春卷、槐花饼、槐花粥……这些美味佳肴在每家每户的餐桌上传递着节气的喜悦。莺歌燕舞，小雨淅淅，人们在垂幕悬灯下宴饮赏花，享受着生活的美好与宁静。

谷雨，她更是披着诗的精灵。在这个充满诗意的日子里，踏访自然、归隐林间，你会不禁想起古人的诗句。"春山谷雨前，并手摘芳烟。绿嫩难盈笼，清和易晚天。"齐己的诗句描绘了一幅谷雨前的美丽画卷。而在茶树间弯腰屈身时，郑板桥的"不风不雨正晴和，翠竹亭亭好节柯。最爱晚凉佳客至，一壶新茗泡松萝"则仿佛就在耳边响起。石亭休憩时，与友人谈笑风生，苏轼的"白云峰下两枪新，腻绿长鲜谷雨春。静试恰如湖上雪，对尝兼忆剡中人"更是为这美好的时光增添了几分诗意。

谷雨，她还是筑着梦的化身。俗话说"一年之计在于春"，在谷雨时节，生命伊始，万般希望都从春景中诞生和延续的。雨后天晴，翠竹亭亭，新叶萧萧，孩童淘淘。这湿润的气息、和煦的春风、盛装的大地，都仿佛在诉说着一个又一个美好的梦想。

每当我阅读谷雨，她的诗情、她的实在、她的希望，都让我联想到那些"日出而作，日入而息"的家乡人民。他们就像这匆匆滑过的节气一般，默默奉献，不事张扬。他们用平凡的生活书写着生命的坚韧与达观，用实际行动诠释着对生活的热爱与追求。在谷雨时节，我总能读出亲切、读出沉醉、读出敬畏。因为，谷雨不仅是大自然的馈赠，更是我们心中那份对美好生活的向往与追求。

夏至情长

夏至，那位第四位值岗的夏使，悄然携带着大自然的饱满与繁盛，翩翩而至。《月令七十二集解》中对其物候的描绘细腻入微："一候鹿角解，二候蜩始鸣，三候半夏生。"这一时节，仿佛是大自然精心编织的一幅绚丽画卷。

据《恪遵宪度抄本》所记："日北至，日长之至，日影短至，故曰夏至。"夏至，又名夏节、夏至节，当此之时，太阳直射地面的位置达到一年的最北端，几乎直射北回归线。随着北半球的白昼日渐缩短，那句古老的谚语"吃过夏至面，一天短一线"便恰如其分地印证了这一自然规律。夏至之美，犹如一首动人的诗篇，令人心驰神往。

夏至的到来，宛如一位亭亭玉立的少女，她身着轻盈的白纱，在温暖阳光的照耀下，轻轻地触碰着大地。阳光此刻炙热而璀璨，犹如黄金般洒满大地，照亮了每一个角落。鹿角开始脱落，迎风乘凉；知了欢快地鸣叫着，半夏、木槿等植物也在这时节放肆地绽放着绚烂的花朵。漫步在街头巷尾、田间地头，似乎能听到大地骄傲的呼唤，感受到那份蓬勃的生命力。

夏至，是草木翠绿的季节。清风徐来，沿着郊外绿茵青山的小径缓缓行走，沁人心脾的自然芬芳扑面而来。花儿竞相开放，彼此争艳，仿佛要将整个世界都染上五彩的颜色。蜜蜂和蝴蝶在花间嬉戏，与花朵共舞，为这季节增添了一抹生动的画面。贾弇在《孟夏》诗中写道："江南孟夏天，慈竹笋如编。蜃气为楼阁，蛙声作管弦。"万物热闹非凡，竞相展现自己的秀美身姿，妩媚动人。范成大亦在诗中描绘道："李核垂腰祝馕，粽丝系臂扶羸。节物竞随乡俗，老翁闲伴儿嬉。"家族祭祀祖先，祈福安康，为我们勾勒出一幅乡村夏至祭祀的生动画卷。

夏至，更是汗水洋溢的时刻。炎热的太阳热情地抚摸着人们的肌肤，让人不禁流下串串汗水。除了空调的凉凉习风，街头巷尾，家家户户都敞开了窗户，让清风吹拂进来。人们换上了轻薄的衣物，与夏天亲密接触，尽情释放活力。欢声笑语、活力四射的气息弥漫在城市、乡村的每一个角落。

夏至，还是大自然的饕餮盛宴。田野间稻苗轻轻摆动，勤劳的播种者眉宇间充满了欣慰与希望。瓜果香气四溢，满桌摆放，等待人们细细品尝。甜蜜多汁的西瓜、小巧可爱的葡萄，还有那颗颗鲜红的草莓，在舌尖上绽放出令人陶醉的滋味。冬至饺子夏至面，新麦登场，在凉拌、炸酱的加持下，演绎着别样的风味。大自然慷慨的馈赠，让人心生感激，也让我们更加珍惜这美好的时光。

夏至，还是一首浪漫的交响曲。东边日出西边雨，道是无晴却有晴。热雷雨骤来疾去、稍纵即逝，漫步雨中或倚窗听雨别有一番情韵。夜莺在林间唱起了优美的歌谣，鸣蝉在枝头奏响了激越的旋律，青蛙、蟋蟀也不约而同地加入和声，鸡鸭牛羊尽情地舞蹈。那无尽的情愫随着歌声传递至每一个暑日，让人陶醉其中。夜幕降临，银河铺展在天空之上，如同一块流动的河水。满月高悬，光辉洒下，为夜晚增添了浪漫而神秘的色彩。广场山脚、亭前院中，朋友、亲人聚集在一起，共度这美丽而温暖的夜晚。篝火燃起，家常的琐碎谈起，欢声笑语回荡在夜空，留下夏至独有的美丽回忆。

吟咏着宋人周遵道《豹隐纪谈》中的《夏至九九歌》："夏至后，一九二九，扇子不离手；三九二十七，吃茶如蜜汁；四九三十六，争向街头宿；五九四十五，树头秋叶舞；六九五十四，乘凉不入寺；七九六十三，入眠寻被单；八九七十二，被单添夹被；九九八十一，家家打炭壑。"我们憧憬着每个时日的精彩与美好。

夏至，这个不可错过的美丽时刻，它赋予了大地万物生机与活力，也赋予了我们快乐与温暖。让我们在时光荏苒中，学会欣赏大自然的变化，感受其中蕴含的智慧和规律，用心去品味这个属于大自然的盛宴。在这个充满魅力的季节里，让我们与大自然共舞，留下属于自己的美丽回忆。

鸣蝉伴夏

万事无如退步仙，闲身赢得日高眠。临池自爱龟巢鹤，入谷时惊犬吠蝉。有鸣蝉的夏天，才真切有趣。

我们所说的蝉，俗称知了、蛣蟟，体长二至五厘米，两对膜翅，翅形若艇，翼薄如纱，身灰似盔甲。蝉的生命周期极为短暂，依附泥土或树枝蜕壳吟唱，别看它弱小，却能为了生命的延续奋力高歌直至最后一刻，不愧被喻为"昆虫音乐家""大自然的歌手"。

夏日的午后，阳光炽热，大地被"烧"得发烫。这时，一阵阵蝉鸣声渐渐传来，如同合唱团般在枝头上婉转演唱。刚开始，蝉鸣声微弱而稀疏，好像是在询问天空中的云彩。接着，微弱的声音悄然变得响亮而清晰起来，仿佛是找到了彼此，建立起了联系，宛如一只小蟋蟀拉开了音乐会的大幕，铺陈出一幅动听的音乐画卷。

随着蝉鸣声逐渐加强，林间的空气也变得沉静起来，人们不禁停下手中的事情，屏息静听。嘈杂声渐渐散去，只剩下那千万只蝉的鸣叫声，与大自然融为一体。蝉鸣声有时如同小小鼓点，洪亮有力，仿佛是在雄心勃勃地宣告着它们在世界中的存在；有时像是一串随风飘荡的音符，忽高忽低，述说着诗人笔下的诗句。蝉鸣声此起彼伏，交织在一起，营造出一种奇特而动人的韵律感，将人们带入一个神奇的境界，仿佛置身于世外桃源。

热烈的太阳也随之消退，似乎为了突出蝉的歌声。树叶在微风中轻轻摆动，与蝉鸣声交相呼应，犹如一位位音乐家演奏乐器。细细聆听，蝉鸣声还透露出一些秘密。它们的呼吸和节奏逐渐加速，仿佛在倾诉着大自然的律动与生机。它们汇聚在一起，共同演奏出一曲饱含生命力与情感的交响乐章。然而，就在蝉鸣声达到高潮的时刻，它们又突然停止了，寂静的林间只剩下微风轻拂树叶的声音，与此前的欢腾相比，显得格外宁静。

音调高低不等、长短不定；音质浑厚自然、生机勃发。我被感染了，陶醉了，随口吟道苏轼《鹧鸪天·林断山明竹隐墙》："林断山明竹隐墙，乱蝉衰草小池塘。翻空白鸟时时见，照水红蕖细细香……"贾岛《早蝉》中写道："早蝉孤抱芳槐叶，噪向残阳意度秋。也任一声催我老，堪听两耳畏吟休。"卢仝《新蝉》曰："泉溜潜幽咽，琴鸣乍往还。长风剪不断，还在树枝间。"戴叔伦曰："饮露身何洁，吟风韵更长……"的确，听蝉鸣别有一番滋味在心头。

蝉具有散风宣肺、解热定惊等功效，且营养丰富，属美味佳肴。捕蝉也别有一番情趣。小时候，我们几个小伙伴带上网兜，走在林间小道中，屏息凝视，侧耳静听，循着蝉鸣声弯腰猫步，轻轻逼近，看好时机，快速出手，然后就是炫耀自己捕捉的数量和交流捕而不得的经验，以便后续改进。有时候，我们会跟着大人夜间捕捉蝉蛹，手电筒来回照着树干和草丛，点点灯光犹如漫天飞舞的荧光，给夜色涂上了曼妙的胭脂，甚是好看。在我们的捡拾和玩闹中，大人们总会神奇地抓小半桶蝉蛹，回家必不可少地大快朵颐一番。

这些蝉是我们童年夏日的宠物，听蝉的日子随着夏季的到来愈发炽热而温情；蝉声给炎热的夏日以无尽生机与奔放呐喊。它们用最纯粹的歌声，传递了对大自然的热爱与敬意，也让人们感受到生命的美好。

一榻萧然醉夏夜

夏夜的清凉宛如一汪幽深的清泉，在夜色中悄然泛起，轻拂着我的面颊，带走了一日的疲倦与烦躁。我独自一人，静坐于院中的轻盈藤榻之上，任思绪在夜风中飘荡，静静享受这宁静而深邃的夏夜。

乡村的夏夜，是一首轻柔悠长的抒情诗，诉说着大地的秘密与宇宙的深邃。夜幕降临，华灯初上，暑气如刚结束捉迷藏归家的孩童般悄悄退去，散布在房前屋后，融入夜色的宁静之中。微风轻轻拂过，调皮地拨弄着藤蔓，漾起丝丝波纹，仿佛在低语着白日的欢愉与见闻。点点灯光与绿树林荫交织，为大地披上一层神秘的面纱，也为花朵的悄然绽放增添了一抹柔美的光彩。

我闭上双眼，用心感受着夏夜的气息。夜风轻拂着我的面颊，带来了田野的清新与花朵的芬芳。我深吸一口气，仿佛能吸入这宁静与美好，让它们在我的心中生根发芽。

我睁开眼，凝望星空。那闪烁的星星仿佛是宇宙的眼睛，静静地注视着我，诉说着无尽的奥秘。我感受着星星的温暖与光芒，它们如同指路的明灯，照亮我前行的道路。

我轻轻触摸着风卷雨润的翠竹，感受着它们的坚韧与生命的力量。这些翠竹在风雨中屹立不倒，仿佛在告诉我，无论遇到多大的困难与挑战，只要坚持信念，就能战胜一切。

我夜游山岗，品尝着玉米的香甜。那香甜的味道让我回味无穷，也让我感受到了乡村的淳朴与热情。在这里，人们用勤劳的双手耕耘着土地，用真挚的情感呵护着家园。

"明月别枝惊鹊，清风半夜鸣蝉"，乡村的夏夜是一幅唯美的写意画卷。清澈的湖泊边，月牙儿轻挂，洒下银辉，湖面波光粼粼，水草摇曳生姿。远处的田野上，雾气缭绕，如同轻纱般缥缈，稻穗随风低语，沙沙作响，宛如一片金色的海洋在夜色中轻轻颤动。小桥流水人家，古朴而宁静，青石板路上回荡着岁月的足音。我穿梭于花木围篱的红砖瓦房之间，感受着乡村的宁静与美好，倾听着每一栋房屋讲述自己独特的故事，诉说着乡村的沧桑与变迁。

乡村的夏夜，更是一支典雅优美的民族乐曲。闪烁的萤火虫如同点点星光，点缀着黑暗的夜空，拉开了以敬畏和感激为主题的交响曲序幕。蝉鸣蛙叫，如锣鼓喧天；蛐虫展喉，如短笛争鸣。蜻蜓起舞，如古筝伴月；飞鸟竞技，如唢呐欢歌。草木打趣，溪河互动，牲畜交流，孩童嬉戏……在这悠扬的旋律中，我感受到了大自然的呼吸和乡村的生活节奏，是诗意写照和情感共鸣的慰藉与愉悦。

静谧夏夜，诗意盈怀。一榻轻卧，心醉清风，拂去尘埃，尽享西北夏夜之美好。感激乡村之夜，赐予我灵魂的宁静，忘却尘世纷扰，尽享自然之恩。这份宁静与美好，我深藏心底，视为人生珍宝。同时，夏夜也教我人生真谛：坚定信念，勇往直前，珍惜美好，丰富心灵……

或许是漂泊的岁月渐长，又或是年岁渐增的缘故，乡村的夏夜，始终是我心头那份深深的牵挂与无尽的向往。它如同灵魂的归宿，是我心灵的避风港，让我在纷扰的尘世中找到宁静的慰藉。

每当夜幕降临，星烁竹摇、玉米香甜、虫啾蝉鸣的画面便在我眼前浮现，那是儿时最纯真的记忆，也是心中最温暖的角落。红砖古瓦间，仿佛还能听见祖母那慈祥的声音，她曾说："乡村的夏夜，是诗意与宁静的交汇之地，是心灵的庇护之所。"这句话如同种子一般，深深扎根在我心底，成为我前行路上的指引。

我带着家乡的诗意与美好，仗剑走四方，去追寻那遥远的理想。这一袭乡愁，如同不灭的火焰，稳稳地燃烧在我心间，催我奋进，教我自省。它让我在尘世的烟火里，不忘初心，坚守信念，走向更广阔、更深邃的诗和远方。

素肌丹瓤甜凉夏

西瓜的香甜滋味，在炎炎夏日中行走于口腔，瞬间让酷暑变得美味而惬意。

西瓜，这被喻为"寒瓜"的果实，原生于非洲的哈撒拉沙漠，历经时光的流转，沿着历史的脉络，从埃及传到伊朗，最终通过古老的"丝绸之路"从西域传入中国。南宋诗人方回曾在诗中赞叹："西瓜足解渴，割裂青瑶肤。"其富含的维生素 C、胡萝卜素、钾元素与纤维素等，是夏日的最佳伴侣。明代诗人瞿佑的《红瓤瓜》更是细致入微地描绘了西瓜的诱人之处："采得青门绿玉房，巧将猩血沁中央。结成曦日三危露，泻出流霞九酿浆。"而纪晓岚的《乌鲁木齐杂诗之物产·其一》则以其独特的视角，勾勒出西瓜的特点："种出东陵子母瓜，伊州佳种莫相夸。凉争冰雪甜争蜜，消得温暾顾渚茶。"在人们的思维认知中，西瓜以其清甜多汁、营养丰富的特质，赢得了"夏季瓜果之王"的美誉。

西瓜作为一种传统的夏季水果，在人们的日常生活中具有特殊的意义和象征。首先，西瓜象征着夏季的清凉和丰收。夏季的高温让人们渴望一份清凉，而西瓜的红肉和多汁的口感，给人们带来了消暑的愉悦。同时，西瓜的丰收也代表着农田的丰饶和劳动的成果，成为许多农村地区传统丰收节日的重要象征。

其次，西瓜还蕴含着亲情与友情的情感寓意。在夏季，可以和家人、朋友聚在一起，分享甜美的西瓜。在欢声笑语中，西瓜成了亲人和朋友间欢乐时光的见证，也加深了彼此间的情感。此外，西瓜还承载着节俭和分享的价值观。西瓜的果肉丰盈多汁，但西瓜皮却相对薄而坚韧。在一些地方，人们会巧妙地利用西瓜皮，制作出各种腌制品或烹饪佳肴，这既体现了节俭的生活态度，也彰显了对食物的珍惜与尊重。最后，西瓜还在民间艺术和传说中扮演重要的角色。许多地方的曲艺、舞蹈和民歌中，都有与西瓜相关的表达。同时，西瓜在一些神话故事和民间传说中，也被赋予了象征吉祥和幸福的寓意。

旧时盛夏，人们吃西瓜的方式也极具特色。据欧阳玄的《渔家傲》描述，人们会用辘轳从水井中打水来浸凉西瓜，井水清澈透亮，阳光照射下闪烁着微微波纹。长辈们手捧冰凉的井水，给西瓜洗个澡后，将其放入水桶中，待其彻底浸凉后，一家人便围坐在院子里，一边品尝着甜美的西瓜，一边聊着家常。孩子们则在院中穿梭，比赛吃西瓜的速度，欢声笑语此起彼伏。

如今，吃西瓜已经成了消暑的必备佳品。许多家庭都会种植一些西瓜，无论丰收与否，都会感受到其中的乐趣。而那些没有种植的人家，也会收到街坊四邻的热情馈赠。经过冰箱冷冻的西瓜更是美味无穷，一刀切开，清甜的气息便弥漫开来。送入口中，那嚼冰咀雪的感觉让人通体透凉，又不失鲜润甜意。此时，祖母总会笑谈："香浮笑语牙生水，凉入衣襟骨有风。"有西瓜相伴的夏日，不仅带来了身心的凉爽，更留下了那份甜到岁月深处的美好温情。

一畔新凉入秋深

抬眼间，秋天已轰轰烈烈地映入我们的视野。这个承载着收获的季节，无论是什么感觉都给人以快慰的享受。

秋的容貌美艳动人。你可以在露水挂枝的清晨，看尽烟波浩渺的云蒸霞蔚，云卷云舒之间，任思绪天马行空畅游舒展；可以在慵懒闲适的午后，带上心仪的装备，踏秋赏花，游山玩水。

行走于古河岔道，驻足在花丛旷野，点数无忧的雁群低语，沉醉在银杏的金黄、枫林的红艳、秋菊的娇媚中，让身心契合秋意，告慰一畦新凉；可以在落日余晖下，和满载玉米丰收而归的乡亲们交谈一车喜悦，向步入尘间的牧童询问牛羊生活，同手拎菜篮归厨的妇女道谢赠送的时蔬。走进秋天，目之所及，皆是美妙绝伦的景致。

秋的律动如影随形。田间地垄，庭前屋后，不是鸟雀的欢鸣，就是秋虫的唧啾。温婉悦耳的声音，引领我们穿越稻田，在广阔的山野上把捉迷藏、扔沙包的节奏附和；蛐蛐、河蛙争相秀着歌喉，在寂静的夜晚把美妙的青春舞曲弹奏，诉说曾经有过的辉煌；小桥流水悠然地考量岁月中潜伏的音律，任凭风吹雨打也不弃发声的初衷；随风摆动的枝叶，不是风动力量使然，而是沉默之后的崛起，目的是不放走一丝生命舞动的本能。走进秋天，觉之所能，皆是聒碎乡心梦自成。

秋的味道透彻心扉。"蟹螯即金液，糟丘是蓬莱。且须饮美酒，乘月醉高台。"一盘金黄醉味蕾，两手大挥斩美食。序幕已启，各色美味一一上阵。应景的桂花酒、桂花糕滋润松软，细腻化渣。糖炒板栗，糯糍粑黏出水域江南的柔情；芋饼、腌辣白菜写出塞上西北改良创造的智慧。"榴枝婀娜榴实繁，榴膜轻明榴子鲜。可羡瑶池碧桃树，碧桃红颊一千年。"水果不再是阶层的隔阂，均能带给农家小院嬉笑温馨。走进秋天，食之所尽，皆道甘味清欢。

秋的诗意韵致典雅。这是最具质感的季节，无论漫步淅淅沥沥的雨中，倾听雨水滴落的酣畅，还是静卧玉米堆里，对月表达丰收的快乐，都是如此真切实在。风雨点缀秋色，收获滋润秋景。

无声的树叶，在线条勾勒的轮廓中写满萧条零落；玉米高粱，在场院篷架上堆满灿烂笑脸；欢奔的人们，在山崖湖海的翻踏中写满快意抒怀。走进秋天，身心皆应自然，情之所牵，皆是生命感悟。

一寸秋雨一寸秋，秋雨绵绵秋意长。冲刷内心的浮躁，归于安静的主题。感受多彩的秋，享受这份新凉，写一首赞美的歌，赋一曲优美的情，于平平淡淡中，追慕人生的硕果累累。

秋雨润心

空中一抹灰色，仿佛画师收笔之前的放松。清晨，就下起了雨。这样的雨，若不下他几场，是断然显示不出秋这个季节已然来临的质感。

秋雨滋润的景象，让人感受到秋季的清新与静谧。在滴滴答答的雨声中，街道上的行人逐渐减少，取而代之的是一片宁静。树叶上的露珠，在雨滴的冲刷下，闪烁着晶莹的光芒，宛如一颗颗宝石点缀在树枝上。路面上过往车辆溅起的水花，伴着地面温热散发的阵阵热气，就像人地弹奏狂想曲的音符，装点着内心的燥热。路旁的花朵，如泪珠一般，沉醉在雨丝中，摇曳生姿。绿色的草丛，在雨水的滋润下，变得更加嫩绿。青青的竹林，仿佛被秋雨吵醒了一样，轻抖着身躯，发出沙沙的声响。纤纤素手摆弄过的微雨细风，让此刻的秋雨也蒙上了半丝妩媚，多情地泛着诗意。

清晨的秋雨，不像夏日暴雨那般炽烈，也不伴随着寒冷的北风。它是一种清新的雨，温柔地覆盖着大地，让生命焕发出新的活力。人们或许会因为它而稍感烦躁，但只要仔细感受，便会发现秋雨给予了我们一份不同的惊喜。在这样的秋雨里，我们可以放慢步伐，静静感受，享受它带来的宁静与美丽。落在地面上的雨滴，发出了一种翩翩起舞的节奏，似乎在用它微弱的力量提醒每个人，现在正是收获的季节。郊外那一排排杨树，参差不齐地排开了，它们的枝条像是被秋雨洗过的秀发，迎风轻舞，好像在向泼洒下来的雨水致意。在树下，一条小道弯弯曲曲通往深处，被秋雨浸得微湿；树叶上带着露珠，在掩映的光芒下显得亮丽多姿。我陪着它们慢慢地走着，彼此像是在追寻心灵的平静与宁谧。

我一直绷得紧紧的身子舒展了，连汗毛都温顺地享受秋的沐浴。抬头看看周围，远处的孩童满面喜色地用手抹着脸颊的细雨，脚下踩踏着水花，天性与任性肆意地放纵；连秋意兴致犹绿的丁香，都洒脱地似雨中漫步，朵朵傲然劲挺；绿蔓中跳出的小猫，驻足默立，抖抖身上的凉意，悠然地迈着八字步招摇过市。喧街闹市，密林幽巷无不裹着雨露，全被雨水润湿了。一切都像刚刚睁开眼睛，都想用这及时的甘霖打扮多情的身姿。

杨柳依依，溪水潺潺，鸟雀欢鸣，雨有一搭没一搭地伴奏，这声音听起来是多么舒心与细腻。放下手头的工作，无须多想什么，也不急着赶路，享受，唯有静默地享受，便是最好的馈赠。

"一场秋雨一场寒""白露秋风夜，一夜冷一夜""八月里来雁门开，雁儿脚下带霜来"……入夜时分，我独自享受这淅淅沥沥的声音，心中默读关于雨赋予这个季节的言辞。我感到，秋确实来了。

轻吟秋韵送流年

"淡日微云薄暮天，轻荫斜照晚凉前；半篙新月流黄叶，一曲渔歌响碧烟。"伫立在秋的山头，我陶醉在多彩的斑斓里。放眼望去，秋褪去酷暑的外衣，抖落遮蔽的纤尘，扔下一地的金黄，裸露瑰丽的轮廓，装满柔情，写满诗韵……

秋风轻盈而清爽，带着一丝凉意拂过脸颊，在耳畔沙沙作响。从田间地头传来了农民伯伯的欢笑声和机器收割的轰鸣声，那是多么动听而富有力量的丰收凯歌；从深谷茂林中飘来了红枫拍手、松柏击掌、燕雀争鸣之声，那是多么优美而富有情趣的乐章；从果园菜地呢喃着果蔬噼啪作响声，蟋蟀、蜂蝶逗趣之声，那是多么独特而精彩的旋律；从大街小巷里沸腾着孩子们玩耍嬉戏的欢笑声，那是多么和谐而愉悦的律动……"秋风入窗里，罗帐起飘扬""多少天涯未归客，竟借篱落看秋风""萧萧梧叶送寒声，江上秋风动客情""洛阳城里见秋风，欲作家书意万重"……秋风之韵是我们聆听自然相融的心境，也是对大自然的礼赞，与秋风做伴，度过一个温馨而宁静的时光吧！

能把夜晚的寂静和神秘感完美地展现出来的，当属若隐若现、轻盈而璀璨的明月。"万影皆因月，千生各为秋"，明月下的远山凹凸不平、起伏有致，在月光抚摸下显得更加婉约和妩媚。山上的树木被月光照亮，投下一片片斑驳的影子，让人感受到秋天的静谧与安详。"明月松间照，清泉石上流"，湖水在月光照射下泛起银白的波纹，宛如一张静态的音乐谱。月光的倒影在湖中荡漾，点点波纹像是思绪的涟漪，让人沉醉。"今人不见古时月，今月曾经照古人"，让我们静静地坐在秋月下享受这份深邃，感受月光的温柔拥抱，倾听大自然的低语吧！

"夜阑卧听风吹雨，铁马冰河入梦来。"下几滴雨才够神韵和魅力的秋，雨滴沿着肌肤滑过，带来清洁的同时也将燥热与尘埃洗尽，梦也变得酣畅无比。秋雨淋蝉鸣，秋风落寂寥，古道断肠人是多么惆怅、凄凉，只有裹挟其间的人方可共鸣，也只有触摸到秋的灵魂才能有如此的通透之感，其实，这何尝不是一种美呢？四季漫漫，唯有秋才拥有这个丰收与悲凉并存的主题，悲喜交加的秋季才趋于真实，臻于完美。静心思考、放松身心，享受大自然的馈赠吧！

"春种一粒粟，秋收万颗子"，在稻花香里把丰收的捷报频传，在草木摇落、霜雾迷蒙间独拥果腹之欢。任凭果肉的细腻在齿间咀嚼，一股股富有层次感的馥郁香气蔓延开去。四溢的果汁，清新而水润，爽滑而充盈，消融舌尖，久久不绝。我会随口喊出它们的名字："葡萄、苹果、香梨、红枣、石榴……"

一阵凉风吹碧落，醉吟秋韵敬流年。行走在如诗、如歌、如画的秋途上的你我，也应该具有秋的秉性，萧瑟不失消沉，充裕不失丰盈，不忘初心，追索朝暮，于绚烂多彩中书写生命的意义。

挥镰奏响秋收歌

"立秋三天镰刀响。"磨刀霍霍的镰刀，在大西北以玉米为主的秀场上奏响了秋收的欢歌。

镰刀，宛如月牙儿般曲线柔美，刚强坚毅、削铁如泥，是劳动人民的得力工具，也是秋收的利器。一片片金黄的玉米在劳动人民有序的镰刀下迅速倒下，和大地来场温情的告别仪式；镰刀快速而有力地摆动，割下了庄稼的芳香和希望，浸透了收获的喜悦和富足。除了食物的满口醇香外，留给我们小孩子的便是丰厚的秋收记忆。

早上八九点钟，我们便跟着长辈们来到玉米地里。"秋日阳似虎"，暑夏的余热并未因为秋的来临而消减，反而像吃过饱饭的孩子般充满了力量。玉米秸秆上的晨露已被风吹干，偶有根部的杂草上保留一丝水汽，这无碍我们的割剁。父亲面对高过他头顶的玉米秸秆，狠狠地朝两个手心里吐两口唾沫，搓搓手，然后半蹲身子，左手斜拨玉米秆，右手握镰，对准玉米秆根部咔嚓一声，镰起秆落，一气呵成。而后，顺势把玉米秆一字排列成一堆，方便孩子们席地掰玉米棒子。随着成片的秸秆相继倒伏，周围水落石出般地现出赤红的土地和开阔的空间来。大人们在前面砍倒玉米秸秆，我们这些小孩子便在后面比赛掰玉米棒子。

掰玉米棒子可是项技术活，我们在父亲的示范指导下，先左右手同时抓住玉米叶，然后用力向两边一拉，金黄的玉米棒子就脱去了外衣，露出了丰满的颗粒；再各抓一边，一压一拉，拔去顶端的玉米须，玉米棒子就掰好了。两人一组，相对作业，我和堂哥一组时总能超过其他人。为了安全起见，大人们不让我们玩镰刀，我们就发挥想象，以手为镰，劈秸斩秆。看着满地的金黄玉米棒子，那种成就感，丝毫不亚于父亲和叔叔婶婶们挥镰时，在金黄的玉米田间奏响的丰收乐章。

中途休息。一声令下，几个人在一片哗然声中四下散开，快速朝玉米丛中奔去，为的是看谁争先到对面地头喝山泉水。我们猫着腰，低着头，左右手在额头边遮挡住划过来的玉米秆叶片和掉落的玉米穗，最快的方法是低头看着隆起的两排玉米中的凹陷地直接往前冲便是。这时，耳边传来拨动秸秆的哗哗声、同伴们嬉笑喊叫声和渐行渐远的割玉米的咔嚓声。"肌肤生鳞甲，衣被如刀镰"，一番声嘶呐喊，一顿畅饮清凉，在父亲的呼喊声中，个个如成熟的玉米般探出头来，相视而笑。

待装满麻袋的玉米棒子如汉堡包般被叠装在拖拉机车厢里，由长辈们先运回家中，我们小孩子则在地里继续把剩下的玉米掰完装袋。几个人分工协作，快速完成任务。然后，拿出装满泉水的饮料瓶和磨刀石，学着大人们的样子，手握镰刀柄，将刀刃斜在磨刀石上一前一后有节奏地磨起来。一边磨刀，旁边人一边倒水，还时不时停下来，用大拇指轻轻在刀刃上一划，听到唰唰声，就算磨刀成功，再满意地收起来，下一次割玉米时刀口就不显钝了。想想"接果移花看补篱，腰镰手斧不妨持"的收割阵势，镰刀的挥动不仅是一种劳作，更是一种艺术。人们把镰刀的力量和速度，便捷和用途发挥到了极致！

岁月如歌，镰刀如诗。秋天，镰刀的声音如韵味十足的音符，在田野间回荡。它奏出了劳动人民的辛勤和汗水，奏出了大地的丰收和恩赐，奏出了人与自然的和谐与共生。

军歌嘹亮

"五星红旗迎风飘扬，胜利歌声多么嘹亮，歌唱我们亲爱的祖国，从今走向繁荣富强……"每当听到这段振奋人心、铿锵激昂的旋律，我的内心总会激荡起无比的自豪。

"在这个特殊的日子里，让我们一起回顾，一起感受，一起用歌声向那些为国家和人民的安全默默奉献的军人们致敬……"书房里又传来老爸的声音——这么晚他还不休息，仍在紧锣密鼓地排练节目。作为一个音乐业余爱好者，他是小区里报名参加军民共建主题文艺节目的第一人。他念完开场白后，书房里回响起《咱当兵的人》优美激越的前奏。

回首过去的岁月，我们常常会被中国人民解放军的丰功伟绩所深深打动。他们为捍卫国家的尊严和人民利益勇往直前，不畏艰难，用鲜血和生命诠释了忠诚、勇敢和无私的精神。无论是风云激荡、艰苦卓绝的革命战争年代，还是一穷二白、筚路蓝缕的建设岁月，抑或是波澜壮阔、惊涛拍岸的改革时代，又或是高质量跨越式发展的新时代，他们都以高度的忠诚和坚定的意志捍卫了国家的安全和民族的尊严。在国歌奏响的那一刻，士兵们总能从中汲取力量，坚定抵御外敌、保卫祖国的决心。他们冲锋在前，勇往直前，迎战强敌，守护家园。军歌的力量，超越了音符的组合，融入了炽热的血液和坚定的意志。

在我上中学时，父亲就教我学唱军歌，如《我是一个兵》《打靶归来》《一二三四歌》《游击队歌》《团结就是力量》，我们可以一整个上午都在家中的小院高歌不断。情绪激昂时，父亲吹拉弹唱一并兼之，我则庄严地接受音乐的洗礼。练习《十送红军》，起初我无法很好地融入情感，父亲就给我讲红军战士翻雪山、过草地的故事。他说："革命先烈一步步走过两万五千里的艰苦路途，饿了吃树皮，困了站着睡，冒着严寒，冒着枪林弹雨，吹着号角，横渡金沙江，飞夺泸定桥……靠的就是顽强的意志和不屈的精神。这首歌是革命的星星之火，要唱出跌宕起伏的磅礴气势。"在父亲的指导下，我听着歌曲，想象着过往境遇，内心仿佛燃起了一团火焰，这团火焰伴随着节奏跃动，融入了强大的奋斗力量。它激励我不断在进步的道路上披荆斩棘，不断超越自我。而八一建军节，不仅是对先烈们的怀念，更是对中国军人的敬意。

我能想象父亲站在舞台上洒脱自如地歌唱，也能感受到老一辈人奋斗强国的信念与执着，咱当兵的人讴歌强军梦、抒发军民情的责任与担当。感受军歌嘹亮，我仿佛置身于无形的战场，体会着军歌赋予我的坚定和勇敢。它让我明白，生命的真正价值不在于自私地追求个人利益，而在于为了更高尚的目标和价值孜孜奋斗，在于为了国家和人民的幸福贡献一己之力。只有追求真理和正义，才能让生命更有意义。

一曲嘹亮破秋云，几处军歌动夕曛。军歌嘹亮，军旗飘扬。奏响音乐吧，歌声里有诉不尽的爱国情感和讴歌不完的英雄品质，有生生不息的生命律动和振奋人心的不竭力量，有深深思考和拳拳衷心，是每一个中华儿女对理想和信念的追求。让我们紧跟军歌嘹亮的脚步，以军人为榜样，共同创造更美好的明天！

小台历，大作用

时光荏苒，转眼间已至岁末。我轻轻翻开一本崭新的台历，置于书桌之上。这小小的台历，如同一位默默陪伴的朋友，见证了我的工作，陪伴我成长。每一次翻阅，都有满满的收获与感悟。

小台历，是我获取新知的宝库。别看它小巧玲珑，却集纪年法、节日、节气和丰富知识于一身。为了满足家人的不同兴趣，我精心挑选了菜谱台历、故事台历、生活小妙法台历等。工作之余，我时常轻抚台历的每一页，品味其中的知识。这一年下来，我无意中掌握了生活的小窍门，学会了烹饪家常美食，懂得了花卉的养护之道，更知晓了诸多名人轶事。与家人聊天时，我们都不禁感慨，将小台历当作书来读，不仅能开阔视野，更能收获新知。孩子因此积累了不少素材，成功发表了五篇作文在《小学生作文报》上，她兴奋地说是小台历给了她灵感！

小台历，记录了我幸福生活的点点滴滴。每当我翻阅台历上留下的文字，一种温馨而亲切的感觉便涌上心头。那些过往的日子，仿佛就在昨日重现。记得3月12日那天，我们全家外出踏青，沐浴在春光之中，欣赏着美景，嗅着花香，放飞着风筝。特别是我们每人都亲手种下一棵小树，将对自然的敬畏和对后代的教诲化为行动，让"大手拉小手"的传统美德得以传承。6月份，当我获得稿费宴请家人时，虽然餐桌上的菜肴并非出自大厨之手，却满载着我对家人的深深爱意。12月7日，儿子的生日派对上，我们拍了全家福。尽管岁月已在父母的双鬓留下了银丝，但每个人脸上的灿烂笑容都诉说着时间的温馨与美好。我满心欢喜地捧起小台历，感谢它成为我幸福生活的见证者。

小台历，也是我奋力拼搏的助推器。在每日的翻阅与对琐事的记录中，日子匆匆而过。翻阅的日子是对昨天的回忆，而开启的每一天都充满了对未来的期待。有了这本台历，无形的时间变得有形，让我更加深刻地感受到时间的流逝。它时刻提醒着我："盛年不重来，一日难再晨。及时当勉励，岁月不待人。"我要求自己当日事当日毕，小台历默默地陪伴着我度过晨昏苦读、深夜笔耕的时光。当我在黎明前轻轻翻开新的一页时，一种成就感和满足感便涌上心头，让我深感自己没有虚度光阴。日复一日的坚持，让我从最初的练笔逐渐成长为能够发表文章的作者，并最终如愿加入了作协，与更优秀的老师交流学习。我深深地体会到，成功就是坚持，而小台历正是我成功路上的忠实伙伴。

此刻，站在新年的门槛前，我满怀期待地眺望着新的一年。我们将再次整装待发，奔赴梦想。有小台历陪伴的生活，我相信来年一定会更加精彩纷呈、好运连连！

"抑扬顿挫"道别 2023

"风萧萧兮易水寒，壮士一去兮不复还。"2023 年行将迎来最后一站。分别之际，万般言语，杂糅成"抑扬顿挫"的感受，点拾尔尔，作为道别的絮絮之音。

抑制欲望默无言。年初，逢周末相约好友踏青，游名山古刹，探历史风华，赏胜景风采，享美食果腹。吃喝玩乐中很容易使人迷失自我，失去斗志，裹足不前。老爸看着我安于现状的表现，告诉我他做了小区"安全巡查员"，主要负责排除安全隐患。看着他记录得密密麻麻的笔记，让我肃然起敬，要知道，老爸身体不好，能再发光发热实属不易。他说："作为老党员，应该具有生命不息、奋斗不止的斗志！"一番话深深地触动了我。在老爸的影响下，我谢绝了一切活动，潜心钻研专业知识。每晚饭后，和老爸晒晒一日心得，交谈工作的困惑，寻求改进的方法。日复一日，我看问题的角度和思考的深度逐步改变，专业素养得到了很大的提升。一年来共读专业书籍一百本，撰写论文二十篇。

点赞褒扬现风采。6 月，期末复习的号角已然吹响，紧张而有序的氛围弥漫在校园的每个角落。我所带的两个班学生水平参差不齐，经过前期开会鼓劲、方法指导，设置激励制度，学生的热情高涨，冲劲空前，经过家校合力加持，小升初毕业考中取得了百人均分 90 分以上的优异成绩，得到学校的嘉奖、家长的点赞。在此期间，学校每月"三项评比"荣誉一次均未落下，"优秀学生"每月都榜上有名。我也被评为"优秀教师""优秀班主任"。展示风采，享受荣誉的同时，我深知"冰冻三尺非一日之寒"，勤奋才是通往成功之路的敲门砖。

顿悟笔耕踔厉发。9月，我又接手了新毕业班，为了再创辉煌成就，我决定先从学生薄弱的作文抓起，快速消除"作文难，难作文"心理，并有效训练表达，"每日一练"应运诞生，多则数百字，少则三五行。出示话题，交流写法，自主练习，定时反馈。学生的热情被唤醒，激情被点燃，其作文也在我负责的"学生吧"公众平台广而告之，一来展示风采，二来激起习作内驱力，读写的自主性自然就呈现出来了。激励先进，鼓舞后进，我拿自己刊发在报纸上的文章给他们看，与之共情、身先士卒是最好的言传身教。记录生活，书写心声，受我影响，有的学生开始练习写小说了。在我的影响下，有五名学生在《小学生作文报》上发表了文章，十五人作文入选校刊，实现了人生的零的突破！为了做好表率，我也是笔耕不辍，作品隔三岔五见诸报端。"一花独放不是春，百花齐放春满园"，于生于己，我将奋笔疾书。

抗挫不折勇毅行。学习、生活中偶有事不遂愿、求而不得的状态。忧虑困惑中，展卷苦读，感受"寺僧晨起扫落叶，杳杳晨钟暮鼓鸣"的虔诚；烦闷颓唐时，举杯畅饮，思忖"笔落惊风雨，诗成泣鬼神"的快慰；沉醉文辞里，以文会友，拜学"高情出茫昧，独见超虚玄"的艺术之美。挑战自我，勇毅前行，一刻都不敢心存骄傲和懈怠。因为，学习是一种信仰，爱学习的人最美！只有奋力拼搏，终能驶向成功彼岸。一年来，我除了发表副刊文章外，还撰写了散文集《岁月的注脚》，实现了自我飞跃！

盘点以"奔跑"为主题的这一年过往，我势如登台的表演者，除了表现角色赋予的使命外，还要抑扬顿挫地传达出其间的情韵来，个中滋味有喜有忧，有笑有泪，有得有悟。2023 年即将谢幕，我将清润嗓子，整理书卷，背负行囊奔赴下一个叫作 2024 年的舞台，继续书写崭新的华章！

奔跑在时间的长河

考试结束的铃声响起，整个教室陷入了短暂的寂静，紧接着是同学们的欢呼声和桌椅拉动的声音。他们迫不及待地收拾书本，准备离开这个他们度过了一个学期的教室，奔向寒假的怀抱里。

我送着他们一个个离开。然后，我和陈韵怡同学开始再次打扫教室，清理桌面，擦去黑板的尘埃，把桌椅排列整齐，拖地，关门。这个过程让我感到一种安静的满足，就像完成一幅细致的画作。我站在空荡荡的教室里，看着灯光将窗户外的走廊照得通明，洒在光滑的地板上。我知道，这个寒假，我将拥有一个全新的开始。

很喜欢"奔跑"这个关键词，不仅是力量的坚持，更是耐力的考验。奔跑了一年，也该是总结的时候了。

"路漫漫其修远兮，吾将上下而求索。"从春寒料峭的 2 月

21 日，到雪花飞舞的 12 月 12 日，时光流转，季节更迭。在这悠长的时光里，我仿佛与时间赛跑，留下了一串串深深的足迹。利用学生午休时间，工作之余的碎片时间，除去正常的待人接物、为人处世时间，在见缝插针的个人时间里，我完成并发表了五十篇次不同文体的文学作品，这些作品都与四季和时令息息相关。从细腻的散文到质朴的随笔，从富有趣味的段子到充满韵律的诗歌，每一篇作品都展现出我奔跑的心得和感悟。一年来，在文字间，我品味着春天花朵绽放的诗意，感受着夏天阳光洒满大地的热烈，沉浸在落叶纷飞的秋意静美中，徜徉在雪花飘落的冬韵纯净里。这些作品不仅让我感受到了文学的魅力，也让我更加珍惜生命中的每一个时刻。

"老骥伏枥，志在千里；烈士暮年，壮心不已。"在时光的河流中，我以笔墨为舟，以心灵为帆，记录下教学之路上的点点滴滴。在这个学期里，我不仅在教学工作中取得了丰硕的成果，也以文字为媒介，书写了自己的成长与感悟。开学初，在区里的培训项目中，我如饥似渴地汲取知识的养分，让自己的专业素养得到了丰富和提升。共计七次的学习，每次都是心灵的洗礼，让我在教学的大道上越走越坚定。一学期教学的二十七篇课文任务，是我用心钻研、精心打磨的成果，我亲手制作一张张课件，与学生一同探索在知识的海洋里。在这个过程中，我感受到了教学的魅力，也提升了自己的专业教学能力。两节校级公开课，是我展示教学风采的舞台。我以引导者、协助者的身份站在那里，用知识点燃学生心中的火焰，看着他们尽情投入地参与，学习，见证着他们的成长与蜕变，真为他们高兴！这是我教学之路上的里程碑，也是我继续前行的动力源泉。在领导们的支持与关怀下，学校文学社自成立以来，在各位编辑老师的齐心协力下，学生们的习作走出班级，冲向报纸，在更广阔的平台展现"乐思、善行"的学子风采，前后发表了十一篇文章。教学之路充满了挑战与收获。我将带着这份珍贵的记忆和感悟，继续奔跑在教学的道路上，用文字书写更多的美好篇章。

"大鹏一日同风起，扶摇直上九万里。"在学期的起点，我怀揣着对知识的渴望和对文学的热爱，如同大鹏一般，借着风的力量，扶摇直上，翱翔在文学的天空。我参加了两次区里的文学活动，与众多文学前辈深入交流，他们的智慧与见解让我受益匪浅。其中，吴老以其敏锐的观察力和诗意的笔触，每日在自家店里，记录着门口过往的行人和各种景象。他随心而发的几句诗情，总是能让我感受到生活的美好。而茹老则每日在自己的公众号上更新文章，他的文字不仅描绘了当地的风土人情和景象风貌，更展现了他对生活的热爱和执着。看着他们如此拼搏，我深受鼓舞。从他们身上，我吸取了无尽的力量，坚定地走上了自己的文学创作之路。经过一年的努力，我终于完成了十三万字的个人散文集创作。这一刻，我深感自己的成长与蜕变，也更加坚信：只要心中有梦，笔耕不辍，终有一天会实现自己的文学之梦。

"不作天边双白鸥，自怜身世若萍流。无因得失成今古，有酒悲欢付等侪。万里山川归路远，数声鸡犬别家愁。此情未敢轻抛去，一片征心落日秋。"没有伞的孩子必须努力奔跑，在磨难中奔跑，在奔跑中挣脱苦难的束缚。

书香暖新春

辞旧迎新之际，新老交替之时，新年又焕发出新的风采朝我们跑来，暂放学习任务，暂缓前行步伐，掬一抹光阴给岁末，用书香点亮归家的征途，抚顺一年来的失意和悲凉，倾听春的气息，温暖浮世苍茫。

除了吃喝玩带来节日的欢悦外，翰墨书香总能给人精神抚慰、心智启迪，文字的生命力可以穿越时空，超出岁月的容量，隐含着时代的足音，走进不同的人群中，在多元的审美倾向和思悟中把有关新春的所有属性娓娓道来。

元旦是拉开新春的序幕。每每这个时日，在大红春联的装扮下，耳畔总会飘来"独在异乡为异客，每逢佳节倍思亲""举头望明月，低头思故乡""露从今夜白，月是故乡明""近乡情更怯，不敢问来人"诸此种种销魂勾魄的记忆，被冠以乡愁来叩击多少羁旅他乡、漂泊异地的赤子之情。轻轻地打开书本，读着亲切的文字，字里行间分明在将一年来的奔波和呓语揉进行囊，就为了在此刻渲染和释放，在心头涓涓流出，融进归途的寒风里，散落在节日的欢歌中。因此，新春用浓浓的期待感召唤着游子的心。

这个时候，最不可或缺的就是走进名家文字间感受不同的年味。梁实秋在《过年》一文中对中国传统过年习俗进行了回忆，说自己小时候不喜欢过年，因为除夕要守岁，这对于一个习惯早睡的孩子是一种煎熬。这些风趣的"吐槽"令人读来不禁莞尔。老舍先生在《北京的春节》一文中对于老北京的年俗是如数家珍，细致描写了北京春节前后的日程、吃食、礼仪等，充满京味儿的语言为我们描绘了一幅老北京春节的民风民俗画卷。丰子恺在《过年》中对春节的回忆也充满了朴实的生活气息，通过简洁的叙述让我们感悟到那个年代春节特有的氛围。莫言在《过去的年》中回忆起幼时吃饺子、装财神和接财神的趣事，今昔对比，感叹如今年味的减少，神秘感不再，表达了对过去年味的怀念。因此，笔墨流香中，能真切感到新春用庄严的仪式感在慰藉着不同信仰的人。

"听烧爆竹童心在，看换桃符老兴偏。"我们用文字记录着生活，用心书写着生活，也在创造着生活。我们换上了新的日历，以全新的姿态迎接新的生活。在这一天，我们也播下了新的希望，赋予了来年春的温馨、夏的烂漫、秋的丰盈和冬的美丽，等待我们日后在晨曦和暮色里的每一次求索与抵达。书，这位随时相伴的故人、时刻鞭策的老友、处处关照的亲人指引着我们脚步坚定、信念笃定、精神丰富。

且以书香辞旧岁，且用翰墨暖新春。文字，这个散落的颗颗珍珠，被知识的细线串联，被文化的妙手雕琢成精美的艺术品，散发着芬芳墨香，于新年特殊的场景下焐暖身心，让我们用温馨和热诚拥抱新的生活。

新年织新梦

台历上的日子一页一页被翻卷，不经意间，2023 年即将走完，展望款款而来的 2024 年，我既欣喜又激动。

回首行至终点的这一年，我收获了工作上的褒奖——被评为优秀，获得了生活上的恩赐——家庭温馨，学习上丰富了认知，兴趣爱好上融入作协组织。成功与感动相随，失败与遗憾并存，尽心尽力，无怨无悔。展望全新的 2024 年，我整装再出发，有太多的心愿需要根植！

2024 年的春天梦幻迷离。你看，"墙角数枝梅，凌寒独自开"，红梅傲雪送春归，一派绿颜换新装。冰融了，雪化了，老人们在房前屋后畅谈新一轮的夕阳计划，青年们在岗位上建构新的蓝图，孩子们在田野里放飞风筝畅游言欢。春风送暖，吹醒了万物，吹笑了花朵，吹来了友人。鸟语花香、灿烂无比的春天，这一位浪漫的天使，她挥舞着衣袖，精心装帧出一幅幅美丽的画卷，将那个叫作希望的梦融进了春芽里。在这个希望的季节里，我要带着孩子去种下一棵小树苗，在培育中感受"留连戏蝶时时舞，自在娇莺恰恰啼"的快乐！

2024 年的夏天花香四溢。荷花、康乃馨、茉莉花、向日葵等选择在酷暑中争奇斗艳、绽放美丽。你闻，片片花瓣，片片枝叶，于花间散发的绚烂之气，不屈服，不敷衍，不谄媚，正逼走酷暑肆虐，染遍山野小巷。你再听，蝉鸣虫啾，是把生活的喜讯告诉给挥镰舞锄、汗流浃背的耕者；蛙叫萤舞，是把欢快的佳音传达给水中嬉戏、灯下漫笔的儿童。夏天，这一位躁动的精灵，他抖抖衣衫，用暴风骤雨洗去乌烟瘴气，用清朗的热情勾勒花园式的温馨清俗，以芬芳馥郁、醉染诗行的风采游戏在花香间。在这个浪漫的季节里，我要带着孩子去感受"接天莲叶无穷碧，映日荷花别样红"的清凉！

2024 年的秋天硕果累累。"一年好景君须记，最是橙黄橘绿时"，金秋田事繁忙，山野大地一派丰收。放眼望去，咧着嘴笑的玉米、猫着腰羞涩的稻谷、涨红了脸的高粱、修长的藤条、丰满的枝丫……都像参加盛会的宾客，勾勒出一幅幅田园盛景典礼图。油润喷香的时令果蔬填饱的不仅仅是肚皮，还有那劳动成果的富足和心灵的慰藉。"迢迢新秋月，亭亭月将圆"，或躺或坐，或蹲或立，都不足以表达这位洒脱的画师以秋风明月做底色，以浓烈彩绘为版图浸润出的诗意秋色。在这个丰满的季节里，我要带着孩子一同去幸福院做义工，在照顾老人中体悟"人逢秋事，经霜乃红"的道理！

2024 年的冬天丰盈美丽。金色的山林一夜之间消瘦了，露出健硕的曲线，伴随着阵阵寒意，雪花瞬间擦亮了冬的眸子，给每个人送来了大大的棉花糖。堆雪人、打雪仗是北国冬天的标配，三五人群，嬉笑踏雪，如歌中跳动的音符，欢蹦在广袤的一抹白里。此时适宜捧卷静读，用书香之气洗去风尘羁绊，回归生命的本真，既增长了知识，拓宽了视野，也浸润了心灵。此时适宜围炉煮香，用一年风华积蓄烹煮酸甜苦辣滋味，静探"人间烟火气，最抚凡人心"的悠然。这位叫冬的魔术师，用他神奇的魔法棒，把所有美丽与欢腾勾勒在意气风发的憧憬中。

在这个魔幻的季节里，我要带着孩子去感受"松柏劲挺，傲梅独放"的豁达！

岁月有痕，人生可期；喜怒哀乐，人间真情。只要用心，就会编织不一样的精彩人生！

烛光悠悠叹逝波

因工作忙碌未能及时关注业主群和楼梯入口处停电通知，我只好上气不接下气地爬楼梯。双腿酸软，仿佛被灌满了铅块，挪动一步都觉得势如登天，需要频繁地喘气才能暂缓身体的乏累。

借着手机的微光终于熬到二十三层，开锁进门，从收纳杂物的柜子角落里摸出好些年前剩下的半根白色蜡烛，点燃，屋内泛起了昏黄的亮光。已经燃得臃肿的烛身似乎在告诉人们：光明来了！映照在墙上被拉伸走形的身影，在火苗频繁地点头中抖动，我不禁想起小时候经常点蜡烛写作业的情形，对它的喜爱和敬畏也是从那时候开始的。

小时候，我家周边环境扩建工程不断进行，时不时会停电。一到停电，整个小镇的街道和房屋都被点点烛光笼罩，伴着闪烁的星星仿佛在为这个世界注入一份纯净的温暖。我点亮了一支蜡烛，一股暖意瞬间充满了整个房间。在这微弱的光芒里，我的内心也在慢慢回温。展卷疾书，圈圈画画，或是对着烛光畅想。蜡烛火焰跳动着，带着一份祥和与坚定。此时此刻，我的目光透过此光，心中也开始沉思，成长是应该拥有喜怒哀乐、酸甜苦辣的，这个世界并不是完美的，但是我们拥有努力追求美好的权利，成长的每个阶段也都值得我们珍视，要不然岂不白白浪费光阴？这个温馨的场景里，我的内心仿佛对未来充满了一股崇高的期许。蜡烛变得越来越短，可是我却越来越坚定，坚定着自己对未来的向往；蜡烛火焰渐渐地熄灭了，可是我的内心却散发出一个更明亮的光芒。这是因为，我知道，我们时刻都要保持珍视，不论是过去、现在或是将来。

蜡烛没有荧光的绚烂、曼妙，没有月光的柔情，更没有灯光的耀眼、体面。在许多人眼中，它不过是一种过时的生活用品，但正是这样的普通和平凡，深深地吸引着我，让我从时代的变迁中感受到它的魅力和风采。旧社会，烛光可以点燃枝干，承担驱寒取暖的生存使命；新中国，人们借助烛光辛勤劳作，奔赴希望的生活；新时代，烛光作为烘托气氛、调节情调的装饰装点着生活。所以，始终如一的平凡与本真，不愧为燎原的星火，希望的化身。

烛光作为人之称颂的希望，有谦虚的美德，它总是任由不同种族、不同身份、不同人群的人在不同场合使用，不谄媚不邀功，把自己对生命的理解融在真真切切、平平淡淡的追求中，鞠躬尽瘁，这是何等超凡脱俗啊！

说蜡烛为希望的化身，还表现在它大度包容，与世无争。即使身处艰苦的穷乡僻壤，它也能泰然面对，丝毫不减热情，踏踏实实、认认真真地过好每一天。多少文人墨客文字间传递着它的光芒，多少商贾达人的决断中燃烧着它的思绪，多少穷困家庭里浸润着它的温暖。所以，蜡烛活得最动人、最率性，没有肚量是难以做到的。

蜡烛是无私的。上下通透的外形，表里如一的秉性，随光显美，燃泪倾情，仅泛泛之间传承着由生到灭的使命担当。"蜡炬成灰泪始干"，这句话足以让人读懂蜡烛的普通与平凡，奉献与卓越。燃烧自己，照亮他人，默默间实现了自身的价值。

蜡炬烧残香未尽，纱橱烟冷月初斜，何人为结东林社，布袜青鞋早到家。看着蜡烛激进的火焰，我想，活在钢筋混凝土中的人们更应该具有蜡烛的情操。

第二辑／

路漫修远

天南海北赏社火

鞭炮齐鸣，新年欢歌。各地的社火风俗，让我深深地感受到了不一样的年味。

陆游曾在《游山西村》中留下这样的诗句："箫鼓追随春社近，衣冠简朴古风存。"可见，社火的影子在上古时期的祭祀活动中便已悄然存在，它依托于图腾崇拜和原始歌舞，经过商周时期的逐疫驱鬼、祭神赛会，逐渐演变为乡村的民俗礼仪活动，以及包含杂技表演等艺术样式的盛会。如今，社火已成为中国民间庆祝春节的一种传统庆典狂欢活动，其中高台、舞狮、舞龙、高跷、旱船、秧歌、杂技等形式丰富多彩。从正月初一至十五，全国各地都会举行盛大而隆重的社火活动。

《风俗通义》中记载："击器而歌，拊掌而舞，祈于天地，以其吉也。"春节期间，人们杀猪宰羊，祭祀菩萨、文臣武将和祖先，脸上涂抹朱砂，头上扎缚鸟羽，尽情欢呼跳跃，以求祈福消灾、驱恶避邪。江西丰城的社火活动尤为出色，展现了这一古老风俗的深厚底蕴。

嘉靖年间，河北井陉县的桃林坪花脸社火便以其独特的魅力著称，被誉为"黄纲护卫队"。表演者身着古装，脸谱奇特，手持真刀真枪，再现古典剧情。他们架势优美，打斗流畅，动静之间展现出角色的武艺高强和英雄气概。这一活动不仅是一场视觉盛宴，更是一次文化的传承与展示。

青海社火的亮点在于歌舞类项目的比重较大。锅庄舞的表演中，男女对唱，动作悠颤跨腿、趋步辗转，尽显手臂撩、甩、晃之悠情。绑裹头巾的牧民边跳舞边诵读诗歌，手势起伏间，仿佛黑牦牛和白牦牛直冲而来，绕圈狂欢，又如缠绵的伴侣互诉爱情。牧人左右引唤，将哈达套于牛角之上，祈福五谷丰登，祝愿和平安康。原来，这些牦牛竟是由表演者所扮，其出神入化的技艺令人叹为观止。

河南的社火活动同样丰富多彩，如安庆社火、浚县社火、偃师社火等。其中，偃师社火中的狮子舞、大鼓、旱船、推小车、高跷、拉犟驴等都有其独特的魅力。我特别钟爱他们的"大鼓"，牛皮蒙面，打得实在，打得雄壮，打得热闹。春节期间，鼓声此起彼伏，竞相鸣奏，烘托出节日的喜庆场面，也装点着人们的幸福生活。

山西的民间社火"中黄高台"表演更是惊险刺激。锣鼓开道，各色旗伞随行，高台一般由八人抬着，铁拐根据表演内容巧妙设计。借助物理原理和错觉心理特点，表演者们呈现出虚实相生的惊险场面。这种"空中戏剧"有挥臂高飞的造型，有踩于人上的旋转，有拉辫悬空的惊呼……每一幕都让人屏息凝神，叹为观止。

辽北的社火散发着黑土地的风采，而历史厚重的陕西社火则给人以深沉的思考。场面壮阔的锣鼓类表演拉开了帷幕，多彩的脸谱、多样的形式、多姿的装扮、多元的创新共同装点着这片秦川大地。身临其境的我，也不由得随之舞动，手之舞之，足之蹈之。

年年岁岁事相似，岁岁年年情不同。天南海北的社火以其特有的文化元素装点着春节的喜庆，让人们在欢乐中感受着传统文化的魅力与传承。

年集是一本乡俗画册

父亲总是笃定地说："赶年集，那是春节最幸福的时光！"对于我这个生在新时代、长在幸福中的孩子来说，过年的赶集，就如同一本装帧精美的画册，每一页都弥漫着独特的年味风俗。

红红火火的买卖，无疑是这画册的华丽"封面"。俗话说"吃罢腊八饭，就把年来办"，腊月一到，新年的脚步便悄然而至。踏出校园，我瞬间被五彩斑斓的摆设所吸引：主街道上，摊位井然有序，商品琳琅满目——款式新颖的衣物，鲜红的大字对联，色彩艳丽的灯笼、鞭炮，还有那鲜味扑鼻的肉食果蔬……四周，买卖的吆喝声、孩童的嬉笑声、老友相遇的寒暄声，以及那噼里啪啦的鞭炮声，都融入瑟瑟的寒风之中，让雪花为冬日的眸子增添了一抹亮色，凝聚成浓浓的年味。

轻轻翻开"扉页"，映入眼帘的是买新衣的喜悦。买新衣，是我家年货清单上的必选项目。全家人从上到下，从内到外，都要焕然一新。穿上时髦的新衣，一身喜庆，走亲访友时更是精神焕发、神采奕奕。穿新衣，迈新途，就是要感受那份辞旧迎新的喜悦。爸爸穿上呢子大衣，笑呵呵地说："看，多精神！"姐姐在镜子前比画着裙摆，一副臭美的模样。我也不甘示弱，各种摆酷。穿上新衣的年，才真正有了过年的味道！

画册的"正容"部分，多以吃食为主。赶年集的那天早上，我家是不做早饭的。有时，我前一晚就会特意留空肚子，一到集市，便直奔那每年必去的"血条面"摊位。血条面，以新鲜猪血或羊血和面擀制而成，再用杀年猪的大油擦遍、切细、蒸熟，最后以臊子汤配佐料而食。红黄绿白相间，味道醇美扑鼻。还未品尝，便已被其俘获。三下五除二，一碗血条面下肚，全身便充满了力量。接下来，我们便和大人们分开行动。他们去买年货，而我们小孩子则逐摊欣赏。说是欣赏，其实更多的是品尝美食。小吃都是只买一份，几人共享，这样，我们便能品尝到更多的美食。堂弟摸着肚子坐在地上的模样真滑稽！大姐打趣道："都吃撑了还往嘴里塞糖葫芦，就不怕掉出来吗？"我则满怀成就感地看着书包里的杏子汤圆、糯米糍粑、脆皮锅巴、油糕、红纸糖……

年画，则是这画册中多彩的"配图"。闻着年画的油墨香，不同主题风格的年画让人眼花缭乱。除了必选的门神、灶神贴画外，选择哪些年画总是让大人们纠结不已，因为其既要体现"年年有余""富贵吉祥"的年味，又要突出主人的思想志向。大家伸长脖颈，踮起脚尖观望。姐姐偏爱唯美的山水写生，认为它充满气质；而我则独爱古典建筑的悠然。最后，父亲会将我们挑选的年画全部买下。大年三十的早上，对联、年画将各自的房间、庭院房门打扮得格外漂亮，年的喜庆气氛瞬间被推向了高潮。

鞭炮，则是这画册中灵动的"点缀"。鞭炮和烟花，是我们小孩子最中意的年货。将鞭炮塞进塑料瓶倒立，留出引线的口子，用燃着的香头对准点燃，在"砰——"的声响中感受"原子弹"升空的快慰；或者点燃粗一点儿的鞭炮，待引线快烧到根部火药时，用力向空中抛起，仰望空中炸裂的"鞭炮雨"，好似盛开的朵朵蜡梅，传递着新年的福气。

年集不到天黑不散集，赶年集是一年中难得的奔跑与享受。美好的日子，热闹的场景，幸福的笑脸，此起彼伏，相映成趣，勾勒出一幅精美的年俗画卷。而氤氲在大家心中的，则是那份阖家团圆的温馨与幸福。

新春的侠义豪情

新春伴着日历翻卷的终止、叩击的钟声、餐桌上温酒的醇香，穿着新衣，挺着脊梁，冒着寒雪，大踏步向我们迎来。这一年里的收获、失败、喜悦、悲伤，在这一刻都化为云烟，成为过往。新春以全新的面貌呈现，于景于物于人都彰显其客观的公正之举、儒雅之风和侠义之情。

新春凌驾万物之上的包容心态最值得称颂，这是天理、国法、人情的公平公正。就如时间老人对不同国界、不同种族、不同信仰、不同肤色人群的态度一般，不多一分、不差一毫地给予春的烂漫、夏的精彩、秋的丰收和冬的美丽。

如造物主手中的指挥棒一般，生命底色、生逢时间、成长环境不会因为地位尊卑、身份高低、价值取向的异同而改变为人根本的喜怒哀乐、柴米油盐的权利，冥冥之中的自然定数，只待置身其间的你演绎。如仗剑天涯、胸怀苍生的侠士，救民于水火，解民于倒悬。他是正义的化身，希望的宠儿，所到之处秉公持衡、坚守道义，助人危难，成人之美，开启新生活的序章。

当火红的灯笼高高挂起，精美的祝福对联贴起，阵阵鞭炮响起，举国欢庆、万家欢腾的时刻，新年，这位游走于山野大地、灯火阑珊中的侠士，默默地凝守边疆哨卡的安宁，悄悄地剔除海湾中的浪卷风啸，偷偷地捡拾白天的恩赐，暗暗地撷取黑夜的快慰；享用风花雪月的柔情，体验刀枪剑戟的刚劲。"赵客缦胡缨，吴钩霜雪明。银鞍照白马，飒沓如流星……闲过信陵饮，脱剑膝前横。将炙啖朱亥，持觞劝侯嬴。三杯吐然诺，五岳倒为轻……眼花耳热后，意气素霓生……"所有的实在和联想，所有的不快和心痛，所有的愉悦和美好，都被新年的儒雅与淡然所感化。留给你的，便是注入信心，热情向前。

侠士风骨必定是勇敢地创造更加美好的新生活，认真续写更为雄浑壮观的新篇章。他既有"融胡汉为一体，文武不殊途"的追念，如暮年老母新年之时院前眺望归途子女时的满心期待和欢喜；又是"抚剑夜吟啸，雄心日千里"的追索，如严慈老父"恨铁不成钢"的指点和"衣带渐宽终不悔"的疼爱；更是"匈奴未灭，无以家为"的追求。新年，就这样俯视和包容着一切，用侠士的壮志豪情书写行侠仗义，用坚定信念传递希望美好。

很喜欢那句话："无风浪不成江湖，无恩怨不出豪杰。"其实，人人心中都驻有一颗侠士之心，仗古道心肠，行侠义精神。古今慨叹，侠义豪情的新年，融进土地是希望的嫩芽，化在空中是一抹春色，映入眼帘是满腔憧憬，滋润心田是一股暖流。

小年祭灶忙

小年一到，春节的气息愈加浓烈，年也就不远了。如果把年比喻为一幕大戏，那冬至是演出预告；腊八节则是徐徐地拉开序幕；接下来小年粉墨登场，年味儿开始越来越浓。

《释名》云："灶。造也，创造食物也。"旧时，差不多家家灶间都设有"灶王爷"神位，人们称这位尊神为"灶君司命"。传说他被玉皇大帝派来人间执掌灶火，管理饮食，考察人间善恶，每年要向玉皇大帝汇报。返回天上前，民间会为其设祭送行。灶间张贴的"上天言好事，下界降吉祥"，就表达着人们辟邪除灾、迎祥纳福的美好愿望。

古代，祭灶地位仅次于中秋节。祭灶风俗始于周代，时间不一，汉朝以前祭灶在夏天，汉至宋在腊月二十四，明清时，祭灶已为腊月二十三。这天，无论穷富，家家灶王像前的桌案上都供放着清水、料豆、糕饼、麻糖、胡桃等祭品，伴着鞭炮声，祭者口念祈福之语。人们用灶糖抹住灶王神像嘴巴，让他老人家甜甜嘴，以便在玉皇大帝面前为自家多多美言。

此外，还有"年三十儿贴花门"，外人便不可进家的规矩。据说，在新中国成立之前，祭灶节后的"年关"是贫苦人家最难熬的日子，地主派人到穷人家讨债要账，难以还债者只好出去"躲年关"，等年三十儿贴了对联后再回家，遂称"要命的祭灶，救命的春联"。

小年通常被视为忙年的开始，意味着人们开始准备年货、扫尘、祭灶等，干干净净过个好年，表达了人们一种辞旧迎新、迎祥纳福的美好愿望。

一大早，全家就开始忙碌起来了，清扫完庭院卫生，壮汉们伴着朝阳开始赶集购物、烹羊杀猪。女人们烧制食品、制作纸帛。孩童穿梭其间、驱赶鸡狗啄叼、接拿使唤。家家虔诚祭拜，户户祈愿幸福。家舍里散发着阵阵清香，空气中弥漫着丝丝喜庆。这不禁让人想起宋朝诗人范成大的《祭灶词》："古传腊月二十四，灶君朝天欲言事。云车风马小留连，家有杯盘丰典祀。猪头烂热双鱼鲜，豆沙甘松粉饵团……送君醉饱登天门，杓长杓短勿复云，乞取利市归来分。"

如今，很多地方仍保留着民间祭灶风俗，传承文化的同时也感受着家人团聚的喜庆。结束一年的忙碌，暂停工作的辛劳，放松身心，享受年俗，推杯换盏，觥筹交错，品着美食，道着一年的收获，抒着得失成败，表着希望愿景。

小年过后，"二十四，扫房子；二十五，糊窗户；二十六，炖大肉；二十七，宰公鸡；二十八，把面发……"在漫漫历史长河中孕育的年俗文化，承载着先人的智慧与愿景，一路载歌，畅游在多姿多彩的神州大地上。

柳舞春思

春风轻抚面颊，柳丝如丝如缕，在道路之旁摇曳生姿。这春日之景，仿佛一幅细腻的画卷，一夜之间，翠绿便铺满大地，焕发清新。相较于冬日的寂静，春日的柳丝更显得生机勃勃，飘逸而洒脱。

我漫步于柳林之畔，满目翠绿如同翡翠海洋，让人心醉神迷。柳条如少女般轻盈地摇曳，似千丝万缕的绿发在风中轻舞，那飘逸的姿态，令人叹为观止。我细细观察，每根柳丝都仿佛注入了生命的活力，它们在阳光下熠熠生辉，闪烁着晶莹的光泽。那光泽犹如绿色的宝石，在阳光的折射下，散发出迷人的光彩，令人目不暇接、无法自拔。我随口而出："柳条百尺拂银塘，绿烟金穗映晴川。"

走进这片柳林，就走进了一个绿色的梦境。这里没有喧嚣和纷扰，只有宁静和美好。我深深地呼吸着清新的空气，感受着大自然的恩赐。我知道，这片柳林不仅是一片美丽的景色，更是一份对生命的热爱和尊重。

柳，与众不同。它不似松柏之挺拔，不若桃李之艳丽，却有其独特的韵味。它柔和而坚韧，既能随风起舞，又能扎根于大地，承载着岁月的痕迹。我凝视着柳丝，依稀看到了它们从冬季的沉睡中苏醒，逐渐展现出生命的绿色。这种生命的复苏，让我感受到了大自然的神奇和伟大。

柳丝轻舞，不仅是春天的使者，更是生命的赞歌。它们以柔弱的身躯，承载着生命的重量，以坚韧的精神，诠释着生命的真谛。我沉醉于翠柳之域，春风轻吻面颊，耳畔响起柳丝与风的协奏。风声缠绵如丝，宛如古曲中飘逸的旋律，悠扬而深情；柳声细语沙沙，如同仙界传来的天籁之音，清越而纯净。我仿佛融入这自然的交响之中，与天地共鸣，感受着生命跳动的韵律与无尽的生机。

让我们共同走进这绿色的世界，感受大自然的魅力和生命的活力吧！像这柳丝一样，拥有一颗自由而坚韧的心。无论身处何种环境，都能保持一颗平和的心态，用勇气和智慧去创造属于自己的精彩人生。

然而，这柳丝轻舞之景，更触动了我对生命之自由与坚韧的深沉思索。柳丝随风轻舞，如自由的化身，不受尘世纷扰，潇洒而俊逸。这种自由，非但仅显于形，更内化于心，赋予生命无尽的灵动与可能。柳丝无畏风霜，坚韧地扎根于大地，即便在严寒中仍能保持绿意盎然。这种坚韧，不仅是生命顽强的表现，更是对逆境的不屈抗争。它使我深感生命的伟大与崇高，让我更加珍视与尊重这宝贵的存在。

"柳丝轻舞春风里"，这不仅仅是对春天景色的赞美，更是对生命态度和人生哲学的思考。它告诉我们，要像柳丝一样，随遇而安，自在洒脱。无论面对何种困境和挑战，都要保持一颗平和的心态，用坚韧和勇气去迎接生活中的每一个挑战。同时，也要珍惜生命中的每一个瞬间，感受大自然的恩赐和生命的美好。

一季梅花开

江南三月，烟雨诗情。西子之郊、运河毗邻之间，坐落着闻名遐迩的临平超山风景区。这里有千余年种梅历史，以观赏

"古、广、奇"三绝的梅花而著名。

中国有五大梅——楚梅、晋梅、隋梅、唐梅、宋梅，超山独占其二——唐梅和宋梅，为江南三大探梅胜地之一。超山梅树自五代后晋开始种植，有万余株，逢初春时节，梅花次第绽放，方圆十里遥天映白，如飞雪漫空，甚为壮观，超山故有"十里梅花香雪海"之美誉。唐宋以来，超山吸引了无数文人墨客赏梅颂梅，留下了诸多诗文书画、摩崖石刻、美丽传说，积淀了丰厚的人文历史底蕴与独特的超山文化特色。

邀约三五好友，趁着时令，我们踏访超山游赏梅花。

未近梅树，先闻梅香。倏忽之间身心恍如进入梦幻，散发着淡雅清香的空气都变得多彩，"梅之夭夭，灼灼其华""早梅发高树，迥映楚天碧"，我最先在心中如此喟叹，若不是身临其境，断然不会被其惊艳。远远的梅树似一位故友，争先恐后地舞动着双手朝你呼喊，这株向你点头，那株向你伸手，你还未定睛交谈，便被旁侧的美艳吸引，任凭自己呆呆地驻足。冷不防地被梅海一击，心中的万般诗情与豪迈瞬间零落一地，只有本能地、纯粹地呼出："啊——好美啊！"

待适应这种氛围，一行人便到了大明堂正中的浮香阁。古干诘屈，老枝横虬，姿态奇特的宋梅，仿如一位风烛残年的老者，展示着自己独有的六瓣花枝，低声絮语曾经的日月风华。看着由潘天寿作石、吴茀之画松、诸乐三写梅的巨幅《长春图》，也能想象出诸如王国维、郁达夫、梅兰芳、张大千等名人登临赏梅、傍梅歌赋的画面。历史的厚重和卓越也只有眼前的唐梅、宋梅尚可——见证。

沿阶直上，梅树错落有致地排列，有的造型古拙苍劲，有的动作浮夸张扬，有的神情温婉羞涩。花瓣圆润，掩香护蕊，花枝紧密相连，稠密浓茂，株株花枝招展，朵朵芳香扑鼻。站在坡地上，俯视梅海，朵朵梅花如云如锦如雪，时而轻轻弥漫，时而冉冉浮动，时而隐隐幽芳，她注视着行人的漫天交谈，审视着风中匆匆的靓影，享受着"留连戏蝶时时舞，自在娇莺恰恰啼"的快慰，倾听着远方钱塘江的浪潮。我感觉有点儿飘飘然不能自已，不知是梅香染了双眼还是梅韵醉了身心。

陈慧瑛在《梅花魂》一文中说过梅花愈是风欺雪压，花开得愈精神，愈秀气。联想到具有梅花精神的人，她说："一个中国人，无论在怎样的境遇里，总要有梅花的秉性才好！"是啊，"无意苦争春，一任群芳妒。零落成泥碾作尘，只有香如故"，这或许就是超山梅花的秉性。她是灵魂的精灵，是多情的园丁，是浪漫的天使……

一路走来，探梅、赏梅，我也在找寻着属于自己的那朵梅。梅影灼灼映超山，她不问环境优劣地迎风傲骨，不骄不慢地香盈天宇，不正是家国由弱到强成长过程的写照吗？如此，我们只管竭尽全力书写初心的意气风发。

枇杷润夏滋味长

夏季枇杷正满园。一树金黄，满天萦绕，一个最具味道的季节向我们走来。

枇杷，因其形似琵琶乐器而得名，别称金丸、芦枝、芦橘、炎果、焦子。枇杷金黄，黄中带红，红中透甜，甜中裹着一抹化不开的黏稠味，是初夏佳果。它的独特是渗入骨髓的透彻，不与百花争艳，当年10月开花，至次年2月乍暖还寒时花团锦簇，洁白的花瓣和那淡黄的花蕊相互映衬，形成一道亮丽而别致的画卷。

你看，满树火红金黄的枇杷，满园浸染绿叶，犹如漫步在一幅水墨画中，含苞欲放间掩映不住欲说还休的冲动，心也随之通透澄明不少。叶片间缀满金灿灿的枇杷，一串串挂满枝头，压弯了树梢。老人们用竹竿敲打高处阳光充足的枇杷，孩子们在树下提着竹筐，兴奋地去接，一边吃一边追逐嬉戏。年轻人则撸袖提裤一溜烟儿上了树头，采摘装袋之前先一饱口福。一时间，树旁叶间，都荡漾着他们的欢声笑语。我小心翼翼地剥开枇杷橙黄色的薄皮，晶莹细腻的果肉引人迫不及待地咬上一口，汁水横溢于唇齿之间，香甜瞬间弥漫开来，触动舌尖上的每一个味蕾。"东园载酒西园醉，摘尽枇杷一树金。""倾筐呈绿叶，重叠色何鲜。讵是秋风里，犹如晓露前。"置身其间，我不禁吟诵起白居易的《山枇杷》："深山老去惜年华，况对东溪野枇杷。火树风来翻绛焰，琼枝日出晒红纱。回看桃李都无色，映得芙蓉不是花。争奈结根深石底，无因移得到人家。"

与枇杷相伴的是文化与历史。早在西汉时期，中国就开始栽培枇杷，到唐代已极为普遍，其香气和美味更是被文人墨客所称赞，白居易有诗"淮山侧畔楚江阴，五月枇杷正满林"，描绘了枇杷盛栽的景象。宋代文人苏轼更是对枇杷情有独钟，他在《二月十九日携白酒鲈鱼过詹使君食槐叶冷淘》中这样描述："枇杷已熟粲金珠，桑落初尝滟玉蛆。暂借垂莲十分盏，一浇空腹五车书。"

古代文学作品里常常以枇杷为意象，象征"精神宁静、美好感受、玄妙悠远、超凡脱俗"，并被用作诗、画、歌、舞等艺术形式的主题或形象。在我国的园林建筑中，枇杷也是一个常见的装饰元素，其形态可以用作雕刻、图案装饰和景观塑造等，展现传统文化内涵和审美价值。

江南枇杷分红沙和白沙两类，红沙枇杷寿命长、树势强、产量高，美中不足的是品质不如白沙爽口。枇杷美味之余还有多种功效：种子可以酿酒及提炼酒精；木材质坚韧，可供制作木梳、木棒等；叶和果可入药，蒸制其叶取露，有清热润肺、止咳化痰等疗效。枇杷全身是宝，难怪有"初夏鲜果第一枝"之称。

踏寻夏味，齐聚枇杷园，不仅是一次品尝美食之旅，更是一次文化的洗礼与启迪。看着灿如夏阳的枇杷，从秋日萌芽到寒冬傲枝再伴来年春末夏初成熟，历经四季，最终以饱满的果肉和最佳的风味示人，质感中透着美艳，滋夏润心，恰好印证了那句古诗——千淘万漉虽辛苦，吹尽狂沙始到金。

杭城宋韵，千古深情

云雾缭绕天氤氲，邀朋共赏出行游。利用周末，我们一行人来到中国最大的人造宋文化主题公园——宋城，感受宋朝人别样的情趣生活。

宋城位于美丽的西湖景区西南，南濒钱塘江，北靠五云山。

这是集中展现两宋文化的第一个杭州主题公园，以宋代画家张择端的《清明上河图》为依据，按照宋书《营造法式》建造。它将现实主义、浪漫主义、功能主义相结合的造园手法，与历史相结合；以古朴凝重、严谨考究的风格，营造出一幅"建筑为形，文化为魂"的规模宏大、古宋风情浓郁的场景，展现江南的韵致。

我们刚进入宋城时，就被古朴的建筑和热闹的人群吸引了。这里有市井流动的小贩、古风十足的演员，还有许多游客向往的美食和景色。"快点儿别动，看这里，好——"还未细观其详，就被同伴的相机镜头给定格在了画面中。我顺着他们的镜头，看到一辆威武雄壮的坦克，那个炮火硝烟的坦克战役和坑道战役瞬间浮现在眼前，冲锋枪、手榴弹猛烈怒号，桥梁、山沟里的战士们匍匐前行，作战指挥部彻夜谈论部署，黄继光等英雄用身躯诠释着英勇顽强……仿真的地形地貌，逼真的音响效果，无不让人真心感受《上甘岭》"用你的双脚'走'完最长的四十三天"的激昂，来一场涤荡心灵的红色之旅。

走出体验馆，瞬间让我有种穿越的突兀感，明明还在抗战，却已然来到了宋朝。长衫着扮的女子轻摇纨扇，纤细玉指翻卷沉吟，好一派娴雅的风韵！朋友情不自禁地进入店内，握笔在铺开的纸上写了一个"雅"字，周围附诗"奉帚平明秋殿开，且将团扇共徘徊"。看着周围店铺的喧闹，我也附庸道："糖画皮影打铁打年糕，投壶射箭曲水流觞宴。"不知是谁说了一声"走，我们兑换交子，畅饮一番"，街道上便轰轰烈烈地展开了一场果腹之欢。

最具灵魂的当数大型歌舞秀《宋城千古情》，这可是与拉斯维加斯的"O"秀、巴黎"红磨坊"并称的"世界三大名秀"。一舞梦回大宋，一步跨越千年。在庄严肃穆的上朝仪式上，表演者们身穿华丽的官服，步伐整齐地行进，令人敬畏。随着音乐节拍，慢慢地，乐曲渐渐转缓，表演者开始描绘一个古老的传说，当文明的曙光以火把的形式照亮大地，不屈的脊梁托起了良渚文化的伟大精神。笙歌管弦响彻整个舞台，顿时，舞台上诞生出了一具曳着彩带飘动的巨型千张屏。表演者化身为江南水乡的美女，穿上轻盈舒适的衣裳，随着音乐再次慢慢起舞，舞步雍容华贵，轻轻扭动着身姿，捧出沁人心脾的龙井茶，迎接来自五湖四海的宾朋。此时，观众仿佛置身于江南水乡，感受着那里纯净的水清、山明、花香和鸟语。西子湖畔的蒙蒙烟雨催生了《白蛇传》《梁山伯与祝英台》佳话，穿梭于江南古城的故事情节将观众带入一段美好而缱绻的爱情故事……

笑语欢声随步起，美景佳境在心头。精心的安排、独特的布景、感知强烈的表演，全都以杭州的历史典故、神话传说为基点，融合世界歌舞、杂技艺术于一体，运用了现代高科技手段营造如梦似幻的意境，给人以强烈的视觉震撼。在观众不断地惊呼、喟叹中，我们真切感受着彼时那个灿烂多彩的时代风情和气息。

交错纵横的街道，几乎是一步一景，"大地震、穿越快闪、幻影、鬼屋、库克船长……"形式多样的项目都能让不同年龄的群体找到为之心动的精彩。这种沉浸式、互动式、体验式的穿越之旅，不仅仅让身心得以放松，眼界得以拓宽，更为妙趣的是在真正享受"给我一天，还你千年"的宋韵文化之魅力与文化中国的魅力。

踏访金华双龙洞

柔情的春风，宛如一位技艺高超的画师，轻轻挥毫，唤醒了沉睡已久的大地，为她披上了一层新绿的轻纱。我们怀揣着对美景的无限向往，迫不及待地投身这幅春意盎然的画卷中，尽情领略每一寸土地散发出的新生气息。

前几日，我们与几位挚友相约，一同踏访那传说中如诗如画的金华双龙洞国家级森林风景区。提及双龙洞，我内心深处涌现出小学课本中叶圣陶先生那篇引人入胜的《记金华的双龙洞》。那篇文章如同一把钥匙，打开了我对这片神奇土地的好奇与向往。

当我们置身于这片海拔达 520 米的圣地时，内心不禁为之震撼。只见内外洞及耳洞共同构成了这片神奇的景致。洞口开阔明朗，阳光透过缝隙洒落，形成斑驳的光影。两侧钟乳石犹如两条巨龙盘踞，威武而神秘，让人不禁对大自然的鬼斧神工赞叹不已！

我们依照古诗中的描述，"洞中有洞洞中泉，欲觅泉源卧小船"，小心翼翼地平卧小舟，仰面擦崖逆水而入。我的思绪立时闪现出"千尺横梁压水低，轻舸仰卧入回溪"的语句，那一刻，似乎穿越了时空，回到了古代文人墨客游历双龙洞时的场景。船在狭窄的洞穴中缓缓前行，水声潺潺，仿佛在低语着千年的秘密。

当我们轻轻步入内洞，眼前豁然开朗，展现出一个璀璨夺目的奇幻世界。四周的钟乳石和石笋，它们或挺拔如峰，或婀娜多姿，造型奇特无比，布局巧妙绝伦，更难得的是颜色各异，犹如大自然的调色盘洒落其间。灯光的映照下，它们散发出迷人的光彩。在这片石海中，我们穿梭其间，嬉戏玩耍，水珠轻轻地滴落在头上、身上，带来阵阵清凉与惬意。抬头仰望，高处的钟乳石如同巨龙般蜿蜒盘旋，巍峨耸立，为这龙宫守护着无尽的宝藏。那淡淡的光芒从它们体内散发而出，彰显着龙宫的威严与庄重。脚下的石笋，则如精灵般俏皮可爱，点缀着这片奢华的洞府，为这奇幻的景致增添了一抹灵动与生机。我们一路探寻着那些传说中的奇景："黄龙吐水"的壮观，"倒挂蝙蝠"的神秘，"彩云遮月"的浪漫，"天马行空"的奔放，"海龟探海"的深邃……每一处景致都幻化多变，令人目不暇接。我们仿佛能听到它们的欢声笑语，感受到它们的欢快与活泼。

外洞恍若庄严的"龙厅"，内洞则如神秘的"龙宫"，二者之间，既有相隔之幽深，又有相通之奥妙，这无疑是双龙洞最为鲜明的特色。最后，我们一行人在壮观的"石瀑"前合影留念。那飞泻的激流如同银河落九天，其恢宏之势被永远定格在镜头之中，成为我们此行最难忘的回忆。

双龙洞，这片广袤的林海莽原与奇特洞穴的交织之地，更以道教名山的崇高地位而名扬四海。

它承载着璀璨悠久的历史文化，自东晋起便吸引着无数文人墨客。李白、苏轼、李清照等历代才子佳人，纷纷踏足此地，留下了一篇篇不朽的诗篇与游记，为这片神奇的土地增添了浓厚的文化底蕴。旅行家徐霞客更是对其情有独钟，他以细腻的笔触，记录下了长达四千多字的游记，将所见所感呈现得淋漓尽致。

现代文学巨匠如郁达夫、叶圣陶、郭沫若等，亦被双龙洞的魅力所吸引，他们用文字绘制出一幅幅美丽的画卷，让这片土地焕发出新的光彩。此外，国家领导人也曾亲临此地，留下珍贵的足迹。这片土地，不仅是自然的瑰宝，更是文化的瑰宝，值得我们每一个人去探寻与珍视。

在下山的路上，我脑海中回荡着李清照赞美金华的诗句："水通南国三千里，气压江城十四州。"这些诗句如同一首首美妙的旋律，在心头荡漾。我欣赏着这如画的美景，沐浴着和煦的春色，探寻着深厚的文化底蕴，领悟着修行的真谛。

象山石浦不老岛

提及即将踏足的宁波象山，这片被誉为"东方不老岛，海山仙子国"的胜地，自古便有"浙洋中路重镇"的美誉。当我漫步于怪石奇花之间，才真正领略到其千姿百态、海景怡人的独特韵味。

宁波象山，坐落于象山港与三门湾的怀抱之中，三面环海，两港相拥。因县城西北有山形似伏象，故得名"象山"。而石浦，这个以"溪流入海处山岩直逼海中"而得名的渔港，更是全国四大渔港之一，自古便以鱼市繁盛著称。早在唐朝，它便位列"浙东众岛之一"，承载着丰富的历史文化古迹。这里发掘的文献，记录了古代舟车勘探、海洋生态环境变迁、渔民生产生活习俗和海上商贸往来等珍贵内容，深刻展现了古代海洋文明的发展历程和文化脉络，为我国古代海洋文化的研究提供了宝贵的历史线索。

踏入石浦古城，一排排竹制亭子和石雕园林映入眼帘，古朴悠然、清新雅致。放眼望去，碧海蓝天间，白色的帆影在轻柔的海风中摇曳，岛上翠绿的茶树在阳光下熠熠生辉，仿佛在向来自四面八方的游客致以诚挚的问候。此时，清代陈秉元的《石浦竹枝词》中的诗句在我脑海中回荡："蜃雨腥风骇浪前，高低曲折一城圆。人家住在潮烟里，万里涛声到枕边。"古城依山傍海，街道蜿蜒于山坡之上，每一块阶石板都诉说着古老的故事，每一步都承载着曾经的豪情壮志。古朴的街巷中弥漫着浓郁的渔家气息，一盏盏精致的渔灯里映照出斑驳岁月的痕迹。这里"城在港上，山在城中"的景致，无不令人震撼。

驻足聂耳广场，我凝视着聂耳雕像，感受着他专注的拉琴风采。他的艺术才华曾激发了人民的抗日热情，他的成就和经验为我国近代现实主义音乐创作传统注入了新的活力。沿着交错的街道前行，宏章绸庄、栽兴烟庄、侍郎府、亚洲飞人馆、耕海牧鱼馆、东旦时尚运动海滩等景点都留下了我们的足迹，每一处都充满了历史的厚重与文化的底蕴。

顾炎武在《天下郡国利病书》中提及："每岁孟夏，潮大势急，则推鱼至深。渔船多捕鱼于此出洋捞取，计宁台温大小渔船以万计。"这生动描绘了古石浦农盐渔业的繁荣景象。"郎不耕田女不织，一年生计在渔船"，这片得天独厚的地域孕育了丰富的水产资源，其水产品体色光亮、骨质柔软、肉质细嫩、味道鲜美，堪称一绝。我们在品味美食的同时，也感受着这片土地的丰饶与美好。

登上以"仙人锯岩、海上石林"著称的花岙岛，其风光"三绝"——洞幽、滩奇、岩峻，令人叹为观止。那幽深的洞穴横穿山腰，迂回曲折；有的潜入水下深不可测，有的隐于山涧情趣盎然。这里是海浪的密友，飞虫的乐园。行走在奇花异石之间，任由思绪飞扬，想象无限。岙岙有仙，洞洞有景，真正体现了"岙里有岙，洞中有洞"的神奇景象，让人不得不佩服大自然的鬼斧神工。

石浦不老岛，这片充满传奇色彩的土地，不仅让我们领略到自然的美丽与神奇，更让我们深刻感受到古代浙东文化的独特魅力与深厚底蕴。无论是探险者还是旅游者，都能在这片神奇而美丽的土地上，找到属于自己的心灵寄托与宣泄之处。

探寻太湖源

清晨的阳光透过稀疏的云层洒在大地上，温暖而宜人。我和朋友们决定踏上一场寻找太湖源的山谷之旅。

太湖源，位于浙江临安天目山南麓，太湖水系主河流东苕溪的源头坐落于此，故名太湖源。这里以其壮美的景色和丰富的历史文化而闻名，是野生动植物的天堂，是理想的避暑胜地。景区十里长谷，绝壁夹峙，清溪长歌，悬崖飞瀑；生态原始，与九寨沟非常相似，故被誉为"小九寨沟"。

　　进入源头文化广场，一条山溪顺着峡谷蜿蜒而出，一股清凉的山风扑面而来，立刻使我们感到舒适和愉悦。山峦起伏，绿树成荫，山花烂漫，湖光山色交相辉映，仿佛进入了金庸笔下的桃花岛。溪水潺潺，清凉纯净，溪水中的石头大小不一、千姿百态，大石上赫然刻着"源"字，我们就从这里开始爬山了。

　　石阶随山势曲折盘旋，或依山或傍水或穿石或附树，一步步向上，一声声鼓掌；步伐稳健有序，溪水缠绵有调。"快看，千仞崖！"朋友大叫。循声仰视，悬崖巍峨险峻，形状如同四四方方的积木搭叠起来的模样，山峰高耸入云，峡谷两旁的悬崖陡峭如刀削般，将蔚蓝的天空挤压成一条带状，显得异常辽阔高远。顿时，步伐都觉得有力无比。

　　未探前景先闻水声，这又到了一处美景——"醉花瀑"，溪流从高处奔泻而来，被下方的巨石一挡，分成两股匆匆直下，有的一跌三截，千姿百态，水花四溅。听当地朋友说，醉花瀑洁白的水花如同啤酒泡沫，故而得名，若雨水充沛季节，更为壮观。醉花瀑和竞跳石是太湖源的浪漫组合，瀑落乱石，看着水花的轻舞就如欣赏长袖女子的表演，别有一番风采。岸边的花草繁茂，各种水鸟盘旋飞翔，为水瀑增添了一抹生机和活力。山上的村民采茶、挖笋途经此处，也会小憩玩水。

　　在茂密的绿树掩映中，一抹鲜艳的红色跃入眼帘。走近细瞧，原来是一棵大树上挂满了各式各样的红色许愿布带，这就是那棵传说中的"爱情树"。据闻，这棵树是2007年7月31日那天，姚明与其妻子叶莉特地前来拍摄婚纱时所植。青山为媒，碧水为鉴，他们的爱情在太湖源的见证下定格，象征着幸福与长久的承诺。这棵爱情树，成了众多情侣们向往的许愿圣地。一幕幕浪漫的镜头在此定格，一对对深情款款的情侣在此表达心声。愿天下有情人，都能在这棵爱情树的见证下，携手共度美好时光，终成眷属，成就幸福人生。

翠竹掩映下的千佛殿周围景色美不胜收，近旁一挂飞瀑哗哗而歌，对面突兀矗立的几块巨岩如虎似狮，大石上镌刻着"太湖源头"大字，这是景区的最后一站明源亭。坐于亭内，品茶问道，畅想古人瑞彭祖在此隐居修炼的清雅，吴越钱王曾踏遍龙须峰峦的意气风发，风润禅韵，水鸣禅音，心趋安宁。

"江南小九寨，碧水太湖源"，不仅让人感受到了大自然的鬼斧神工，也体味到了它给予我们的力量和美好。"问渠那得清如许，为有源头活水来"，探寻水源，也是在思考奋斗的人生，"世上无难事，只要肯登攀"。

玉女潭：云影天光绘古今，碧波悠悠诉变迁

"绝谷空山玉女泉，深源滚滚出青莲。冲开巨峡千年石，泻入成龙百尺澜。惊浪翻空蟾恍若，雄声震地鼓填然。翠华当日时游幸，几度临流奏管弦。"当我真正步入这片山色天光之中，玉女潭的奥妙与韵味才如涓涓细流，缓缓沁入我的心田。

玉女潭，这处隐匿于陕西省麟游县城南十五公里鱼塘峡的秘境，仿佛是天地间的一颗璀璨明珠。传说华岳玉女与群仙曾在此沐浴嬉戏，群山环抱、水景秀美，因而得名，充满了神秘

与浪漫的气息。

　　自古以来，玉女潭便是文人墨客与游客心中的圣地。隋文帝在仁寿宫执政时，常设宴于此，与群臣共赏潭中波涌浪涛，欢声笑语传遍山谷。武则天掌权后，亦携女儿太平公主至此沐浴，感受清泉之润，并挥毫泼墨，留下赞美玉女潭美景的佳句："山窗游玉女，涧户对琼峰。岩顶翔双凤，潭心倒九龙。酒中浮竹叶，杯上写芙蓉。故验家山赏，惟有风入松。"字字珠玑，句句生辉，将玉女潭的瑰丽景色描绘得如诗如画。唐朝以来，诗人墨客纷至沓来，驻足欣赏这绝美的景致，他们或咏史抒怀，或寄情山水，将玉女潭的美景与自己的情感融为一体，使得这片天地更加充满了人文气息。

　　行走在蜿蜒的小道上，沟谷间荆棘密布，如同天然的屏障，遮挡了前行的视线。然而，随着步伐的缓缓迈进，眼前的景象突然变得开阔起来。一座雄伟壮观的石拱桥映入眼帘，桥身横跨山谷，气势磅礴。桥下，清凌凌的水流欢快地流淌着，最终汇入那翠绿的玉女潭中。

　　我踏上石阶，静静地站在潭边，欣赏着眼前的美景。潭水潺潺流淌，澄澈碧透，好似一块无瑕的翡翠。四周的山上，花草丛生，林木葱茏，将玉女潭紧紧环绕，形成了一个幽静的天地。高山陡峭险峻，奇岩巍峨挺拔，有的如千年古树般根深蒂固，有的则似即将倾倒而下的巨岩，险峻异常，令人惊叹不已。

　　在半山腰的岩石上，一道狂泻的飞瀑如银河倒挂，倾泻而下。水流冲击着岩石，溅起如玉般的水珠，带来阵阵清凉。这飞瀑与潭水相互辉映，形成了一幅壮观的画卷。无论是春风拂面时的微波荡漾，夏日阳光下的清凉透爽，秋雨绵绵时的水珠飞溅，还是冬雪纷飞时的银装素裹，潭水始终保持着清澈见底的姿态，如一面明镜，映照着天地间的万物。

潭畔，绿意盎然，古槐参天，似守护神般屹立。蝴蝶在花丛中穿梭，精灵般舞蹈；鸟儿在枝头欢歌，清脆的嗓音回荡在山谷之间。一阵山风吹过，湖面泛起层层细波，仿佛轻抚着大地的脸庞。我们忍不住脱下鞋袜，踏入清凉的浅水之中。脚下的小石块被水流冲刷得光滑圆润，翻开一块，竟有小螃蟹惊慌失措地逃窜。我们兴奋地追逐着，欢笑声此起彼伏。朋友们纷纷举起相机，对准这如诗如画的景色。镜头里，古槐、蝴蝶、鸟鸣、山风、碧波、朝霞，还有那远山如龙的轮廓，一切都显得如此生动而真实。我们用心捕捉着每一个细节，希望将这美好的瞬间永远定格在记忆中。

站在这半亩之地，高山、奇岩、飞瀑和碧波荡漾的潭水尽收眼底，构成了一幅天光云影共徘徊的壮美画卷。我虽不能如古人般尽情沐浴其中，感受那水波荡漾的清凉，但心中的澎湃与感动却难以言表。我仰望苍穹，对着这玉女潭高声吟咏："一镜澄怀天宇宽，清游曾向洞门安。仙家有月无多路，尘世何人不再餐。"是的，这潭水如镜，映照出我内心的澄净与宽广；这清幽的游历，让我仿佛置身于仙家的洞府之中。

初中时，我曾有幸踏足这片秘境，玉女潭的秀美景致深深地烙印在我心间。那时，潭水丰盈，碧波荡漾，宛如仙境。然而，时隔多年，当我再次站在玉女潭边时，眼前的景象却让我心痛不已。潭水近乎枯竭，河床干涸，一片荒凉。我不禁想起前朝之事，那些历史的风云变幻，都在这山水之间留下了深深的痕迹。然而，又有谁能真正识得这山林的奥妙与深邃呢？或许，这正是大自然的魅力所在，它以其独有的方式，向我们诉说着一个又一个未解之谜。

九成宫：仙家未必能胜此，天书遥借翠微宫

有着"离宫之冠""楷书之乡""避暑胜地"美誉的麟游九成宫，像一位饱学的老者，穿越岁月的风烟，在关中大地上，向每一位游客讲述着清晰如昨的往昔情节……

群山环抱，碧水相依，麟游这座古朴而优雅的小城静静隐匿其间。九成宫坐落于杜水之北的天台山，东有童山相护，西有凤凰山为伴，南至石臼山，北靠碧城山，中心则是青莲山，六座山峰宛如六瓣莲花，将千年九成宫环抱其中，展现出一幅青山绿水、明媚秀丽的画卷。

这座千年古宫，始于隋文帝时期的仁寿宫，后于唐太宗贞观年间扩建并更名为九成宫。其名寓意宫殿的宏伟壮丽，如九重天般高耸入云。唐高宗时，曾一度更名为万年宫，寓意颐和万寿，后又恢复原名。而麟游之名，则源于隋义宁元年（617年）仁寿宫中白麒麟的祥瑞之兆，这一美名沿用至今。

九成宫在中国书法史上享有崇高的地位和深远的影响。回溯至隋唐时期，帝王为避暑消夏，在今县城所在地修筑了举世闻名的离宫——仁寿宫与九成。两朝四帝，曾二十次驾临麟游，感受这里的清凉与宁静。据史书记载，贞观六年（632年），唐太宗李世民曾亲至九成宫避暑。某日，他亲自探寻水源，于

城西一背阴之地，发现土壤湿润，便用手杖轻捣数下，瞬间，一股清泉喷涌而出，水质清冽甘甜，太宗大喜，遂命名为醴泉。这一因泉水而诞生的丰碑——九成宫醴泉铭碑，其文辞优美、书法精湛、刻工精细，被誉为"三绝碑"。唐太宗命魏徵撰写《九成宫醴泉铭》，以记录九成宫的历史与景致。书法家欧阳询则以楷书书丹，全碑字体温润峭劲，气韵萧然，被誉为"楷书之极则"，享有"天下第一楷书""天下第一正书"之美誉。这两位文化巨匠的杰作，使得九成宫之名远扬四海，成为后世传颂的佳话。

九成宫，这座宏伟的殿堂，深受唐代宫廷建筑艺术的熏陶，以其独特的建筑风格和装饰艺术吸引着无数人的目光。宫殿建筑群以巍峨的高层建筑为中心，四周环绕着坚固的围墙，形成一片宁静而庄重的庭院。这种中心对称的布局，不仅凸显了宫殿的威严与庄重，更体现了古人对秩序与和谐的极致追求。在宫殿的前方，唐代二十四位开国功臣的雕像矗立着，巨笔雕塑栩栩如生，仿佛是一座座不朽的丰碑。站在雕像前，可以感受到那种历史的厚重感，仿佛能够听到他们的英勇事迹在耳边回荡。

走进宫殿，其建筑结构的精巧与独特便映入眼帘。壁、柱、梁、榫等构件相互衔接，形成了一个稳固而美观的整体。尤为值得一提的是那独特的斗拱结构，它不仅增强了建筑的稳定性，更为整个建筑赋予了独特的韵律感。

而宫殿的装饰艺术更是令人叹为观止。门窗采用红木雕刻而成，精细的纹理和华丽的图案不仅增添了建筑物的美观性，更彰显了古人对细节的极致追求和匠心的独运。此外，浮雕、镂空、彩绘和嵌花四种装饰技法被巧妙地结合在一起，形成了一幅幅绚丽多彩的画面，生动地展现了古代宫廷的繁华盛景和古人的智慧与才情。

九成宫的最大魅力，无疑在于其独特的凉爽气候与四季分明的节气感受。这里的气候宜人，无论是春夏秋冬，都能带给人不同的舒适体验。夏季，九成宫所在的山区气温适中，清风徐来，让人远离了城市的喧嚣与酷热，仿佛置身于一个清凉的世界。冬季，虽然有些寒意，但那种清爽的感觉却让人备感舒适，仿佛能够洗净心灵的尘埃。

踏入文化主题公园西海苑的湖心，仿佛走进了一个历史的隧道。湖水碧波荡漾，倒映着蓝天白云和周围的古建筑，宛如一幅动人的画卷。每一步都仿佛踏着历史的印记，每一步都能感受到那份岁月的沉淀。在这里，你可以听到历史的回声，感受到古人的足迹。而登临青莲山公园，则更是仿佛置身于一幅美丽的自然画卷中。山上绿树成荫，花香四溢，清新的空气让人心旷神怡。站在山顶，俯瞰整个九成宫，那种壮观与美丽的景象让人流连忘返。在这里，你可以尽情地享受大自然的恩赐，感受那份来自大自然的宁静与和谐。

在春光明媚、花团锦簇的季节，你可以在花丛中嬉戏，在田间采摘野菜，感受大自然的勃勃生机；到了炎炎夏日，荷叶连天，你可以在微风中享受凉爽，体验宜人的气温；而在瓜果飘香、山川秀美的秋天，你可以品尝核桃的清香，感受菜籽的油腻；当寒冬来临，莽莽苍穹下寒风呼啸，你可以踏雪欢歌，用煤炭取暖，体验别样的冬日温情。

站在这片古老的土地上，你或许会如同古人感受到"东望剪华，千林结影；南俯茶原，风云交映；西瞻陇坂，派水分流；

北临石柱，川原朝宗"的壮丽景象。又或许，你会像杜甫那样，体悟到"隔窗云雾生衣上，卷幔山泉入镜中"的诗意境界。

日月为麟游增辉，风霆为九成宫壮行。这座集历史遗迹、人文遗存、矿产资源与自然景观于一身的避暑胜地，如同一位历经沧桑却依旧风华绝代的佳人，穿越世纪的交替，屹立在大美之林，绽放出更加璀璨的光芒。

中国"66 号公路"撒把欢儿

小说家约翰·斯坦贝克在《愤怒的葡萄》中深情地描绘："66 号公路，那是母亲之路，是飞翔之路……"这条被誉为"美国主干道"的公路，不仅是道路的延伸，更是美国人自由、勇敢与进取精神的生动见证。长久以来，我也耳闻了被誉为中国的"66 号公路"的 318 国道，以及张家口市的草原天路，它们同样承载着深厚的文化意蕴与自然风光。

如今，暑假已至，我怀揣着对自由的向往与对探险的渴望，准备踏上这段旅程，在"66 号公路"上尽情撒欢儿，感受那份独特的豪情与畅快。我相信，这条公路将带给我无尽的惊喜与感动，成为我人生中难以忘怀的一段旅程。

草原天路，这条被誉为中国十大最美公路之一的壮丽之路，坐落于张家口市张北县与崇礼区的交界处，全长达 132.7 公里，平均海拔高达 1600 米，仿佛一条巨龙蜿蜒盘旋在辽阔的草原之上。经过 2011 年底的精心修建，这条公路沿途的景致愈发迷人，古长城遗址的沧桑、苏蒙联军烈士陵园的庄严、桦皮岭的秀美、大圪垯石柱群的奇特，这些人文、生态和地质遗迹美景如画卷般缓缓展开，渐渐为世人所知晓。如今，草原天路已然成为张家口市的一张璀璨夺目的旅游名片，吸引着无数游客前来领略其独特的魅力。

驾车驰骋于草原天路，眼前展开的是一幅宏伟的画卷。深色的柏油路面与明亮的黄色实线相互映衬，构成了天路独特的壮丽景观。路面起伏有序，蜿蜒向前，宛如大师用墨线勾勒出的立体画作，层层叠叠，错落有致。抬头仰望，苍翠的天空与路面交相辉映，仿佛置身于悬浮的云端之中，令人心旷神怡。田地里色彩斑斓，黄绿相间，展现着大自然的勃勃生机。零星的村庄点缀在周围的旷野之中，正如明珠镶嵌在天地之间，增添了一抹宁静与和谐。

时而，几只小鸟掠过天际，欢鸣伴唱，为这幅壮丽的画卷增添了动人的音符。此情此景，宛如仙子神游，令人陶醉其中，深感大自然的神奇与壮美。

桦皮岭的静谧，如同一位温婉的女子，静静地伫立在那里，等待着懂她的人前来欣赏。她的美，不在于繁华喧嚣，而在于那份与世无争的宁静。站在山巅鸟瞰，只见峰峦耸立，一片片茂密的山林与草场为伴，暗灰与苍翠交织，俨然一幅巨大的画卷在眼前缓缓展开。林中，幽幽的草香与清新的空气交织在一起，耳畔不时传来鸟鸣，更显出山林的幽静。站在这里，你能够听到大自然的呼吸，感受到那份与世隔绝的静谧与安宁。

野狐岭的神秘，则如同一位戴着面纱的女子，让人忍不住想要揭开她的面纱，探寻她内心的秘密。这里重峦叠嶂，森林茂密，河流纵横，草原广袤，拥有多种自然景观。游客在这里可以领略到雄伟的山峰、清澈的河流、奇特的石林以及广袤的草原，每一处都充满了大自然的神奇魅力。而关于野狐岭的传说和故事，更是增添了她的神秘色彩，让人不禁对这片土地充满了好奇与敬畏。

古长城的沧桑，则像是一位历经风雨的老者，见证了岁月的变迁和历史的沧桑。站在古长城之上，仿佛能够听到历史的回声，感受到那份沉甸甸的历史厚重感。每一块砖石、每一段城墙，都仿佛在诉说着过去的故事，让人不禁陷入沉思。

玻璃吊桥的惊险，则给游客带来了一种前所未有的刺激体验。站在玻璃吊桥上，脚下是大地，眼前是壮观的景象，那种既恐惧又兴奋的感觉让人难以忘怀。不仅有视觉上的享受，更让你在挑战自我的过程中感受到了无限的乐趣和成就感。这种惊险刺激的体验，也成了草原天路上的一大亮点，吸引着越来越多的游客前来挑战自我，感受大自然的魅力。

在这片广袤的草原上，我们时而纵情歌唱，让歌声随着风飘向远方；时而穿梭于五彩斑斓的桦树林，用相机捕捉下每一刻的美丽；时而登上梯田之巅，远眺群山，感受大自然的壮丽与恢宏……欣赏马术表演的精彩，体验篝火晚会的热情，品味烤全羊的美味，与热情好客的老乡们畅谈地域文化，每一刻都充满了欢乐与满足。

沿途的景致犹如一幅幅流动的画卷，苏蒙联军烈士陵园的庄严、岩片山的奇特，以及大圪垯石柱群的神秘，每一处都散发着独特的人文、生态和地质魅力。而当天路西线的尽头渐渐显露，一个神秘而迷人的地方——白龙洞，便悄然展现在眼前。

据传说，明朝宣德年间，一位四处游历的道士途经此地，偶然间发现了悬崖上的这个山洞。他被这里山水的秀美、环境的清幽所吸引，更因洞中山泉的甘洌、水源的充沛，认为此乃修行静心的绝佳之地。于是，他在洞中筑起了寺庙，供奉龙王与龙母，因此得名"白龙洞"。当地人为了祈求风调雨顺、五谷丰登，常携祭品前来，虔诚地献上他们的愿望。

在这片草原天路上，我们驾驶着汽车，听着轰鸣声在耳边回荡，感受着与大自然的亲密接触。远处的天边，似乎又传来了那句古老的诗句："天似穹庐，笼盖四野。天苍苍，野茫茫。风吹草低见牛羊。"

坎布拉：黄河之滨的宝石画卷

我有幸踏足青海省黄南藏族自治州尖扎县内一处隐匿而迷人的胜地——坎布拉。这个小镇宛如一块未经雕琢的宝石，静静躺在青海省东部，巍峨的青藏高原与黄土高原的交会之处。这里以丹霞地貌闻名遐迩，而国家森林公园与国家地质公园的双重身份，使其更添一份神秘与壮丽。

坎布拉，这个隐世的小镇，首次踏足便让我惊叹不已。这里，丹霞地貌的绚丽、壮丽峡谷的深邃与神秘森林的幽深共同勾勒出一幅令人叹为观止的自然画卷。在这片土地上，西藏与青海的文化精髓相互交融，赋予了这里一种既宁静致远又绚烂夺目的独特韵味。

在阳光的洗礼下，坎布拉的丹霞地貌色彩斑斓，缓缓展现，美得令人赞叹。红橙黄绿青蓝紫，各种色彩交织在一起，将山岩装点得如梦如幻。我漫步于小径之上，深深吸一口气，清新的空气沁人心脾。当地友人热情地为我解读这片丹霞地貌的奥秘。他告诉我，这里的丹霞地貌是由红色沙砾岩构成的，岩体表面呈现出如霞光般的绚丽色彩。奇峰、方山、洞穴、峭壁等地貌特征层出不穷，山体形态各异，有的如柱如塔，有的似壁似堡，还有的似人如兽，充满了无尽的神秘与魅力。我凝视着眼前这片奇山险峰，心中涌起一股强烈的探索欲望。我深信，在这片大自然的怀抱中，定能寻得那份最自然、最纯粹的地域特色，让心灵得到洗礼与升华。

深入坎布拉的山林，葱郁的树木掩映着幽深的峡谷，宁静的气息弥漫在空气中。我踏上木栈道，眼前一座座丹霞山峰拔地而起，孤傲而壮丽，宛如仙鹤展翅。山脚绿意盎然，山腰浅绿层叠，山巅雄鹰翱翔，构成了一幅生动的画面。而最为壮观的，莫过于那深邃的峡谷。黄河穿越其间，切割出深不见底的沟壑。阳光斜照，光影斑驳，松柏挺立，流水潺潺。我凝视着那深邃的谷底，仿佛能听见大地的呼吸，感受到岁月的沉淀。它们散发的无法言喻的壮美，让人心生敬畏。

坎布拉不仅拥有壮丽的自然风光，更有着独特的人文景观。漫步在小镇的街巷间，我沉醉于藏式建筑的古朴与精致，每一处细节都流露出浓厚的藏族文化气息。传统艺术品更是琳琅满目，它们以独特的造型和精湛的工艺，丰富着我的视觉感受。坎布拉作为藏传佛教的圣地，有着深厚的历史底蕴和宗教氛围。丹霞山峰间的寺庙与经幡，构成了这里独特的风景线。这些山峰的名字，如"阿琼南宗""内宝宗"等，都蕴含着浓厚的宗教色彩，让人感受到一种庄严而神圣的氛围。我虔诚地在这里祈愿，心灵在宁静与庄严中得到了净化与升华。

坎布拉，这片被赋予"高处是神殿，中间是魔城，低处是龙宫"美誉的土地，无疑是大自然的杰作。当地人用这句凝练的话语，巧妙地将坎布拉的壮丽景观呈现得淋漓尽致。无论是神圣不可侵犯的高山，还是魔幻般的丹霞地貌，抑或是碧透如镜的水域，在这里，每一步都是一幅画，每一景都是一首诗。坎布拉，这幅遗落在黄河边的宝石画卷，以其静谧与绚烂、雄奇与瑰丽的自然之美，向世人奏响了一曲壮丽的赞歌！

逸秀玲珑嘉兴南北湖

"山有层次，水有曲折，海有奇景，比扬州瘦西湖逸秀，比杭州西子湖玲珑，能兼两者之长。"正是中国古园林专家陈从周对南北湖的精妙评价，让我心怀向往。初夏时分，我驱车前往，只为赏游那令人心驰神往的南北湖，领略其独特的自然美景与人文魅力。

南北湖，古称永安湖，亦名澉湖、高士湖，坐落于钱塘江北岸富饶的海盐县境内。作为钱塘江口的一颗璀璨明珠，它因一道长堤横跨其间，将湖面一分为二，故得名南北湖。其总面积约四十五平方公里，而核心区的两湖面积更是达到了一点二平方公里。南北湖汇聚了湖塘的静谧、山林的葱郁、滨海的辽阔以及古城的韵味，四大主题景区交相辉映，自然资源与人文景观相得益彰。这里山、海、湖完美融合，共同演绎着中国独特的自然与文化之美。

初夏的南北湖，湖水平缓如镜，宁静而清澈，映照出天空的无尽蔚蓝。湖岸边，桃树与柳树交织成一幅生机盎然的画卷，竞相展现它们的娇艳与婀娜。湖畔芦苇丛生，绿得如同翡翠般晶莹。微风吹过，芦苇轻轻摇曳，发出沙沙的声响，如同自然的乐章。湖畔繁花似锦，红的热烈如火，黄的灿烂如金，紫的梦幻如霞，它们竞相绽放，争奇斗艳，为这片土地增添了五彩斑斓的色彩。亭台楼阁隐匿于花海之中，若隐若现，增添了一抹神秘与浪漫。

漫步于此，仿佛置身于如诗如画的仙境之中。唐代顾况笔下的南北湖，充满了人间的烟火气，板桥人渡，泉声潺潺，茅檐下日午鸡鸣，焙茶烟暗，晒谷天晴，每一幕都透着生活的美好与宁静。明代许相卿眼中的南北湖则流露出闲情逸致，雨阁春云，荻滩桃浪，病身孤鹤，健语万牛，陇树阴成，烟芜影断，每一景都仿佛在诉说着生活的闲适与惬意。而明代徐泰笔下的南北湖更是诗情画意，澉湖湖上桂花飘香，海月画楼，仿佛钱塘六夜桥，至今人们仍称这里为小杭州，每一字都流淌着对这片土地的热爱与赞美。古今文人墨客眼中的南北湖，或烟火，或闲情，或诗意，都展现了它独特而迷人的魅力。

离开繁花似锦的花海，踏上绿意盎然的绿道，"杭州湾第一道"如一条纽带，巧妙地将南北湖景区的"十山一湖一海"串联起来。越山向海，行山观湖，如今有了更多选择与可能。南北湖自古便以澉浦八景闻名遐迩："云岫合璧"的静谧，"澉湖秋月"的皎洁，"鹰窠晴雪"的纯净，"茶磨松风"的清新，"孟泉瀑布"的壮观，"巫门渔笛"的悠扬，"石帆蜃气"的神秘，"葫芦叠翠"的生机，每一景都别具一格，恢宏壮丽。它们既是各自独立的焦点，又共同构成了一幅和谐的画卷。

线体相融，点面结合，南北湖景区呈现出一场愉悦身心的视觉盛宴。站在"钱江潮源"之巅，我仿佛能眺望到钱塘江那水天一色、浪潮翻涌的奔腾与震颤，感受到大自然的磅礴力量。而云岫庵的晨钟暮鼓，则让我仿佛听到了陶渊明笔下"云无心以出岫，鸟倦飞而知还"的悠然情趣，以及善男信女们追慕"海上名山"中"夜普陀"的虔诚与向往。

深入金牛洞，我抚摸着火成岩断层洞穴的岩石，仿佛能感知到宋代《武原志》中记载的那段传说——皋伯通兄弟追逐金牛入洞，忽而不见，因而得名金牛洞。那岩石似乎还保留着古老传说的余温，让人不禁沉醉在这片神奇的自然与人文交织的天地之中。

南北湖之美，不仅在于其如画的山水风光，更在于其深厚而独特的人文底蕴。历代文人雅士纷至沓来，或游吟寄情，或隐居修身，将山水文化、江南诗情以及红色革命精神在此地交融演绎，赋予了这片土地无尽的魅力与活力。新四军海北支队旧址、革命烈士纪念碑，见证了这里曾经的红色岁月，让人缅怀先烈的英勇事迹。而浙派古琴传承人蔡群慧的澉湖琴洲工作室、国家一级美术师周瑞文的浙江当代油画院南北湖创作基地，则将传统艺术与现代创作完美融合，为这片山水注入了新的文化气息。

在嘉兴，红色文化的印记随处可见，它们与南北湖的自然风光交相辉映，共同构成了一幅幅美丽的画卷。我在观山、戏水、赏湖之间，不断找寻着南北湖的韵致，仿佛能听到历代文人墨客留下的诗句在耳边回响："秀州城外鸳鸯湖，郎官帆开十幅蒲。人游玉壶天上下，鸟度屏风山有无。""为爱禅房尽日闲，褰衣高阁共跻攀。残花带雨檐前落，幽鸟将雏竹外还。""金粟峰头纵远观，山林不动万松寒。飞崖泻碧雨初歇，古涧流红春欲阑。""鱼鳞金甲屯牙帐，翻身却指潮头上。秋风吹雪下江门，万里琼花卷层浪。""雨阁春云迟客游，荻滩桃浪信轻舟。"

"春茶嫩绿秋橘甘，冬鸟欢歌夏果繁。杨梅满山映日红，桃熟笋肥果满园。"南北湖，这颗逸秀玲珑的明珠，以其四季皆景、物华天宝的特质，逐渐在长三角崭露头角，展现出其独特而灵秀的气质。未来，南北湖必将以更加璀璨的光芒，照耀在长三角这片繁荣的土地上，成为一颗永不褪色的耀眼明珠。

风吟"保障"幸福长

"桃红复含宿雨，柳绿更带春烟。花落家童未扫，莺啼山客犹眠。"站在保障桥社区，我这个访客顿生大诗人王维寄情山水田园的情愫。风儿轻轻吟唱，拂过保障桥社区的小巷，这个如同一幅多彩画卷的社区，在城市的繁忙中绽放着充盈的幸福。

保障桥社区隶属临平区南苑街道，成立于 2001 年，总面积约 0.8 平方公里，下辖 6 个小区，常住人口 7000 余人，流动人口 4500 余人，企业 963 家，是一个商业气氛浓厚、人员流动性强的大社区。

清晨，金色的阳光洒满了整个社区。鸟语花香，沁人心脾。居住在这里的人们，家家户户都被爱与关怀所温暖。社区管理团队像守护天使一样，精心打理着社区的每个角落，让所有居民开启美好的一天。相互问好，微笑交谈，周到服务，惠民便捷。特别是居家养老服务中心突出了文化颐养特色，提供了丰富多样的文化活动和体验项目，让居民能够享受到更全面的福利。

面对复杂多元的诉求，社区工作者积极探索创新，通过"党建统领先锋桥、普惠共享幸福桥、社区智治平安桥"的工作新路径，有效解决了治理问题，并统筹推进现代社区建设的"共建、共治、共享"模式。这些工作者是社区的守护者，他们用心灵的力量凝聚社区的温度与力量。

在接待室，社区党组张副书记给我们介绍区域规划，他展示出一幅精细的区域地图，细致而准确地勾勒出保障桥社区的发展面貌。绘制的道路交错而有秩序，社区内的建筑布局巧妙地融入环境，形成了和谐而美丽的景观。每个建筑物都显得独特而具有设计感，宛如艺术品般令人赞叹。保障桥社区将成为一个宜居、宜业的地方，居民们可以在这里享受到高品质的生活。走在社区的街头，我有种置身于梦幻的城市之感，与大自然深情相拥，与现代科技密切接触。看着形如锐笔的版图，它仿佛出鞘的利刃，在凌风萧瑟间挥斥方遒。我对社区的发展充满了憧憬，深深地相信，党建统领争先锋，当家将军能破敌！

在红色文化收藏展示区，我感受到了社区红色文物和收藏品所散发出的浓厚历史气息。这里，珍贵的红色文物与历史的痕迹交相辉映，让我仿佛穿越时光，目睹了那段激情澎湃的革命岁月。我瞻英雄画像，听革命宣言史，感受到了社区红色文化历史的庄严与激动。它让我深刻地认识到了红色文化的重要性和深远影响。它是社区宝贵的精神财富，需要我们世代传承，永远铭记。

在普惠建设宣传处，同行的老师大赞："这里硬件设施的提档升级和现代社区阵地建设，带来的变化真大……"余通新村老旧小区的改造让旧房焕发出崭新的面貌，城市在农耕中焕发出田园气息。2022年，该社区完成儿童之家建设，以及省级社区多功能运动场及市级全民健身设施建设。社区里有关心下一代成长的"一老一小"政策，有提供给老人们发挥余热的治理工作岗位；有非遗铁艺画、文化宣讲、摄影、文艺创作等社团的文化娱乐和交流机会；有与辖区学校进行校社联动，为孩子们提供全方位的支持和保障……普惠民生，共享幸福，一念平生真理合，千般万事大心明。

在"邻里治"项目中，保障桥社区积极探索数字化赋能，将网格治理与数字化相结合，通过应用"邻里治"社区服务平台和"AI数字社工"，实现了智能通知的批量化、自动化和个性化，成功将其应用到节假日提醒、反诈宣传、疫苗接种和消防安全知识宣传等日常工作场景中。

"轻吟秋韵送流年，风萧保障织幸福。"进到社区之中，我领略了建构发展蓝图的奋楫者意气满怀；借社区之光，我感受到了居民间的温情。这个社区虽没桥，却真正架起了"民生共享幸福桥"，每一个人都为它奏响了和谐的交响曲。这团结、温馨和富有活力的社区，如同一道清泉，滋润着每个居民的心田。

它的幸福故事，正以柔和的力量，绵延在每一个角落，为居民们带来了无尽的快乐和温暖。

铁艺筑新梦

"人间巧艺夺天工，妙手都无斧凿瘢。"一堆不起眼的铁片，居然能幻化成栩栩如生的文字、绘画，令人叹为观止。没错，这就是厉柏海工作室带给我的震撼。

南苑街道保障桥社区，是一个融合型大社区大单元，整体商业氛围浓厚，居民诉求复杂多元。对此，社区积极探索创新，通过"党建统领先锋桥、普惠共享幸福桥、社区智治平安桥"的工作新路径，统筹推进"共建、共治、共享"的现代社区建设。同时，打造居家养老服务照料中心，突出文化颐养特色，提供丰富多彩的文体活动，点亮群众生活。社区还以"一心两网三桥"为党建品牌，通过整合资源、强化基层治理，促进居民幸福共享和社区智慧治理，真正架起"民生共享幸福桥"。

据社区领导介绍，"民生共享幸福桥"注重满足居民的日常需求，提供全方位的生活服务。除日常居家护理、康复护理、医疗保健外，社区还提供紧急救助服务。此外，社区强调文化保障服务。社区在照料中心一楼设置红色文化收藏展示区，二楼开辟非物质文化遗产"铁艺画"体验基地和钱塘老兵摄影俱乐部，方便居民深入了解红色文化，沉浸式体验非遗文化。最后，社区鼓励居民发挥余热，实现精神文化共富。社区积极引导居民参与文艺活动和志愿服务,激发居民的创造力,增进邻里温情,提升社会责任感。

参观时,最让我拍案叫绝的当数厉柏海工作室。一间不足十平方米的工作室内,摆放着一个小矮凳、一个小矮柜、一台小磨轮和数十件自制工具。市级非遗铁艺画传承人厉柏海在此创作了百余幅亚运铁艺画作品。

以铁作画,是一项古老而富有艺术性的技艺。创作者根据需要选择不同尺寸、厚度的铁丝铁皮,运笔细细勾勒出轮廓,再使用剪刀、锯子等工具进行切割,然后抛光,使其表面光滑且富有光泽。涂抹颜料时要注意均匀细致,确保上色美观持久。整个创作过程不仅需要耐心和细心,更需要精湛的技巧。

"铁艺画以铁为材料,通过绘、剪、敲、折、焊、拼等工艺,将铁皮、铁丝变成一幅幅书画作品。它以独特的线条和纹理、丰富的层次感和立体感,栩栩如生地展现了各种形象和场景,带给人强烈的艺术冲击力……"一边欣赏铁艺作品《沁园春·雪》,一边听取厉柏海的讲解,感受着铁艺的棱角之风、墨色的酣畅之韵,我惊叹艺术家精妙地将经典诗词融入铁艺创作之中。它们不仅是一幅幅画作,更是艺术家灵魂的印记,是诗词与铁艺相遇的奇迹。

"星光不负赶路人,江河眷顾奋楫者",以厉柏海为代表创作的铁艺画作品为中国艺坛绽开一朵奇葩,更成为保障桥社区的一张文化金名片。它借助铁的质朴和艺术的创造力,向世界展示着中华文化的独特魅力。我们有理由相信,这门古老而神奇的艺术,将在时间的长河中璀璨辉煌!

茶韵禅心映春光

"清明时节雨纷纷，路上行人欲断魂。"在这个春意盎然的清明时节，西湖龙井村的茶农们正忙碌着采摘新茶。此时正是龙井茶的盛产期，碧绿的茶树在雨中更显生机勃勃。

在清乾隆时期，当皇帝游览杭州西湖时，他对龙井茶大加赞赏，并将狮峰山下胡公庙前的十八棵茶树尊称为"御茶"。龙井因此而得名。它位于西湖西侧，翁家山的西北麓，现在被称为龙井村。起初，龙井被命名为龙泓，它是一个呈圆形的泉池，即便在大旱的时候也不会干涸。因为古人认为这个泉池与海洋相连，有龙在其中居住，所以得名龙井。据传，晋代的葛洪曾在这里炼丹。距离龙井大约五百米的地方是落晖坞，那里有一座龙井寺，通常被称为老龙井。这座寺庙始建于五代后汉乾祐二年（949年），初名为报国看经院。到了北宋时期，它更名为寿圣院，而在南宋时期则又被称为广福院、延恩衍庆寺。到了明正统三年（1438年），寺庙被迁至井旁，如今寺庙已经废弃，原址上已建起了茶室。龙井茶，位列中国十大名茶之首，以其独特的"四绝"——色翠、香郁、味醇、形美而闻名。这四绝与西湖的秀美风光相互映衬，成就了龙井茶的千古美名。清明前的龙井茶，经过一冬的沉淀，茶叶更加饱满，营养更为丰富。因此，清明前采的龙井茶最为名贵。

每年清明节，我都要和家人一起上山采茶。走进绿意盎然的茶园，放眼望去，一垄垄排列有序的茶树似整齐列队待检的士兵，株株精神抖擞，立时满眼翠绿，一派生机。这个时令只采龙牙和雀舌，一芽一叶初展，芽长于叶，长度一点五至二厘米，被视为高档茶。采摘师傅告诉我："龙井茶的采摘与养蓬是相互关联、相互影响的两个环节。除了在头茶采摘结束后需要将鲜叶全部采净，以促进茶芽的早期萌发，二茶、三茶和四茶都需要留叶采摘，保留那些不符合原料嫩度要求的叶片。如果某块茶园的茶树叶片特别少，可以留养二茶。然而，如果留叶过多，则是不好的。因为这会导致第二年春天头茶发芽推迟几天，这是龙井茶采摘中最为忌讳的。"龙井茶历来都是"以早为贵"，人们常说的"早采三天是个宝，迟采三天变成草"就是这个意思。一般情况下，留叶的多少应以茶树刚好不露枝干为宜。

炒茶是一个需要细心和耐心的过程，每一个步骤都需要精心操作。首先，将采摘回来的茶叶进行筛选，挑选出最嫩、最饱满的茶叶。然后，将筛选好的茶叶放入锅中，用小火慢慢加热，用特制的竹刷轻轻翻炒，让茶叶均匀受热。当茶叶逐渐变软时，炒茶师会调整火力，加大翻炒的力度，让茶叶充分散发香气。随着时间的推移，茶叶的颜色逐渐变深，香气也越来越浓郁。当茶叶炒至金黄色时，炒茶师会迅速将茶叶取出，放入簸箕中晾凉。晾好的茶叶色泽鲜亮，香气四溢，沁人心脾。每一片茶叶都凝聚了炒茶师的心血和智慧，也承载了茶文化的深厚底蕴。

"佳茗宜用虎泉烹，翠郁甘美四绝称。细啜缓咽品风韵，至纯至美君心沁。"我们一家围坐一起，沏上一壶新炒的龙井茶，轻啜一口，那甘醇的口感让人回味无穷，那香气扑鼻、色泽清亮的茶水让人陶醉。禅的静谧与茶的清雅相互呼应，共同演绎出人生的浮沉与涅槃的境界。品茶能让人明心见性，参禅则能使人超脱物外，两者异曲同工，都是在寻求内心的宁静与洞明；清茶一盏泡出一颗澄明无物的禅心，享受生活的真善美，享受浓浓的亲情与和煦的春光。这龙井茶香中融入了家的味道、故乡的味道、春天的味道，让人备感温馨与幸福。

龙井村的茶农们用辛勤的劳作和丰富的情感打造了这香飘千年的龙井茶。采茶、炒茶、品茶的乐趣在于寻找那一片片嫩绿的新叶，如同寻找奔赴生命之春的气息。

千岛湖：烟波浩渺翠光巅，碧水盈盈会百川

波光粼粼的湖面上，点缀着无数的翠岛，宛如颗颗串联的珍珠静静地躺在湖上。清晨的阳光柔柔地洒在湖面上，湖水泛起一片金色的波光，映照出一幅壮美的画卷……前不久，我应朋友之约，来到了美丽的千岛湖。

同行朋友介绍，千岛湖风景区，山色青翠欲滴，水色清亮透明，境幽史悠，闻名遐迩，是被誉为"千岛碧水画中游"的胜地。湖区群山层峦叠嶂，林木繁茂葱郁，展现出勃勃生机；湖水明净如镜，清澈见底，能见度高达七米，荣获国家一级水

体殊荣。湖中岛屿翠绿欲滴，形态各异，有的聚集成群，有的散落其间，迷离而曲折，宛如一幅精心绘制的山水画卷，令人陶醉其中，流连忘返。

千岛湖又称为青溪湖，位于浙江省杭州市淳安县境内，地处长江三角洲腹地，是为建新安江水电站拦蓄新安江下游而成的人工湖，面积五百七十三平方公里，蓄水量相当于西湖的三千多倍，湖中水碧岛多，大小一千零七十八座，故称千岛湖。因水质绝佳，被誉为"天下第一秀水"。千岛湖的碧水与钱塘江、富春江、新安江逶迤相连，幽静壮美，岛屿星罗棋布，港湾纵横交错，生态环境绝佳。有诗赞曰："浩然一往赴无涯，天渐苍茫水渐黟。""叠翠笼青两岸山，悠然几只小渔船。""湖光好，千岛嵌珠玑。动荡微波迎晓日，巍峨高阁沐斜晖。"郭沫若先生更是赞不绝口："西子三千个，群山已失高，峰峦成岛屿，平地卷波涛。"

优良的水质是千岛湖的魅力与灵魂。这里的水至清至纯，清如明镜透彻，绿似宝石璀璨；可与多瑙河相提并论，更是"娃哈哈""农夫山泉"等水源的后花园。泛舟水上如行走在诗意的画卷之中，碧海青天，烟波浩渺，顿觉有杜甫的心境："秋水清无底，萧然静客心。"我也随口吟出："十月长沙白雁飞，青山隐映碧烟微。云根水出珠帘影，树杪人来玉佩肥。万里楼台空在眼，三生花草易成违。西风欲起凭谁问，一片渔舟带叶归。"

旖旎的湖光山色是千岛湖绿色世界极致与真谛的交融。无论你从何处远眺，金山都似乎近在眼前竦峙，碧水在脚边荡漾。碧水映青山，青山绕碧水，彼此相随，同心相照，让人心境不禁开阔辽远。迷雾笼罩着山峰，好像半掩琵琶含羞微露的少女楚楚动人，那浩渺的烟波轻轻地弹奏着叮叮咚咚的音符，成为一曲华美绝伦的旋律。阳光揭开群山的面纱，把小岛的珠光宝气、俊秀气韵细数无遗。鱼戏浅湖，树光溢彩，清凉、新鲜、刺激，激发着我的游兴和斗志。

千岛湖如同一串被抛向湖面的珍珠，湖中的岛屿像是环绕着它们的珍珠项链。每一座岛屿都如镶嵌在云裙边上，婀娜多姿，宛如玉石般美艳。远远地看，似笋似笏，千姿百态的岛屿就像是山峦，而环绕在它们之间蜿蜒曲折的湖水，又使山峦成为岛屿。你中有我，我中有你，真是一种奇妙的结合。岛上的山峰高高耸立，峰巅翠绿如玉，山峦之间一片苍翠。尽管没有险峻的怪石，却是郁郁葱茏，青翠欲滴，仿佛处处流淌着翡翠般的珍珠。

"不上梅峰观群岛，不识千岛真面目"，梅峰是千岛湖上最具代表性的自然奇景，也是游客必到之处。登上观景台，眼前呈现出三百多个大小不一的岛屿，湖水与岛屿相互交织，远眺时群鸟翱翔于高空，千帆竞渡于水面，壮丽无比的千岛湖美景尽收眼底。漫步其间，杂树葱茏，翠绿欲滴，似缠绕绿云的屏障，精心呵护着这份清秀。登上五龙岛上的鸟岛，可以和成千上万只小鸟对话，聆听它们的喜怒哀乐和盎然情愫；可以在锁岛中华锁馆里见识明清以来不同类型、不同工艺的锁，感受锁文化之魅力；可以在龙山岛海瑞祠堂欣赏当地民间的木雕、石雕、砖雕建筑风采，体味浸润在"寿"字里的两袖清风、拳拳孝心；可以在蜜山岛的蜜山禅寺重温"一个和尚挑水吃，两个和尚抬水吃，三个和尚没水吃"的故事……

千岛湖就是璀璨的珍珠，如诗如画，如星如月，晶莹剔透，冰清玉洁，散发着夺目的光芒，蕴藏着无尽的智慧和艺术韵味。这块瑰宝经过风雨的洗礼和岁月的沉淀越发熠熠生辉，在轻柔的碧波上，它永远是那片浩瀚壮美的山水画卷中的一颗闪亮之星！

第三辑 / 人间清欢

闲话青葱

葱是每家厨房中必不可少的蔬菜。别看它普通，却发挥着举足轻重的作用，无论是满汉全席还是家常小菜，它都能提味增鲜又解馋养生。

葱，又名香葱、小葱、火葱等，是一种百合科多年生植物，分为普通大葱、分葱、胡葱和楼葱。如今，世界各地都引种了葱。它适应性较强，无须费时打理，播下籽后，撒些草木灰，并适量浇些水，不出几日就能长出葱苗。

葱的种类较多，长葱白类型的大葱辣味浓厚，主要有陕西渭南谷葱、辽宁盖州大葱、山东章丘梧桐葱、北京高脚白等；短葱白类型的大葱短粗而肥厚，主要有山东章丘鸡腿葱、西安竹节葱、河北保定对叶葱等。北方以大葱盛名，南方以小葱著名。

"葱，鲁人多生食。"特别是普通的家常菜中，必不可少的就是小葱拌豆腐——一清二白的搭配，其色泽素雅淡洁，清香飘逸，鲜嫩爽口。我妈还自豪地向我讲解制作过程："将豆腐清洗干净，切成小方块，放入烧开的水中焯一下，捞出沥干，加入切好的小葱和盐、香油、生抽等调料即可。"绿色的小葱搭配白色的豆腐，从颜色上看素雅又对比鲜明，使人食欲大增。小葱拌豆腐食材简单，操作也简单，拌出了其乐融融的温馨感和烟火气息。

青葱不仅进入了普通家庭，也能访大雅之堂。聚会小酌、庆生嫁娶、商业峰会，青葱是不可或缺的蔬菜。无论是熘、炒、煎、炸还是烩、涮、烤，青葱无不尽其所能地装扮、衬托、点缀着菜品，芬芳愉悦。就连儿童也会喜滋滋抓葱入口，尝试一下。有甚者以比赛食葱为荣，断然不顾其辛辣滋味，且得意告知"食葱聪明"，自己要做聪明人。劳作的青壮年，撸袖挽裤，席地而坐，攀谈起上午的农活，话未说完，一双筷子让青葱在根根面条的起落中完成了从亮相到谢幕的过程。此刻，你会很直观地感受到所谓的"香葱蘸酱，越吃越壮"。

葱含有蛋白质、碳水化合物、多种维生素及矿物质，有清热解毒、祛痰化瘀、促进消化、降脂养颜等功效。唐代有以"葱叶""葱茎"分别入药的描述，《神农本草经》中有关于"葱茎"的记载，许多文人墨客也对青葱赞赏有加。"容颜淡雅丝丝绿，体态轻盈薄薄纱"，青葱乃厨房必备食材，在人类生活中可谓是"春风化雨，润物无声"般的存在。久久不能挥去的人间烟火记忆就藏在古人的笔端："瓦盆麦饭伴邻翁，黄菌青蔬放箸空。一事尚非贫贱分，芼羹僭用大官葱。""燕堂淡薄无歌舞，鲑菜清贫只韭葱。""点酒下盐豉，缕橙芼姜葱。"……葱和生活息息相关，无论富贵贫贱，都足以表明它在烹饪中起着不可或缺的作用。

青葱，不挑生长环境，不惧冷热冰霜，不计卑微稚嫩，不言得失荣辱。它鲜美、清香、提味，让食材焕发出不一般的滋味，这不正像甘于平凡的普通人吗？依天分，靠勤奋，守本分。我想起那句很多人都听过的歌词："最爱吃的菜是那小葱拌豆腐，一清二白清清白白做人不掺假！"

悠悠粽香情

夜色蒙蒙，阴雨绵绵。恍惚中，我拉着奶奶的手，欢蹦乱跳，随着街上的人流穿街过巷，寻找那味粽香……

小时候，逢周末，街面上都会有一些小商贩摆摊，南来北往，人头攒动，美食自然少不了。小孩子打闹嬉戏其间，累了席地而坐，短暂休息，饿了就挨摊享受美味。初识粽子，左右翻看，舌尝鼻闻，认真端详。

粽子呈尖角状，主要材料是糯米，白白的米粒经过蒸煮，完全像被水润化的小苗，舒坦轻盈，用筷子一拨，夹着丝丝柔嫩，配着浓稠的蜂蜜，还未入口，已甜满心间；糯米不粘牙，蜂蜜有甜味，两者相伴，犹如锦上添花。

孩子们边吃边聊，老板也不驱赶，坐在一旁，精心包着粽子。取一片粽叶，在手里将粽叶卷成一个圆锥形，在里面填入糯米，将上半部分的粽叶向下折，盖过粽子口，顺势将粽叶全部折好，用绳子绑住。娴熟的技法，漂亮的包裹，饱满的粽子，喷香的糯米，伴着我们的童年茁壮成长。

再大些，认识了爱国之士屈原，读了《离骚》，了解了他的故事，我便对粽子多了份钟情。不纠结于楚人把竹筒装的大米投入江中是否以饱鱼虾之腹，保屈原躯体周全，但是人们以菰叶裹黍，做成角黍，世代相传，对屈原的崇敬与怀念之情却是真切无比。

好奇心驱使，我翻阅了很多史料。据悉，最早关于粽子的记载出自西晋新平太守周处所书《风土记》："仲夏端午，烹鹜角黍。"后来南朝梁国文学家吴均在《续齐谐记》中写道："屈原五月五日投汨罗而死，楚人哀之，遂以竹筒贮米，投水祭之。"当我读到乾隆皇帝端午在宫中吃了九子粽后，赞叹赋诗一首："四时花竞巧，九子粽争新。"眼前即刻浮现出在摊贩王师傅那吃到的各种形状的粽子。

吃着小小的粽子，心中默默吟诵着诗句："入袂轻风不破尘，玉簪犀璧醉佳辰……"小孩子则传诵儿歌："五月五，过端午，赛龙舟，敲锣鼓，端午习俗传千古。""雄黄酒，洒庭户，小孩头上画老虎。一二三四五，家家户户过端午。"无论是佶屈聱牙的诗词，还是朗朗上口的儿歌，都承载着对端午炽热的深切情感。

仲夏端午，苍龙七宿飞升至正南中天，即《易经·乾卦》第五爻的爻辞曰"飞龙在天"，乃大吉大利之象，人们会在这一天祭祖。摊贩王师傅当时讲得神乎其神。后来我才知道，端午节的起源涵盖了古老的星象文化和人文哲学等内容，在传承发展中又杂糅了多种民俗，其中赛龙舟、吃粽子是代表习俗。当地的长辈还会给孩子们编五彩绳，让其佩戴装有香草和雄黄的各种动物饰品香包。最值得炫耀的，当数各色彩绳绘制的棱角分明、大小不一的粽子香包，我们称它为"祛灾包"。没有它的端午，总感觉缺失了味道。

"彩缕碧筠粽，香粳白玉团。逝者良自苦，今人反为欢。""不效艾符趋习俗，但祈蒲酒话升平。鬓丝日日添白头，榴锦年年照眼明。"在端午这一天，品尝亲人亲手包的粽子，吃粽怀古，因粽悟道，抚慰的不仅仅是嘴和胃，还有那颗恋旧、不屈于命的心。

云上粽香传情长

近日，我与远在西北老家的小姑通电话，谈及即将到来的端午节，小姑关切地询问我是否已经准备了粽子。这一问，不禁勾起了我对她亲手制作的粽子那美味的思念。

小姑得知我无法回家，说道："买的粽子哪里比得上自己包的实在？别担心，你按我说的准备材料，我给你'云指导'。"她笑着说，现在流行"云"这个词，什么"云会议""云旅游"之类的，足不出户也能和世界同呼吸共命运。

在小姑的悉心指导下，我挑选了新鲜的粽叶，仔细清洗并剪掉根部一小段，然后放入沸水中煮上三五分钟，晾干备用。接着，我将肥瘦肉按照1∶2的比例分开，切成约三到四厘米见方的肉块，加入料酒、酱油、盐、鸡精和少许糖，用手揉搓至肉泛出白沫。小姑深知我妻子喜爱吃肉粽，这些准备无疑是为她量身定制的。材料备齐后，小姑通过视频一一查验，确保无误。

包粽子是个技术活，小姑时刻在线，提醒我注意每一个细节。她指导我取两片粽叶，光滑面朝上，在距离叶柄三分之一处将叶子凹成漏斗状，确保漏斗下方紧密无缝，以免漏米。然后，我适量加入糯米，用汤匙轻轻按压，使底部充盈饱满。糯米既不能太少显得干瘪，也不能太多以免煮时散架。最后，我用上端的粽叶盖住漏斗面，轻轻压下两端粽叶裹严，将粽叶尖端向一侧折起，用绳子捆扎结实。小姑特别强调了一个秘诀："糯米淘洗要快，尽量不要让米吸水过多，用箩筐控干水分是关键。"看着手中成形的粽子，我不禁感叹小姑"云指导"的神奇效果。

粽子入锅后，从锅边升起的蒸汽中，我已经开始盘算着等会儿如何享用这美味佳肴：是蘸着蜂蜜汁吃，还是将汁倒入粽子中拌食？这时，小姑开始给我讲述有关粽子的知识，从那些古老的诗词到孩子们传唱的儿歌，每一个字句都承载着我对端午节的深厚情感和认知。我学着这些知识，品尝着亲手包的粽子，夹起一个纯白的糯米粽向小姑展示成果。咬一口，唇齿留香，我感慨道："小姑，这粽子真是美味极了！感谢你的'云指导'，让我在这个端午节也能享受到家乡的味道。"

小姑听到我的夸赞，连声说道："你学得真好！"有了小姑的"云指导"，即使身处异乡，我也能足不出户地享受到家乡的美味。这份温暖和亲情，如同粽子一样，包裹着满满的幸福和回忆。

一勺泼出美味生活

每当捧起一碗热气腾腾的陕西油泼面，我的思绪仿佛穿越时空，飘回了那片辽阔的三秦大地。那里，尘土飞扬的八百里秦川，曾是无数勇士驰骋的战场，如今却成了我魂牵梦萦的故乡。在那里，人们捧着大老碗，圪蹴在场院，吸溜着香气四溢的油泼面，欢声笑语传遍四方。

关中平原，这片丰饶肥沃的土地，孕育出了筋道十足的小麦。每当秋风起，金黄的麦浪翻滚，便知今年的收成定能喜人。这些小麦磨出的面粉，细腻而富有弹性，是制作油泼面的绝佳原料。面条入锅不烂，捞出后依旧保持着完美的形态，咬一口，劲道十足，让人回味无穷。

陕西油泼面，它讲究蒜泥的细腻、葱花的翠绿、辣椒的香辣，再加上豆芽、韭菜、青菜叶等配菜，使得整碗面色彩缤纷，香气四溢。当热油浇在面条上时，那哧啦一声，扑鼻而来的香味立刻唤醒了沉睡的味蕾，让人直咽口水。每一口油泼面，都是对陕西美食文化的致敬和传承。

家庭版的油泼面多为手擀面，那份手工的温情和用心，让面条更加有味道。而饭店里的扯面，则更注重技巧和口感。无论是细如银丝、薄如纸片，还是宽如裤带、粗如木棍，每一种形状都蕴含着厨师的匠心独运。"汤饼一杯银线乱，萎蒿如箸玉簪横。"吃一口面条，爽滑有质感，附加的配菜和调料则让整碗面更加丰富多彩。葱蒜的香辛、红椒的香辣，在热油的激发下，香气四溢，合力奏响了一场璀璨绚丽的交响乐，给人全身心的抚慰。

陕西人吃油泼面，必不可少的三大灵魂点缀是大蒜、香醋和面汤。面要用辣椒浸染，红得透亮、辣得够味，香醋酸而不冲，两者兼容酸辣劲爽，吸一口面，就一口蒜，末了，清澈而醇厚的面汤一饮而尽，三下五除二，顿时额头浸汗，浑身舒坦，既能解渴又能助消化，怎一个酣畅了得！

简单的油泼面却能给人如此独特的味觉享受，这和它厚重的历史密不可分。关中自古以来享有"金池汤城，沃野千里，天府之国"的美称。得天独厚的地理条件和气候条件结合，孕育出最优质的小麦，也造就了陕西人爱吃面的秉性。油泼面是在周代"礼面"的基础上发展演变而来的。秦汉时期称之为"汤饼"，隋唐时期叫"长命面"，意为下入锅内久煮不断，宋元时期又改称为"水滑面"。清代薛宝辰在其《素食说略》中详细说明："其以水和面，入盐、碱、清油揉匀，复以湿布，俟其融和，扯为细条。煮之，名为桢面。"陕西人吃面必须用大碗来盛，一来为的是减少再次盛饭的麻烦，二来碗大方便搅拌，让每一根面都能"雨露均沾"。

陕西人深入骨髓的吃面传统，不奢华、不夺目。普通得不能再普通的一碗油泼面，大智若愚、大道至简般的红绿相杂、酸辣相伴，经过一声"嫽扎咧"的本土方言诠释，吃的是陕西人宽厚、粗犷、豪爽的性格，吃的是实在、耿直、火热的待客之道，吃的是筋道、耐饥、酣畅淋漓的生活之美，吃的是憧憬真善美的文化传承！

江南名点定胜糕

随着春日的暖阳普照，万物复苏，缤纷多彩的水果与琳琅满目的小吃纷纷上市，它们以独特的口感与风味，将人们的味蕾点缀得丰富多彩。在这众多美食中，江南地区那传统名点定胜糕，以其独特的魅力，尤令我为之陶醉。

定胜糕，在苏南地区又被称为"定升糕""鼎盛糕"，而在江浙一带则被称为"定榫糕""定心糕""元宝糕"，寓意着"笃定获胜"的美好愿望。这款糕点拥有千年的历史，流传广泛，传承深远，凭借其卓越的口碑，赢得了无数人的喜爱与追捧。

定胜糕的制作过程极其讲究，工艺精细。首先，需将粗糯米粉、粗粳米粉、红曲米粉与白糖按一定比例放入清水木桶内，细细拌匀，然后静置八小时，待其充分涨发后过筛，再拌入豆沙、糖板油丁，使馅料均匀混合。接着，将糕粉均匀铺满，刮平表面，撒上松子仁、玫瑰酱等佐料，为糕点增添一丝独特的香气和口感。随后，将调制好的糕粉放入模具内定型，使每一块定胜糕都呈现出精美的形状。最后，将糕模置于焖桶之上，上笼蒸熟，待其散发出诱人的香气，便可取出食用。

初见定胜糕，我便被其独特造型深深吸引。经过上宽下窄的凹模幻化，半桃、牵牛、梅花、线板、棱台、五星等形状一一呈现眼前，犹如一件件精美的艺术品。那红似火的榫卯形身架，宛如一朵朵盛开的玫瑰花，娇艳欲滴；白如雪的经典姿态，则似金银一锭，熠熠生辉；碧如玉的花瓣合体相连，仿佛一座绵延的城堡，令人叹为观止。这些造型别致、栩栩如生的定胜糕，哪里只是糕点，简直就像是一场小型玩具展览会，令人流连忘返。

轻轻咬一口定胜糕，软糯的口感立刻充盈口腔，不粘牙不固齿，味道甜而不腻，香而不冲。伴随着丝丝清凉之感，那松软香酥的口感更是让人欲罢不能。难怪《水浒传》中宋江招安的御宴上也有烤制定胜糕的描写:"糖浇就甘甜狮仙,面制成香酥定胜。"定胜糕以其"香、糯、软"的特点,享誉江南,盛行古今,实至名归。在日常生活中,我常常能听到孩子们吃定胜糕时的欢声笑语:"我吞了一弯新月,还吃了一颗红心……"而我则喜欢一边欣赏着美景,一边品尝着这酥软香甜的糕点,哼着小曲,醉摇衣袖舞春风,尽情享受这美好的时光。

定胜糕背后藏着三段鲜为人知的传说。其一,相传在唐代,常熟城的官府曾明文规定,市面上的糕点需按计量制作,一升糯米仅能制作十个糕点,每个约合一两,因此得名"定升糕"。然而,智慧的百姓为了将糕点做得更大,既讨得吉利又博得上层官员的欢心,他们巧妙地用梨木雕刻出各式各样的模具,制作出形状各异的糕点。更有趣的是,他们还会在蒸好的糕点上盖上红色的印记,并赋予其新的名字——"鼎盛糕"。这些糕点常常被送给士兵们作为干粮,寓意着旗开得胜,因此又被称为"定胜糕"。

其二,南宋建炎年间,金将兀术进犯杭州,却遭遇了败仗。当他率军退至苏州一带时,韩世忠将军正苦思退敌之策。此时,他的夫人带来了一些百姓慰劳士兵的甜糕。看到这些糕点的形状,韩将军灵感乍现,大喜道:"敌营像定榫,头大细腰身,当中一斩断,两头勿成形。"果然,他凭借这一策略出征大胜。为了纪念这一胜利,由于"定榫"与"定胜"谐音,这些糕点便得名"定胜糕"。

其三,南宋定都杭州后,岳飞将军为保卫国土多次领军出征。每当此时,杭州的百姓们都会沿途送别,并赠送定胜糕以壮行。他们衷心祝愿宋军能够"保疆杀敌,百战必胜,屡建奇功，必定取胜"。尽管定胜糕的叫法在不同的历史时期有所变化，但它始终在现实生活中发挥着积极的作用，寄托着人们对胜利的美好祝愿。

定胜糕不仅广受赞誉，其减脂营养与美味更是出类拔萃。无论是搭配美酒还是作为饱腹之选，它都能从容应对，既能登上大雅之堂，又能融入小憩之所。无论是婚丧嫁娶、添丁乔迁还是祝寿高中，那软糯适口、甜香沁心的定胜糕，都以其独特的文化符号，点缀并丰富着人们对美好生活的无限憧憬。

丝瓜蛋汤解暑热

酷暑之际，阳光如火，人容易出汗，吃饭喝点儿汤水解渴又祛暑气，此时，丝瓜蛋汤当属必选之肴。

这个季节，丝瓜生长十分旺盛。丝瓜藤蔓在墙角、阳台、庭院里四处开疆拓土，尽情地生长，硕大含笑的叶片，在一抹新绿中熠熠生辉，瓜瓞绵延，参差罗列。前一日看上去还娇嫩无比，第二天便可以采摘，待第三四日后再采，它便长满丝瓜络了，已然难以食用，只能用于洗碗碟。陪祖母穿梭于藤架之间，我们采摘的是丝瓜，收获的是快乐心情。

丝瓜，这位夏季的宠儿，以其翠绿的外皮和洁白的瓜肉，成为乡村夏日餐桌上的常客。它的性凉味甘，口感清淡可口，带有一种鲜嫩的清香，让人回味无穷。在炎炎夏日里，品尝丝瓜不仅能清热解暑，还能健脾开胃、利尿解毒，无疑是消解夏热的一大利器。

谈及丝瓜的营养价值，它更是让人称赞不已。与黄瓜、冬瓜相比，丝瓜在相同质量下，其蛋白质和钙的含量竟然高出一倍多。对于追求美丽的人们来说，丝瓜更是不可多得的佳品。它富含的维生素 B 和维生素 C，是极具活性的抗氧化物质，能够有效抑制体内黑色素的生成，对延缓衰老有着显著的效果。

丝瓜的栽培历史悠久，《本草纲目》中记载："丝瓜，唐宋以前无闻，今南北皆有之，以为常蔬。"古人的食用方法虽然简单，却也别有一番风味。当丝瓜青嫩时，他们将其作为蔬菜，点茶品茗，领略其鲜美与青翠；而当丝瓜老去，瓜肉中夹杂着网状纤维，人们便称之为瓜络，用它来洗锅碗、抹桌，既实用又环保。丝瓜，这样一种普通却又神奇的蔬菜，在古人的生活中扮演着重要的角色，也为我们现代人的生活带来了无尽的乐趣和益处。

据说，连国宴都经常用丝瓜做菜。餐桌上一大碗汤，吹去上浮的一层香菜，泛着油花的汤汁下露出墨绿色的块块丝瓜和片片鸡蛋，蛋液如丝带般包裹着丝瓜，仿如美人蒙面的纱，更映衬出底色的剔透，黄绿相间，相得益彰。饭前一口汤，养胃开怀，呼唤味蕾，暑气顿减。

祖母烧好菜也盛碗汤喝，还不忘给我们普及做法：先削净丝瓜的皮，清洗干净，切成条状备用，倒油烧热，接着倒入丝瓜翻炒柔软，掺水煮沸，然后将搅散的鸡蛋倒入锅中，大火煮片刻，添加佐料即可装碗。一番讲解，我这个"门外汉"便熟知了烧制流程。丝瓜蛋汤让我们垂涎欲滴，话不多说，盛上一碗汤，一饮而尽，顿觉"一味和嘈润齿牙"。汤水夹杂着辛辣蔬菜的刺激，扒拉一口饭，饭香在两腮边环绕，油香四溢，丝瓜的柔软，鸡蛋的实在，汤汁的清爽，全部糅合成消暑的凉汤，让人如沐春风。我真切地感觉到，祖母的丝瓜蛋汤和饭店里的毫无两样，但是我们更喜欢喝她做的汤，因为汤里饱含着浓浓的亲情。

"欲识东陵味，青门五色瓜。"喝着丝瓜蛋汤，享受着浓浓的亲情味道，回味流于舌尖的香甜和润心的清爽，便是解暑良方。

一饺包团圆

无论是重大节日的欢聚还是日常三餐的饮食，饺子都有不可或缺的一席之地。"舒服不过倒着，好吃不过饺子""大寒小寒，吃饺子过年""吃了饺子汤，胜似开药方。"……每每想起这些有关饺子的俗语，便使人馋涎欲滴。

饺了是一种历史悠久的民间吃食，也是春节必备的一道大宴美食。饺子起源于东汉。相传张仲景辞官回乡途中，目睹乡亲们伤寒受冻、饥寒交迫的情境，便架锅熬制配以药材的羊肉，用面皮包裹，来抵御风寒。这种食物形似人耳，名曰"娇耳"。饺子古时还有"牢丸""扁食""饺饵""粉角"等名称。

除夕日，年幼的我总会跟着祖母一起包饺子。祖母告诉我，饺子皮多用冷水和面粉，和好后醒个把小时，再揉搓成大约三厘米的圆长条，用刀切成若干个小面剂子，用擀面杖擀成中间略厚周边较薄的饺子皮，包裹调配好的馅心，捏成各种形态。水开下饺子，素饺子煮至浮上水面即可，肉饺子还需再添冷水，反复三次才可出锅食用。

在祖母的指导下，我们小孩子也参与包饺子。目的不是包各种各样的饺子，而是极具个人风格的饺子里有我们偷偷放进去的面值不等的硬币，如若能吃到包有硬币的饺子，也将预示着来年福气满满、好运不断。

祖母笑呵呵地给我擦去脸上的面粉，说我包的是"四不像"饺子。

饺子熟了，小孩子迫不及待地端着碗，任凭滚烫的饺子在口中跳舞，也不削弱想要"中奖"的热情。于是，厨房里便有我们争先恐后的声音和惊喜连连的尖叫：我吃到了芹菜饺子——"勤财不断"；我吃到了韭菜饺子——"久财连连"；我吃到了白菜饺子——"百财大发"；我吃到了牛肉饺子——"牛气冲天"……

祖母不辞辛苦，除了煮饺子，她还会给我们做蒸饺、煎饺。金黄香脆的外皮里包裹着香嫩酥软的馅料，色泽光鲜，蘸料提味。胡秉言在《饺子》里毫不吝啬溢美之词："素衣台案前，巧手赛天工。雪花纷飞舞，皎月平空现。清水飘芙蓉，元宝落玉盘。饕餮世间味，最是此物鲜。"咬一口唇齿留香，难怪在陆游眼里，饺子应该抢着吃才过瘾："春前腊后物华催，时伴儿曹把酒杯。蒸饼犹能十字裂，馄饨那得五般来。"

祖母给我们讲有关饺子宴的故事。传说唐朝贵妃杨玉环一次心血来潮想要吃饺子，因为她喜欢吃鸡肉，厨师聪明地将鸡脯肉切碎后包成花朵的形状，然后蒸熟，献给了她。她尝过后非常喜欢，奖赏了厨师，并将这道菜命名为"贵妃蒸饺"，成为宫廷的特色菜肴，流传至今。

在这个特殊的夜晚，我们享受着与家人团聚的快乐时光，每个人的脸上都洋溢着幸福的笑容。除夕夜包饺子的传统已成为我们家最重要的仪式之一，它见证着爱和关怀的传承。

无论是岁月的流转，还是生活的起伏，无论是在何时何地，一饺包团圆，总能将我内心深处亲情的温馨与团结之力拉满。这份爱和团圆之情将永远温暖我们，让我们在新的一年里充满希望和勇气，迎接更美好的明天！

血与面的诗意组合

身为地道的麟游人，每逢佳节或红白喜事之际，家家户户都必不可少地会品尝以鲜血与面粉精心制作的"血条面"。这是当地极为看重的传统佳肴。

血条面，其外观鲜艳夺目，宛如天边绚丽的彩霞，散发着迷人的魅力。面条细如发丝，色泽红亮如血，与浓郁的汤汁相互映衬，释放出令人垂涎的香气。浮油红亮而不辣，面条红亮而不腥，再加上翠绿的葱末、鲜白的豆腐、黑亮的木耳和金黄的蛋片，仿佛一幅精心绘制的彩色画卷，既美观又诱人。每一口面条都充满了丰富的口感和层次分明的味道，让人陶醉其中，回味无穷。

麟游九成宫，曾是隋唐两朝帝王避暑的胜地，而这里的传统美食血条面，更是与一代英主李世民有着不解之缘。传说某日，李世民微服私访，途中饥渴交加，恰逢一位农妇以猪血和面制成面条，赠予他品尝。李世民品尝后大为赞赏，对血条面情有独钟。在得知百姓生活困苦后，他更是下令广泛饲养牲畜，以改善民生。随着时间的推移，原本仅为穷苦人家所食的血条面，逐渐为众人接受并喜爱，其美味也得以广泛传播，流传至今。

用筷子轻轻挑起血条面，抖去热气，只见面条薄如蝉翼，却韧性十足，不易断裂。一口吸入，面条的油滑与嚼劲交织，配菜的脆香与弹牙相得益彰。面与汤的交融，面与菜的辉映，瞬间在味蕾上绽放出丰富的层次感，让人垂涎欲滴，欲罢不能。这血条面，薄、筋、香三大特色展现得淋漓尽致，仿佛每一口都在诉说着诗意的故事。"金樽清酒斗十千，玉盘珍羞直万钱。"它如同珍馐美味，令人陶醉；"鲈肥菰脆调羹美，荞熟油新作饼香。"它又如新鲜出炉的饼香，诱人食欲；"胡麻饼样学京都，面脆油香新出炉。"它似那京都的胡麻饼，让人回味无穷。这血条面，不仅仅是一道美食，更是一种情感的寄托。无论是喜庆还是悲欢，它都能陪伴着我们，给予我们满满的饱腹感与温馨。它让人们在品尝美食的同时，也感受到了血与面诗意组合的浪漫与柔情。

麟游县地处渭北旱塬丘陵沟壑区域，气候温润，盛产小麦且质量绝佳。而血条面的制作，正是以这里的小麦为原料，承载着古老的传统工艺。血条面的制作过程依然遵循着古老的传统方法，血条面虽名字中带有"血"字，似乎透露着西北人的粗犷与豪放，然而它实则蕴藏着生活的精致与细腻之美。其制作过程考究，层次丰富，每一步都蕴含着匠人的心血与智慧。

首先，新鲜的猪血或羊血，加入适量比例的盐，经过细致的搅拌与滤除杂质，再与面粉融合，揉成富有弹性的面团。这一过程中，时间与力度的把控至关重要，以确保面条的韧性与口感。然后，醒好的面团经过压面机的压制，形成大而薄的面片，再均匀地涂抹上一层大油，防止粘连。接下来，面片被切成细面，放入蒸屉中蒸熟后晾干，形成干面条，盘卷适量分成一碗备用。待到食用时，只需将干面条放入调制好的汤中煮熟，再搭配上各种辅菜，一碗细腻滑润、香味悠长的血条面便呈现在眼前。

血条面作为一道古老的传统美食，已经在麟游县深深扎根，并成了这片土地上独有的饮食文化符号。一碗血条面，代表着麟游人对红红火火生活的热爱与憧憬。它的独特之处和历史传承，让人们扎实品味到隋唐时期的味道，感受到历史的厚重。毫不相干的血与面的诗意组合，无论是作为当地居民的饮食老友，还是作为游客体验麟游特色美食的选择，都有着不可替代的地位和魅力。

羊肉泡馍一碗烩

每当读到苏轼"秦烹惟羊羹，陇馔有熊腊"的诗句，总会让我想起飘在三秦大地的风味美馔——羊肉泡馍。

羊肉泡馍，又称羊肉泡，以其精细的烹制手法、料重味醇、汤鲜味浓、馍筋爽滑、营养丰富等特色著称。大片的羊肉毫无膻味，铺盖在馍块之上或漂于浓汤之中，热气腾腾，香气飘飘，诱人垂涎；红艳的浮油在香菜、葱花的衬托中色泽朗润、浓郁醇厚。

先喝口汤，唇齿溢香，胃口顿开；再吃片羊肉，酥软嫩滑，咀嚼实在；小方块的馍丁入汤不散，劲滑弹口，丝滑的粉丝加上糖蒜的甜香，吃得嘴角流油、额头冒汗。我会用地道的陕西话豪放地冲店老板说一句"嫽扎咧"！

店老板乐得合不拢嘴，攀谈中我知道了有关羊肉泡馍的起源。羊肉泡馍，最早为西周国王、诸侯礼馔，历史悠久。羊肉泡馍的烹饪方法是在传统的羊羹基础上进行改进而来。相传，宋太祖赵匡胤年轻时遭遇经济困境，流落到长安。有一天，身无分文的他只剩下两块干馍，但由于馍太硬，无法咽下去。恰好，路边有一家羊肉店正在煮羊肉，他便恳求店主给他一碗羊肉汤，以便把干馍泡软再吃。店主见他的困境，心生怜悯，便让他将干馍掰碎，然后把羊肉汤倒在碗中泡软馍块。当这一碗热腾腾的羊肉泡馍进入他的胃中时，他立即感到身体恢复了活力，寒气全部消除了。后来，赵匡胤成了皇帝，但他难以忘记那碗曾帮助他渡过难关的美味。为了纪念过去的经历，赵匡胤对羊肉泡馍产生了浓厚的兴趣，并专门派人去模仿当年的做法来制作羊肉泡馍。这一独特风味的食物逐渐流传开来，成为长安地区的传统美食，受到人们的喜爱和赞扬。

羊肉泡馍传统做法有四种：馍和汤分别端上桌，馍可掰、撕、掐、揉、抖等讲究手法，大小根据个人喜好自定，放入汤中吃，也可单独食馍就汤吃肉，各享各味，是为"单走"；煮好的馍碗中不见汤，汤汁完全渗入馍内，能戳住筷子，属实实在在地吃，是为"干巴儿"；泡馍吃完以后，就剩一口汤，是为"一口汤"；馍块在中间，汤汁如大水围城，是为"水围城"。羊肉泡馍重在馍的烙制，亮在汤的浓醇。馍是九份死面加一份发面揉在一起烙制而成，这样的馍泡而不软、煮而不化，口感尤好。我最喜欢将如黄豆般大小的馍丁块同汤汁烧烩的吃法，泡馍味道厚重，馍吸满了汤汁，变得软糯，优质细嫩的羊肉风味特别，更能深入品味出陕西人外观豪放简单、内在精致包容的生活态度。

因慈禧太后对羊肉泡馍"肉软不糜、滋味甜美"的点评，以及在"天下第一碗"美名的加持下，羊肉泡馍已成为陕西一绝，是陕西对外的金牌名片。羊肉泡馍，无论是作为一道传统美食，还是作为陕西独特的代表，它都展现了其独特魅力，诠释了中华美食文化的源远流长。

草长莺飞鳜鱼肥

草长莺飞、拂堤杨柳之际，鳜鱼，这位春天的信使便跃然案头，登上宴席。

鳜鱼，又称桂鱼或鳌花鱼，以紧致的肉质、少而坚韧的刺和丰满的营养闻名。它的花纹别具一格，斑斑点点，犹如老虎身上的图案，既引人注目又神秘莫测。对于这种鱼，汪曾祺老先生有着深厚的情感，他曾在文章中对鳜鱼大加赞赏，称其为他心中最好吃的鱼类。他的这番言论，无疑提升了鳜鱼在人们心中的地位，使其成了淡水鱼中的瑰宝。

品尝腌制好的臭鳜鱼，那才叫一个过瘾。在挑选鳜鱼时，通常选择一斤至一斤半的鱼。在腌制之前，为了保持鳜鱼的鲜度，可以不清洗鱼身，也不让其沾染生水，同时避免触碰鱼鳞和鱼鳃，仅需将内脏去除，便可以开始腌制过程。首先，用手将盐揉进鱼肉中，确保里外都涂抹均匀。然后将鱼放入木桶中。木桶具有优良的透气性，能让发酵过程更为缓慢，从而更好地保存鳜鱼的鲜美。将鳜鱼逐条码入木桶后，用鹅卵石压紧。这样能将鱼肉中的血水逼出，使盐分充分渗透，降低鳜鱼的腥味。大约腌制半个月后，观察到鳜鱼的色泽略有发红，便可以取出。起缸时，再次用水清洗鱼鳞和鱼鳃等部位，然后晾晒一两天。随后，将鳜鱼放入冰箱保鲜。当想要品尝时，将鳜鱼放置在蒸盘中，表面摆放姜片和葱段。蒸煮八分钟左右，直至熟透。末了，淋上适量的蒸鱼豉油即可。

还有松鼠鳜鱼。一上桌，鳜鱼就散发出诱人的香气，外形像只松鼠，毛发都竖了起来，吸引着我的目光。糖醋汁混合番茄酱淋在热气腾腾的鱼身上，就像给松鼠披上了一条红丝巾。听说要炸出软弹的嚼劲，必须让鱼身像刺猬一样矗立。看来这位师傅的手艺真是高超啊！

鳜鱼的肉多刺少，肉质细腻，味道鲜美可口，营养丰富，一直被誉为"鱼中上品、宴中佳肴"。薄薄的面粉糊将甜味和鲜味包裹在嫩滑的鱼肉上，外焦里嫩的味道甜而不腻，让人回味无穷。也应了那句俗语："席上有鳜鱼，熊掌也可舍。"鳜鱼的味道真是太美了！

鳜鱼的声名远扬，始于乾隆皇帝的一次微服私访。当乾隆皇帝在苏州松鹤楼用餐时，店小二以其朴素的衣着和满身的泥土为由，为他准备了清汤寡水的饭菜。乾隆皇帝对此并不满意，与店小二起了争论。后来，一位慷慨的老者出面解围，并为乾隆皇帝推荐了鳜鱼。

品尝之后，乾隆皇帝对其赞不绝口。他形容鳜鱼头尾高昂，色泽鲜红光亮，口感鲜嫩酥香，略带甜酸，甚至觉得比昔日皇宫中的佳肴还要美味。于是，他连声称赞这道菜肴的绝妙之处。自此以后，"乾隆首创，苏菜独步"的鳜鱼招牌便在江南大地迅速打响，成为人们争相品尝的美食佳肴。

春天的鳜鱼的味道更加鲜美。它脱去了冬天的沉静，换上了春天的色彩，也让人们感受到生命的活力。吃鳜鱼，是我们对美好生活的追求，让我们用美食来点缀生活，用希望来迎接每一个春天。

锅子菜里绘吉祥

我有幸与亲友一同踏足云南，在旅行的途中，我们在保山市的腾冲市多逗留了几日。这段时光里，我有幸品尝到了当地的一道独特美食——锅子菜，让我回味无穷。

据当地老乡所言，锅子菜的历史可追溯至明朝洪武年间。那时，明军平定云南后，大批汉族军民拥入腾越地区。这些英勇的戍边将士与屯垦者，为满足长途行军的饮食需求，急需一种实用的烹饪工具。于是，当地工匠巧思妙想，利用黏性良好的胶泥烧制出土锅。这种土锅形如铜火锅，中间可置炭火，无论是煮饭还是煮菜，都能持久保温。经过世代的传承与发展，腾冲人将对美食的热爱与智慧融入了这些土锅之中。值得一提的是，腾冲作为中国唯一火山地热并存之地，土锅的形态与这片土地的特色相得益彰，因此被誉为"火山热海"的瑰宝。

锅子菜，作为腾冲地区的传统火锅，是一道独具风味的佳肴。尽管看似简单，但其制作工序却颇为烦琐。烹饪前需准备诸多食材，包括鲜嫩的蛋卷、酥脆的炸肉、饱满的肉丸子、口感独特的泡皮，以及新鲜的芋头、青菜、淮山药、黄笋、胡萝卜和豌豆等。对于追求美食的家庭而言，还需提前熬制骨头汤作为汤底，为整道菜肴增添鲜美的基底。

经过精心的调配与烹饪，锅子菜的美味与浓郁在满屋香气中四溢开来，让人无法抗拒。四五口土锅子井然有序地摆上桌，荤素、酸辣等各种口味的蘸水一应俱全，再配以清爽的凉菜和精致的小炒，过节聚会的氛围瞬间弥漫开来。锅子菜以其鲜、香、美、嫩的独特魅力，色泽艳丽诱人，口感鲜美爽滑，每一口都仿佛能品尝到食材间完美融合的奇妙滋味，让我深深地感受到一种归属的快慰。难怪当地老乡常说："品尝一口锅子菜，那熟悉的滋味能让原本紧绷的神经和疲惫的身心瞬间得以放松。""围炉聚炊欢呼处，百味消融小釜中"，此情此景将阖家团圆的温馨氛围烘托得淋漓尽致。我们围坐在冒着热气的土锅子旁，品尝着美味佳肴，聆听着孩子们欢快的笑声，这样的时刻是何等惬意与温馨啊！

在品味锅子菜的过程中，我深切地体会到，这远非一道简单的菜肴，而是一部关于生活、情感与文化的绚烂篇章。每一道锅子菜都凝聚了腾冲人民对生活的深沉热爱与对美食的匠心独运，同时也展现了他们淳朴的民风、善良的品格、坚贞的精神以及浪漫的情怀！

过桥米线的情谊

云南，这片美食的沃土，汇聚了丰富的地域文化与多元的民族特色，孕育出无数风味独特的美食。其中，过桥米线更是名扬四海，成为中外食客竞相品尝的佳肴。

我和朋友坐在老街上，看着来往穿梭的行人，一边品尝着米线，一边听店老板讲述着米线的来历。

据传，过桥米线源自云南昆明滇池之畔。昔日，有位学子为求功名，日夜苦读，竟忘餐食。其贤良之妻每日将一锅热腾腾的鸡汤送至其书房门前。日子一长，其妻子发现汤面浮油如盖，能保温良久。于是，她将火腿片、肉片、豆腐、菜叶等食材与米线一同放入汤中，其味鲜香滑爽，美味非凡。因学子家至湖心亭需经一小桥，人们便称此吃法为"过桥米线"。经历代滇菜大厨的匠心独运与改良创新，过桥米线终成滇南地区的一道知名小吃，广受食客喜爱。

作为米线的主要产地，蒙自备受瞩目与赞誉。这里的过桥米线散发着浓郁的鸡汤香气，米线柔滑细腻，汤汁鲜美可口，搭配各种丰富的配料，以其口感丰富和新鲜而著称。一碗正宗的过桥米线由四大部分构成：首先是汤料，上面覆盖着一层滚油，保温且增添香气；其次是佐料，包括油辣子、味精、胡椒、盐等，为米线增添风味；接着是主料，包括生的猪里脊肉片、鸡脯肉片、乌鱼片等，以及经过初步烹饪的猪腰片、肚头片、水发鱿鱼片等，口感丰富多样；最后是辅料，如豌豆尖、韭菜，以及芫荽、葱丝、姜丝、香菜、玉兰片、氽过的豆腐皮等，增添了色彩与口感层次。当鹅油封面，汤汁浇灌，各色食材交织在一起，米线的口感堪称一绝。好友更是赞不绝口，直呼"简直相当棒"。因此，过桥米线被郭沫若先生誉为"云南食品中一朵瑰丽的山茶"，细思，细品，果然是实至名归。

对于云南人来说，米线无疑是每日不可或缺的快餐之选。其细腻柔滑的米线，搭配鲜美可口的汤汁，再佐以各种丰富的配料，不仅口感丰富、新鲜诱人，更富含碳水化合物、维生素、矿物质及酵素等营养成分。米线的特点在于其熟透迅速且均匀，耐煮不烂，口感爽口滑嫩。煮后的汤水清澈不浊，易于消化，尤其适合火锅和休闲快餐的食用方式。品尝时，可根据个人口味添加适量的辣椒、醋等调料，使得每一口都洋溢着鲜美的滋味，这种独特的美食体验让人回味无穷，难以忘怀。

"石霜拈处最分明，万万千千一粒生。归日饭香穿鼻吼，相呼作舞下堂行。"过桥米线，以其精湛独特的制作工艺、丰富多样的口味和深厚的文化内涵，已然成为云南美食的代表之作。它不仅满足着人们味蕾的渴求，更承载着对亲情与爱的深深眷恋。每一口过桥米线，都仿佛诉说着一段段温馨的故事，让人陶醉其中，难以释箸。

围炉烤馍

入冬了，天气骤冷，除了添加厚衣服外，儿子说要开空调，享受暖风带来的舒适。这让我想起在大西北工作初期的生活。

刚从教时在家乡的小山村，全校学生只有百来人，人少的年级采用的都是复式教学。一到冬天，寒风呼啸，大雪纷飞，整个村庄被厚厚的白雪所覆盖。在这样的天气，学生教室必须用火炉驱寒，早上由高年级同学生火，再按需领好一天的煤块，等同学们到齐，教室里也就温暖宜人了。

课间十分钟是同学们最快活的时间，围炉一圈烤火，蔚为壮观。烧红的炉膛里，煤炭发出明亮的火光，火焰被烟囱魔力般地吸出，不住地上蹿，似乎要把热情的欢歌唱响给凛冽的寒风听。炉圈和炉盖早就被拿下来，大家双手靠近，膝盖前倾，俨然一副打太极拳的阵势，相互聊天逗乐。有的面红耳赤脱下了外套，有的跺脚摇晃增加热量，有的在外围追跑玩闹，有的相互搓手取暖，有的一不留神把手套上脱落的线绒掉入炉膛，只听哧啦一声，伴着一团黑烟，刺鼻的焦煳味让大家向后散去，这时在室外上厕所回来的同学便见缝插针般迎向火炉，大享热福。听到上课铃声响起，老师都站到了讲台，大家才依依不舍地回到座位，老师也断然不会责怪。

农村的学生住得分散，都是两顿饭作息时间，早上到校时要带馒头以备中午充饥，大课间围炉烤馍就别有一番趣味。泛红的炭火在炉膛里释放着热量，这时的火焰没有煤气的烟熏，烤馍最佳。

用毛巾擦去炉面上的灰尘，摆上铁架子，错落有致的馒头好像白鼓鼓的帐篷摆放在炉架上，光滑的白面馒头、金黄的玉米花卷、油滋滋的核桃圆饼，大小不一，形状各异。当馒头接触到炉子的热量时，立即发出了噼噼啪啪的声音，就跟风吹麦浪、雨润稻田的感觉一般，满满地浸润着成熟的味道。

馒头外皮开始膨胀，慢慢变成金黄色，诱人的香味弥漫开来，胃口顿时被勾起。孩子们跃跃欲试地围在煤炉旁，眼睛盯着馒头，期待着它们的出炉。他们互相交流着自己独特的烤馒头技巧，有的建议翻面，有的主张再等一会儿，一来二往间，面层瞬间被烤焦，剥去外壳坚硬的一层，再留下剩余小块的部分继续烤。

农村家庭子女众多，孩子们大都性格淳朴。在学校，年纪大的孩子总是照顾着年纪小的，因此烤馒头的任务便自然而然地落在了老大的肩上。他们在来校之前，会将馒头切成薄片，这样烤制时两面受热均匀，速度也更快。烤出的馒头片色泽金黄，咬上一口，酥脆与绵软交织，口感极佳，再配上一些干果，更是美味绝配。在"烟绕千峰留五味，香勾四皓出商岩"的诗意中，这朴实的馒头，逐渐从大棚般的饱满变为小土堆般的紧实，最终化作细微的小尘埃，悄然融入那火红的热量之中，完成了从果腹之物到美味佳肴的华丽转身。

冰心说："童年啊！是梦中的真，是真中的梦，是回忆时含泪的微笑。"

回想起来，围炉烤火烤馒头的日子永远定格在北方凛冽的

寒风中，给艰苦的岁月注入温暖的生气，也让单调的生活充满
童真童趣。

米饭之乌：天成染料的魔法

米饭，作为我们日常餐桌上的主食，通常是洁白无瑕的。
然而，有一种特殊的米饭，却以其独特的乌黑色彩吸引了人们
的目光，那就是乌米饭。那么，米饭何以能变得如此乌黑呢？
答案就隐藏在天然染料之中。

制作乌米饭的染料主要有两种：第一种是青精，又称南天
烛。《本草纲目》记载，青精的枝叶可以捣汁浸米。人们将糯米
浸泡在青精汁液中，然后蒸制成饭晒干。这样制作出来的乌米
饭，不仅颜色乌黑油亮，而且口感坚实、清香四溢。第二种染
料是杨桐叶。《零陵总记》中提到，杨桐叶细如冬青，采其叶可
染饭。用杨桐叶染出的米饭，色泽青翠，光泽动人。这种乌米
饭在口感和营养价值上也有着独特之处。

乌米饭是花溪苗族、布依族独特的风味小吃。畲族农历三
月初三和立夏是吃乌米饭的日子。农历四月初八，布依族的"牛
王节""开秧门"，吃乌米饭以期身强体健，百病不生。现在江
南一带，立夏、清明等节日时都有吃乌米饭的风俗。

乌米饭不仅是一种美食，更有着深厚的文化底蕴和历史渊
源。它的起源可以追溯至唐代，起初是道家斋日的饵食，后来
在宋代成为佛家斋食。在四月初八的浴佛节，人们会用乌米饭

来供奉佛祖。据说在战国时期，孙膑被关在猪舍中，老狱卒用乌树叶煮出乌黑的糯米饭，再做成猪粪状的饭团，偷偷给他吃。这种特殊的饮食不仅使孙膑得以生存，还保持了他的健康，最终助他逃出监狱。

乌米饭带着一种独特的清香。这种清香来自树叶的天然香气，与糯米的甜味完美融合，让人回味无穷。无论是青精还是杨桐叶，这些天然染料都为乌米饭赋予了独特的色彩和口感。它们不仅丰富了我们的饮食文化，也展示了人类在自然与美食之间的巧妙结合。我细细地品味着乌米饭，仿佛能感受到大自然的馈赠，它的清香和营养价值都源于大自然的恩赐。如此想来，心中涌起一股对大自然的感激之情，同时也对祖先的智慧深感敬佩。

在现代社会，随着科技的发展和人们生活节奏的加快，许多传统食品逐渐被人淡忘，然而，乌米饭却以其独特的口感和营养价值在民间流传下来。一口香糯乌米饭，道不尽一方水土养育情。

吃口川府回锅肉

"入蜀不吃回锅肉，等于没有到四川"，这句俗语深深地印在了每一个到访四川的人心中。回锅肉，这道川菜的经典代表，以其丰富的口感、充盈的肉香、肥而不腻的特色，成了人们饭桌上的常见菜。

回锅肉，又被称为"熬锅肉"，它的起源深深植根于川蜀地区的民间传统。在古时，逢每月初一、十五，当地百姓们都会用煮熟的五花肉作为祭品，用以祭祀鬼神和祖先。当敬完诸神仪式结束后，肉的温度适中，他们将肉带回家，重新加工烹饪炒成回锅肉。这道菜因此得名"回锅肉"。

在制作回锅肉时，选肉是关键的一步。猪后臀肉是最佳的选择，因为它的肉质鲜嫩，肥瘦相间，适合回锅肉的烹饪方式。首先，将五花肉清洗干净，冷水下锅，加入几片姜和葱段，再加入适量料酒，以去除肉的腥味。接着，将五花肉煮十几分钟，直到肉八分熟，以筷子能扎透为宜。然后控干水分，晾一会儿后切成薄片。接下来就是备料配菜，炒菜。

炒锅中烧热了熟猪油，油温适中，微微冒烟。大厨迅速将鲜嫩的猪肉片放入锅中，小火慢慢翻炒，炒到五花肉有些微卷，接着，他加入蒜末、姜末、干辣椒和豆瓣酱，翻炒出浓烈的川菜香味。此刻，在锅中漫游的回锅肉变得红亮鲜美，油脂差不多都炒了出来，加入葱段、青椒和红椒，搅拌均匀，让各种食材的香味深深渗透到猪肉中。豆瓣的酱香和五花肉的弹润，在翠绿蒜苗的衬托下色泽金黄、晶莹剔透，为这道菜增添了丰富的口感层次。最后，大厨加入一些盐、鸡精和料酒，调整口味，最终让回锅肉的咸香和鲜嫩都达到完美的平衡。整个过程只需要几分钟，但那丰盈的香味却足以勾起人们的食欲。

"一家炒肉，四邻皆香"，还未上桌已闻肉香，上桌的回锅肉，犹如一幅美丽的画卷。肉片肥瘦相连，金黄油亮，散发着诱人的光泽；蒜苗清白分明，绿意盎然，为这道菜增添了生机与灵性。这时，你会不自觉地冲着老板笑道："再上碗米饭。"

大米的甜香，配着大肉的纯粹，每一口都让人沉醉其中。肥而不腻的肉片与微辣回甜的配菜完美融合，令人唇齿留香，欲罢不能。

在四川人的生活中，回锅肉的魅力不仅在于其美妙的口感，更在于其深厚的文化内涵。无论是选料、烹饪还是调味，回锅肉都体现了四川菜的精髓和独特魅力。每一口回锅肉都蕴含着川府人民的智慧和勤劳、热情与敦厚、实在与坚韧，是他们用心灵和双手创造的美味佳肴；每一口回锅肉浓郁的味蕾滋味都是对过去的回忆，对未来的期待，对生活的热爱。

祖母牌香瓜

"不惜浑仑次第金，把将来语太无厌。而今一片落谁手，管取甜时彻蒂甜。"一诵读起宋代诗僧释心月的《甜瓜》，我不禁想起"祖母牌甜瓜"。

在所有的水果中，香瓜以其独特的魅力占据了一席之地。在阳光下，它晶莹剔透，宛如一块无瑕的玉，触感滑润且清凉，口感脆甜且清爽。因为我爱吃香瓜，祖母便在屋后的菜地里专门种了香瓜。

清晨，清新的空气中夹杂着瓜香，藤蔓、绿叶和竹架交相辉映，构成了一幅迷人的画卷。祖母站在瓜架前，悉心照料这些幼苗，浇水、施肥、除草、除虫，从不厌烦。当绿油油的藤蔓攀爬上竹架，开出一朵朵洁白如雪的小花时，祖母总是满心欢喜。也不知道她是从哪里获知有关香瓜知识的，总之，我在瓜架旁玩弄时，她总会把我引向学习方面。她告诉我香瓜的果实由五个心皮组成，种子着生于心皮的边缘，属于侧膜胎座。每个心皮的中央都有一片由中肋衍生形成的假隔膜。许多肉质果通过动物的采食来传播种子，而那些不受动物青睐的果实则需要在瓜熟蒂落、果皮腐烂后，种子才能有机会萌发。香瓜的种子周围裹着一层甜甜的、富含养分的黏液，这层黏液除了引诱鸟儿啄食种子外，也可以提供种子萌发时所需要的营养……

我除了帮祖母打打下手外，其他对我而言都是新鲜事物。随着花儿的凋零，架子上挂满了翠绿欲滴的香瓜，大的如西瓜，小的如拳头，长势喜人。

盛夏的餐桌上，祖母亲手挑选的香瓜总是一道不可或缺的佳肴。无论是新鲜食用，还是做成沙拉或榨汁糖水，都令人回味无穷。看着我们吃得津津有味，祖母总是露出满足的笑容。她总能说出一些门道，让我们多吃点儿。我也知道了香瓜含有丰富的苹果酸、葡萄糖、氨基酸以及维生素C等营养物质，这些物质对于感染性高烧和口渴等具有很好的效果，可止渴清燥，利于健康。

香瓜由青涩到成熟，这是一个让人充满期待的过程。祖母总是耐心地等待香瓜变黄，因为她知道这样的香瓜会更甜美。熟透的香瓜散发出诱人的香气，切开后露出金黄色的果肉和黑色的籽儿来。咬一口下去，甘甜多汁的果肉与微苦的籽儿完美融合在一起，让人回味无穷。她总乐此不疲地给我切着香瓜，说着香瓜。

祖母一生勤劳持家，为我们付出了太多。但她从不觉得辛苦，因为她深信"只有吃得苦中苦，才能享受如香瓜般甜香人生"。看着我们快乐幸福地生活，她也觉得自己是幸福的。她常说："我这辈子最大的财富就是你们这些可爱的家人。"

祖母对于香瓜的独钟情怀，让我自然想到祖母对我的关爱。品尝着祖母的香瓜时，我尝到了在香瓜一季季生长到枯萎的所有日日夜夜里，她无尽的汗水和牺牲；那阳光般的味道，香醇甜润的担忧、牵挂、呵护、期盼，照亮我前行之路的坚定。祖母的伟大，如瓜藤般蔓延在我心深处。

焦屑飘香

南通如皋的一位朋友送来如皋速食特产——焦屑，他说当地有"六月六，吃口焦屑养块肉"的习俗，让我尝尝鲜。拆包冲泡，瞬间弥漫出炒焦屑的诱人香气。

农历四月底五月初，正值他们农忙的季节。此时，如皋的白天比夜晚更为漫长，天气异常闷热。为了迅速补充因高强度劳动所消耗的体能，他们会准备一种特别的速食食品。这种食品据传是用元麦炒熟后，再精心磨成细腻的粉状而成。

朋友在视频中娓娓道来，制作焦屑的过程仿佛一幅生动的画卷在我眼前缓缓展开。炒制，是焦屑制作的第一步，而元麦则是炒焦屑的不二之选。因为它成熟得早，每一粒都饱满得如同珍珠，挑选颗粒大的元麦炒制，焦屑的质地会更为黏糯细香，让人回味无穷。

当锅被烘得温热，麦粒被轻轻倒入，那一刻，我仿佛能看到它们在锅中欢快地跳跃，如同粒粒麦花儿在跳舞。芦柴捆扎的"芦把"在锅中轻轻翻炒，麦粒在热力下逐渐变得焦黄，散发出诱人的香气，却又恰到好处，不煳不焦。

炒好的麦粒，接下来要经过石磨的细细加工，变成细腻的粉状。这可真是个力气活，小孩子往往只有一时的热情，推了几下磨盘就坐在一旁，手蘸着焦屑，吃得津津有味。大人们看着，也只是宠溺地笑笑，并不责怪。

当大大的麦粒经过石磨的碾轧，喷香的焦屑从磨孔中缓缓流出时，那一刻，满满的成就感涌上心头。那不仅仅是对自己努力的肯定，更是对好友无私爱的深深感激。那些焦屑，裹着好友的爱，一同被装进罐子里，成为我心中最美的味道。

据说在明朝万历年间，东台西溪的一位王姓男子因洪水威胁被官府征集去筑堤防洪。他的妻子刘氏担心他在工地上挨饿，便将大麦面粉炒制后给他带去。有一次，刘氏将此食物施舍给一位瘸腿老汉，哪知老汉其实是东海龙王。东海龙王被香味吸引，因刘氏的善良而退去洪水，免去了她丈夫的苦役。从那以后，每年的六月初六这一天，人们都会炒制焦屑，祈求风调雨顺、四季平安。

焦屑呈现出金黄色的色泽，散发着独特的麦香。它们被炒得恰到好处，既不过于生硬，也不过于焦脆，而是处于一种完美的平衡状态。当你将一勺焦屑送入口中，首先感受到的是它们在口中慢慢融化的感觉，它们口感酥爽，同时又带有一种细腻的甜味。经水冲泡，浓稠相宜，这种甜味并不是那种过分的腻人，而是淡淡的、和谐的，让人回味无穷。浓郁而朴实的香味中，让人联想到田野和丰收。

李时珍在《本草纲目》中提到，大麦被视为五谷之首。它具有消渴、除热、益气调中的功效。此外，大麦能补虚劳、壮血脉、益颜色，有益于五脏健康。它还能化谷食，止泄，并且不会引发风气。长期食用大麦，可以使人的肤色变得白皙，肌肤滑嫩。对于当地人们而言，每一口焦屑都能让人回味起那些美好的时光和温暖的回忆。

焦屑，承载着人们对家乡的思念，对亲人的眷恋，对美好生活的向往。每一口焦屑，都仿佛在诉说着一个又一个温馨的故事，引人入胜，温暖身心。焦屑的香气永远飘荡在我们的生活中，成为好友之间共同的记忆。

平湖至味说糟蛋

在浙江的平湖之滨，隐藏着一道人间至味——糟蛋。它享有"中国饮食文化一绝"和"天下第一蛋"的美誉。

平湖糟蛋，又称软壳糟蛋，承载着二百余年的岁月与传奇。回溯至清雍正年间，浙江平湖城西的徐源源酒坊，一度成为百姓口中的佳话。徐老板以酿酒为业，他酿出的酒，香醇浓厚，宛如琼浆玉液，深受百姓们的喜爱。然而，命运似乎总在不经意间捉弄人。有一年黄梅季节，雨水如注，大水无情地冲毁了徐老板的酒坊。在混乱与狼藉之中，一些鸭蛋意外地混入了酒酿糟中。几个月后，徐老板在清理废墟、重整酒坊时，意外地发现了一个与众不同的鸭蛋。他怀着好奇的心情，小心翼翼地敲开蛋壳。那一刹那，眼前的景象令他惊喜万分：半透明的蛋白中，包裹着橙红的蛋黄，宛如一颗晶莹的宝石，散发出醇香扑鼻的气息！他忍不住尝了一口，只觉滋味独特，回味悠长，仿佛品味到了时间的积淀与岁月的馈赠。徐老板灵机一动，决定尝试将这种用糯米酒酿糟渍制成的糟蛋上市出售。这一创新之举，不仅让徐老板的生意焕发出新的生机，更让平湖糟蛋的名声在民间流传开来。如今，平湖糟蛋已经成为了当地的特色美食，传承着徐老板的智慧与匠心。

糟蛋，其制作过程极为讲究，需选用上等的糯米与酒糟，经过数月的精心糟渍，方能成就其独特风味。糟渍完成的糟蛋，蛋壳不再坚硬，而是变得柔软而有韧性。蛋膜完好无损，蛋清晶莹剔透，如同美玉一般。蛋黄则呈现出半凝固的状态，散发着橘红色的诱人光泽，令人眼花缭乱。而最为吸引人的，莫过于那淡雅而醇厚的清香之气。这香气宛如春天的气息，清新而又绵长，让人仿佛置身于花海之中，陶醉不已。

将糟蛋轻置于碗或碟中，小心翼翼地用小刀或筷子划破那层薄薄的蛋膜，此刻，筷子或调羹便成了通往美食的桥梁。轻启朱唇，品尝这糟蛋的第一口，那醇香的气息瞬间扑面而来，恰如陈年老酒般浓郁，令人陶醉。绵密细腻的口感在舌尖上缓缓展开，淡淡的酒香与蛋香交织在一起，形成了一种独特的味觉体验。随着咀嚼的深入，那沙甜爽口的味道如同清泉般在口中流淌开来。此刻的我，恨不得一口气吞下数个糟蛋，以解这馋涎欲滴之渴。

这道美食，以其独特的风味和精湛的制作技艺，诠释了"天下第一蛋"的非凡魅力。此刻，你会对先人的创造力与智慧充满了敬意与感慨。

平湖糟蛋不仅是冷食佳品，而且含有维持人体新陈代谢必需的十八种氨基酸，具有增食欲、助消化、维护神经系统正常功能和促进血液循环等多种功效，能促进人体的生长发育，维持旺盛的生命力。

"日食糟蛋三十枚，甘愿长居平湖城。"这道美食的千味之旅，焕发浓郁的香醇之感，让糟蛋滚动，奔向幸福绵长的富足。

邂逅承德拨御面

承德，一个充满历史与文化底蕴的城市，而在这座城市的街头巷尾，隐藏着一种令人陶醉的传统美食——拨御面。

拨御面是承德十大名吃之一，并且被列入第二批非物质文化遗产省级项目名录。当你轻轻捧起一碗拨御面，首先映入眼帘的便是那如玉般的面条。它们细如丝缕，光滑而富有弹性，仿佛是天然的美玉，经过巧匠的精心打磨而成。在阳光的映照下，这些面条闪烁着柔和的光泽。汤底呈现出金黄色的光泽，浓郁而醇厚，散发出诱人的香气。它们有序地排列在碗中，如同一片片轻盈的雪花，纯洁而冷艳，又似乎在这碗中营造了一个属于自己的纯净世界。面上浮着红褐色的猪肉丝、榛蘑丁和鲜翠滴欲的青椒，红、白、绿三色交相辉映，给人一种强烈的视觉冲击感，正应了乾隆皇帝的赞叹——洁白如玉，赛雪欺霜。

品尝拨御面时，也有其独特的礼仪和讲究。首先，要细细品味面条的洁白如玉和汤底的鲜香。接着，用筷子轻轻挑起一根面条，送入口中，感受那浓郁的味道和丰富的口感。面条的弹性十足，咬下去时富有嚼劲。同时，汤底的鲜香味道立刻在口腔中扩散开来，让人陶醉其中。细细咀嚼配料，感受其独特的口感和味道。最后，不要忘记慢慢喝汤，享受汤底与面条的完美融合。将面条和汤一同送入口中，汤汁与面条相互衬托，让每一次咀嚼和吞咽都成为一次美妙的邂逅。

制作拨御面，需要经过一系列精细的步骤，每一个环节都至关重要，才能呈现出这道美食的独特魅力。

选用优质的荞麦面粉，将滚开水按照一定的比例倒入面粉中，烫四分之一的面粉，这样可以软化面粉，使面条更加柔韧。然后，用手蘸取适量的冷水，按挤面粉，将面团揉成一团。这一步需要掌握好水分和面粉的比例，以获得合适的面团硬度。待醒好面，将其放置在硬木拨板上，用特制的拨刀按照快、准、匀、细的要求，将面团拨成细薄的三棱形面条。这一步需要熟练的技巧和经验，以确保面条的形状和厚度均匀一致。将拨好的面条放入沸水中煮至柔软透明、无白芯即可。浇上用老鸡汤、猪肉丝、榛蘑丁、青椒和盐等调料制成的卤汁，香气四溢的拨面即为完成。

除了传统的汤面做法外，拨御面还可以进行各种创新搭配，比如炒拨御面，口感香脆；拌拨御面，清爽开胃。吃荞麦面有开胃健脾、降低血压的功效，也满足了不同人群的口味需求。

为啥拨面又称为拨御面？据史料记载，乾隆皇帝曾在张三营镇驻足，并品尝了当地特色的荞麦拨面。该面由姜家兄弟制作,采用龙泉水和面,佐以老鸡汤、猪肉丝、榛蘑丁和纯木耳制成的卤,其色洁白无瑕,细如丝缕,清香四溢。乾隆皇帝对此面赞不绝口,并赐名为"拨御面"。此后,这一美食成为皇室御用,名声大振。然而,历经动乱,该技艺曾一度失传。幸运的是,20世纪70年代后期,青年厨师辛占武成功恢复了这一传统制作技艺。

喝完最后一口汤,我乘兴抒怀:"挑起千丝万缕,细品味蕾的邂逅曲;端起万语千言,共谱生命的赞歌律。拨御面舞翩翩,美味如诗赋长篇;口齿留香余韵绕,人生美好尽兴归。"

一碗面疙瘩汤的性格

汤,人人都要喝。且不论江南一带调理养生的煲汤,也不讲家常食用的营养汤,单就说说伴我成长的奶奶的面疙瘩汤,它滋养我的身心,充盈我的童年。

儿时,我体质虚弱,常因病痛缠身,每每食欲不振。奶奶见状,总是心疼地抚摸我的头,轻声细语地说:"乖孙儿,奶奶给你做碗面疙瘩汤,喝了发发汗,吃饱肚子,病也就好了。"

我跟在她身后,看她用面粉掺水搅拌成大小相宜的小面絮状,她说过大则口感硬涩,过小则失之劲滑。小半碗面絮拌好后点火炒配菜,再用番茄炒出汁加水做汤,味道更具锅气。待水开下锅,面絮随汤匙搅拌在锅里旋转翻腾,随着温度聚集,势如洪水的"漩涡"不停地上蹿,白沫像一张大网覆盖整个锅沿；倒入调料配菜，汤料混合，又如泥人张手中不相干的泥色三下五除二和谐相融，配菜和面汤由内而外上下翻滚，互相倾诉，互相玩闹，俨然一锅"珍珠翡翠白玉汤"。撒上一把香菜末，红白绿三色交相辉映，口味之而来。我吞咽口水，仿佛这汤已经送入喉中，百般消受，好不快活！汤入口中，大小相宜的面疙瘩在齿缝间舞蹈，汤水在舌尖浸润，味觉被唤醒，身心愉悦，整个人焕发出无限的能量。

若时间紧迫，我便得用两只碗，交替地倾倒数次，以快速降低那灼人的温度。待到喝汤时，更是要小心翼翼，一口一口地转动着碗，细细品味。即便舌头被烫得微微发痛，我也仍觉意犹未尽。而最令我欢欣的，莫过于喝完汤后，与几个孩童一同比赛舔碗，争夺那最后一丝疙瘩汤的余味。我们争先恐后，甚至连脸上都挂满了汤水，仿佛那已不是单纯地喝汤，而是用汤迹来为脸庞增添一抹别样的光彩。直至碗内一干二净，我们才心满意足地结束这场小小的竞赛。

奶奶曾深情地向我讲述她母亲与她的故事：在遥远的过去，有一位老妇人千里迢迢地去看望远嫁他乡的女儿。为了表达对母亲的孝敬，女儿精心准备了一道特别的佳肴——面疙瘩汤。她将面粉搅拌成小碎疙瘩，巧妙地糊进锅中，又巧妙地加入了土豆、萝卜、鸡蛋、大葱、香菜等食材，再佐以精心挑选的调料，最终烹制出一锅不稠不稀、香气四溢的汤饭。这汤饭，被亲切地称为"疙瘩汤"。

长大后，我知道了疙瘩汤起源于古代的汤饼，又唤作汤不托，即汤中有饼，喝汤吃饼，饼可以是现成的饼子，也可以是生面下入汤中。唐朝有"一日食粥，一日食汤饼"之说，可见汤饼源远流长，影响甚广。至今，西北地区很多地方每日早晚餐都喝面疙瘩汤。

奶奶的面疙瘩汤，面絮不大不小，顺滑细腻，汤汁浓郁，配菜丰富，口感尤佳，汤与面相互融合，彼此衬托，共筑特色；一碗乳白细密滑润的面汤，做法不用刻意雕琢，简单方便，没有过多的技术含量，却能温饱肚皮，充沛体力，颐养身心。喝着汤，我成长着，思考着，也潜移默化地学到了她为人处世的原则：本真、慈善、洒脱。

第四辑

/

何妨一笑

写大字

今天，我又被儿子的学校"请"了过去。人高马大的班主任王老师，习惯性地将了将他那油光锃亮的头发，扶了扶他那硕大的眼镜，清了清嗓子，然后郑重其事地说："你家孩子吧，各方面表现得都挺好，就是这字写得太大了，作文格子都装不下，给撑得满满的。这样下去，中考网上阅卷时，书写分肯定得吃亏啊！"

听完王老师的话，我连忙道歉，并保证会好好教育儿子。离开学校后，我走在回家的路上，忍不住问儿子："儿子，你下次写字能不能稍微小一点儿，这样看起来不是更整齐吗？"他低着头，沉默了半天，然后才小声嘀咕："不是你之前说老师高度近视，写大字他好看得见嘛！"

哪儿来的

今天，儿子学习了"人体器官大探秘"的课程，作业写得飞快，兴致勃勃地合上了书本。他转过头来，好奇地问我："爸爸，书上说咱们的身体是由好多个神奇的器官组成的，每个器官都有它独特的作用。可是，爸爸，我到底是从哪儿冒出来的呢？"

我哈哈一笑，摸了摸他的头说："这个问题，你得去问你妈妈。"

儿子立刻转过头，朝着厨房大喊："妈妈，妈妈，快告诉我，我到底是从哪儿蹦出来的？"

他妈妈手里拎着个套着袋子的垃圾桶，一脸笑意地走了过来，然后指了指垃圾桶，调侃道："喏，你看，你就是从这个神奇的垃圾桶里蹦出来的！"

第二天，老师在课堂上复习完人体器官课程内容后，笑眯眯地问大家："同学们，你们知道自己是从哪儿来的吗？"

儿子一听，眼睛一亮，立刻高高地举起了手，然后大声地说："老师，我知道！我妈妈告诉我，我是从那个神奇的垃圾桶里蹦出来的，她还特意给我指了指呢！"

王氏之子

上公开课的李老师，正兴致勃勃地讲解着文言文《杨氏之子》。他举例说明："你们看，如果父亲姓杨，那我们就称他的孩子为'杨氏之子'。"接着，李老师逐一询问同学们的姓氏，并教导他们如何以"什么氏之子"来自称。

当轮到一个女生时，她大大方方地回答："我父亲姓王。"李老师微笑着点头，顺口说道："哦，原来是王氏之子。"

女生听了，脸上露出些许尴尬的神情，她犹豫了一下，然后小声纠正道："老师，我其实是跟妈妈姓的，我姓林。"

长颈鹿怕什么

爸爸带我去动物园玩，走到长颈鹿那儿，他突然问我："儿子，你猜猜长颈鹿最怕什么？"

我信心满满地回答："那还用说嘛，肯定是怕老虎、狮子这种猛兽啦！"

爸爸摇了摇头，嘴角勾起一抹神秘的笑容，说："你想，它脖子那么长，当然怕吐了！"

我恍然大悟："啊——哦！脑筋急转弯啊！"

建人

爸爸辅导楷楷写作业，一脸认真地问："楷楷，你说说'建树'是什么意思？"

楷楷眨了眨眼睛，信心满满地回答："这太简单了，就是不断种植树木，绿化环境。"

爸爸抚了抚额头，哭笑不得："楷楷，你再好好想想，这个词通常用来表示建立了不朽的功勋或在事业上有很大的成就，像这类人，我们一般怎么称呼？"

楷楷挠了挠头，突然眼睛一亮，笑嘻嘻地说："哦！我明白了，那叫'建人'，就是建立了很大成就的人！"

书走亲戚

上课铃声刚响，练习就要开始了，睿睿突然发现他的书不见了！他急得像热锅上的蚂蚁，汗水直流，疯狂地翻腾着抽屉。

老师看着他那焦急的样子，不禁笑道："睿睿啊，你早上还拿着这本书写练习呢！现在怎么就不翼而飞了？难道它长腿了，跑去走亲戚了？"

话音刚落，同桌秦琦小心翼翼地从自己的抽屉里拿出了睿睿的书。睿睿一看，顿时大笑起来，说："哈哈，老师真是神机妙算啊！我的书真去秦琦那儿了！"

孺子可教也

一个月埋头苦读后，秦奋和茹紫两人像是开了挂，期中考试直接冲到了学校的前列，还受到了表彰。

同学小梅一脸的不相信，跑回家跟她爷爷抱怨："爷爷，你知道吗？秦奋那家伙其实根本没努力，都是茹紫在教他，他肯定是抄答案了！"

爷爷听了，摸了摸胡子，笑眯眯地对小梅说："小梅啊，你这小嘴巴，可不能乱说哟！学习这事，就像炒菜一样，得真材实料，用勤奋的火候慢慢炖煮，才能做出美味的佳肴。只有勤奋努力，才算孺子可教也！"

做三遍

小琳气喘吁吁地跑过来，一脸认真地对我说："老师，除了家庭作业，我周末还能干点儿啥提升自己呢？"

我赞许地点点头，笑着指了指旁边的辅导书说："你可以做做那些课文的拓展阅读题，这样，每做一篇就练一次，练一次就强化一次，对你的阅读理解能力会有很大帮助的。"

没想到周一课间，小琳拿着练习作业兴冲冲地来找我，我一看她做的题量，瞪大了眼睛："你这是……怎么做了三遍？"

小琳眨了眨眼，一脸认真地说："老师，你不是说做一次练一次，练一次过关一次吗？我想着既然这么好，那就多做几遍，多练练，多过过关！"

我愣了一下，然后哈哈大笑，拍了拍她的肩膀说："哎呀，小琳你可真是个'过关狂人'啊！为你这份努力和执着点赞！"

感谢爸爸

妻子带女儿去修理衣服损坏的拉链。接他们回家的路上，我问："拉链修好了吧？"

妻子冲女儿眨了眨眼，然后对我说："修好了啊！但是你女儿非要给你个惊喜。"

女儿知道如实回答会换来批评，便高兴地说："爸爸，你多看看，这不是质地最好的面料吗？这不是最新款的吗……"

看着崭新的挂牌，我没好气地说："说重点！"

女儿顿时眉开眼笑道："感谢爸爸！爸爸万岁！"

注意

老师指着黑板，不停地说："注意了，注意了，现在讲重点，看着我的口型，听着我的发音，一起读——"

只见一学生起立，大声朗读。老师说："朱毅很有感情，请坐着读吧！"话毕，引来周围一片哗然。

小愚如腌菜

妈妈和女儿在玩词语接龙，女儿对答如流，表现出色。为了增加难度，妈妈让女儿说词语的反义词。

"上蹿下跳。"

"下卧上翻。"

"稳坐泰山。"

"不稳坐花岗岩。"

…………

"大智若愚。"

女儿情急之下爆出："小愚如腌菜！"

妈妈正纳闷时，女儿又补道："这就像爸爸，虽然有大智慧，但是有时候也会像腌菜一样谦虚啊！"

打鸡血

大街上，一个戴红领巾的男孩拿着针管扎自己胳膊，这一幕被路过的老王看在眼里，他忙上前制止对方："孩子，针头有细菌，不能扎自己！"

小男孩抬起头，扬了扬没有针头的针管说："我没有扎自己，我是在学大人们的做法，练习打鸡血！"

飞行模式

周末，爸爸带着六岁的小尧去了单位。因为临时有个会要开，爸爸就把手机递给小尧，让他玩会儿游戏打发时间。

小尧接过手机，左翻右翻，捣鼓了半天，结果没找到一款喜欢的游戏。就在这时，他看到了手机上的一个选项——飞行模式。

"哇，飞行模式！"小尧眼睛一亮，心想：既然手机能飞，那我何不试试？

于是，他深吸了一口气，然后用力地把手机往下一扔。

"嗖——"手机坠落在地。

开完会后，爸爸回来找手机，结果看到小尧手里拿着一堆手机碎片，眼泪汪汪地站在那里。

"儿子，我的手机呢？"爸爸问。

小尧委屈地指了指碎片："可能是因为你的手机没有翅膀吧，我按了'飞行模式'，它不听话，没有飞起来……"

找被子

下课后，李老师对王明说："王明，快去门卫处，你家长给你送了个杯子。"可等到上课铃声响起，王明还没有回来。李老师正准备叫班长去看看，王明就抱着个大被子满头大汗地跑了进来。

李老师看着王明手里的被子，瞪大了眼睛："王明，你这是怎么回事？我让你去拿杯子，不是被子啊！"

王明一脸困惑地说："啊？可是被子上写着'王名'啊，我以为是我家长写错了名字呢！"

李老师哭笑不得："你家长怎么可能连你的名字都写错？我说的杯子是用来喝水的，不是用来盖的被子！"

王明挠了挠头，又抱着被子出去了。

一周不是七天

小袁同学做科学作业总是抄同学的答案。最近，他的这种做法被同学揭发并告诉老师。为了应对老师，小袁开始要起了小聪明，用近义词替换答案来蒙混过关。

今天课上，老师突然向小袁提问："小袁，你来说说，地球自转一周是多久？"

小袁一愣，但他迅速回想起抄来的答案，然后自信满满地回答："地球自转七天是一周。"

老师听后，眉头一皱，疑惑地问："小袁，你确定地球自转一周是七天吗？"

小袁眨了眨眼睛，故作镇定地反问："老师，难道一周不是七天吗？"

戒掉吹牛

饭后，小满同学又被大家围住了，想听听他有什么奇闻趣事。他清了清嗓子，说道："我有三个愿望：第一个愿望，我要成为富豪；第二个愿望，我要买个豪宅；第三个愿望，你们猜猜是什么？"

大家开始七嘴八舌地猜测："名车名表？去世界各地旅游……"

在众人充满期待的目光中，小满终于说出了第三个愿望："我的想象力太丰富了，我要戒掉吹牛的习惯。"

想得美

"爸爸，我也想和你一样做大老板。"

"好啊！儿子，你要学习很多知识才能实现这个梦想。"

"我不要学习，我直接去开店卖烤鸡。"

"那你知道怎么把鸡烤熟吗？"

"当然，我有锅和火炉啊！"

"那你打算怎么分辨烤熟了没有？"

"很简单啊，看鸡身上的表情！"

"你想得真美……"

正常

一次，我和朋友一起去电影院看电影。我朋友问售票员："老板，这部电影多少钱一张票啊？"售票员看我朋友是常客了，就说："正常卖五十元一张，算你四十元好啦！"我朋友对着我一脸严肃地说："难道我不正常吗？"

学妈

妈妈和七岁的儿子聊天，谈到了学习话题。妈妈说："你要好好学习，像小哥哥一样考到北大去。"

"北大很厉害吧？"

"是很多学生向往的地方。他们学习好，表现好，就是我们所说的学霸。"

在一旁倾听的妹妹插话道："我也要表现好，学习好，将来我要当学妈！"

没毒

晚饭后，儿子边在地上玩玩具边问妈妈："妈妈，玻璃球有毒吗？"

正在擦地的妈妈头也不抬地说："谁告诉你玻璃球有毒的？它是玻璃做的，没毒。"

"哦——"儿子如释重负地说，"这我就放心了！"

妈妈奇怪地问："怎么回事？"

儿子说："是这样的妈妈，刚刚我吞了一个玻璃球！"

解聘梦

"哎呀，真是吓死我了！"老王一见到我，就急匆匆地说，"你知道吗？小张被解聘了！"

我一下子愣住了，心里满是疑惑："这怎么可能呢？他不是一直表现得很出色吗？我记得他还被评为集团年度优秀人物呢。"

　　老王似乎看出了我的不解，继续说道："我也觉得不可思议，听说是因为在核算数据的时候，他不小心算错了一个小数点，导致公司失去了上千万元的订单。"

　　我听后更加困惑了：小张平时那么谨小慎微，怎么可能会在这么重要的事情上出错呢？我摇摇头，对老王说："这不太可能吧，你确定消息准确吗？"

　　老王也显得有些犹豫，说："我也是听说的，不过我们可以打个电话问问他啊！"

　　我正准备打电话，老王却摆摆手说："不用了，不用了，这是我做的梦。哎呀，最近太累了！"

第五辑 ／ 诗意芳华

温卷有余香

从来没有比独处时徜徉书海、阅读文字更令人欢畅快意了!

首先是空间的宁静。四周没有嘈杂的声音，没有他人的喧闹。读书带给我的不会是孤独和烦躁，相反，文字间总能传递一股暖暖的温情，像是邻家大妈娓娓道来的过往经历，又像是评书表演家抑扬顿挫的故事讲解，时而万马奔腾，时而低语缠绵，时而意气风发，时而辗转反侧，总会牵动我的心，窥测不同的历史朝代，探寻不同文化背景下的百态人生和万事真谛。正因为有这安静的环境，心才显得更宁静，才能更深入地走进书海，遨游其中，仿佛时间都停滞不前，满心愉悦地享受阅读带来的乐趣。

其次是思绪的凝练。忙碌的时日很难静心思考一些问题，即使想静心思考也会因为接连不断的琐事而被搁置。一本阅读数遍的书籍，当看到熟悉的封面配图和文字片段，脑中便立刻闪现出主要事件和人物命运，进而快速地在生活里对号入座，放纵思绪。我会因为主人公的豪情壮志而振奋精神、努力生活；我会因为人物的悲苦幽怨而义愤填膺、寝食难安；我会因为文辞彰显的思想光环而苦苦思索、沉醉其中。一本陌生的书籍，每翻阅一页，都是在静心赏析精品艺术；心被情节牵动，情被文字感染，在不断获取新知的同时，思想渐趋明晰，心境日臻坦然。

最后是阅读能带给我思悟的光彩绽放！"旧书不厌百回读，熟读深思子自知。"不断温习、不断阅读、不断思悟，或许是某些文字间的顿悟，或许是掩卷沉思的静默，或许是改弦易辙计划的深思熟虑。文字，像散落的颗颗珍珠，被知识的细线串接，被文化的浸润雕琢成精美的艺术品，打扮着每个人。我将享受阅读的乐趣，以洗涤身心、讴歌生活，感悟生命的真谛。

冬日暖阳伴书香

在慵懒的冬日里，我轻轻撷取一抹暖阳，伴着它悠然读书。阳光温柔地洒落在身上，不仅温暖了我的身体，更让我的心随着文字的温度逐渐变暖。

在萧条、单调的寒冬，万物似乎都陷入了深深的沉睡。然而，那一山一水、一花一草，却沐浴在暖阳之下，坚韧地抵抗着严寒的侵袭。它们，不正如那些为理想而拼搏奋进的人们吗？在通往成功的道路上，充满了荆棘与束缚，挫折与磨难，但同样也有胜利的开怀与成功的喜悦。只要心中怀有阳光，我们就能书写属于自己的辉煌篇章。而在这漫长的旅途中，寻觅生命暖阳的最佳方式，或许就是静心读书。在书的世界里，我们可以找到智慧的指引，可以汲取力量的源泉，让心灵在文字的温度中逐渐升温，绽放出独特的光彩。

对于迷失方向的人，读书如同拨云见日，给予他们指点迷津的豁达。翻阅书卷，那些温暖的文字，就如同刘向所酿制的药丸，能够医治内心的愚昧。而对于那些积极进取的人来说，读书则是推波助澜、如虎添翼的豪迈。当他们捧卷凝思，那灵动的书香便如同母亲温暖的手，撒播内心深处的智慧，传递着崭新的希望与梦想。

在暖阳的陪伴下，读着那些亲切的文字，它们仿佛在将一年来的奔波与呓语揉进一个行囊，只为在此刻渲染和释放。那些字里行间的情感，在心头涓涓流出，融入归途的寒风中，散落在年关的欢歌里。这便是归家游子那份真切实在的阅读心情，它温暖而深沉，让人在寒冷的冬日里也能感受到家的温馨与期盼。

近期，我翻阅了美国心理专家厄尔·希普所著的《打败隐性老虎：青少年心理减压自助手册》一书，不禁深有感触。在现代生活的纷繁复杂中，坦途并非随处可见，我们时常会面临心智的困扰、行为的松懈。每个人，尤其是青少年，都难免会受到压力的侵袭。与成年人相比，青少年的压力表现往往更为特殊，有时甚至会引发冲动性、危险性的行为。这本书，宛如一道明亮的光束，为我们照亮了前行的道路，提供了正确释放压力的方法和知识。它教会我们如何控制内心的压力，寻找合适的应对方式，从而战胜那些隐形的"老虎"。书中的文字，温暖而有力，如同冬日的暖阳，瞬间便能感化心灵，滋润心田。

阅读这本书，我深感其对于青少年心理健康的关注和指导之重要。它不仅为我们提供了实用的心理减压技巧，更让我们明白了面对压力时应有的态度和智慧。在这个充满挑战与机遇的时代，我们需要这样一本书来指引我们前行，让我们在成长的道路上更加坚定、从容。

我深深钟爱余秋雨的那句箴言："阅读的最大理由是想摆脱平庸，早一天就多一份人生的精彩；迟一天就多一天平庸的困扰。"暖阳洒落，书香弥漫于心间，或晚读晨诵，或围炉倚窗沉思，或摘记练笔以积累智慧，或思想神游于书海之中。阅读，终将引领我们拨动生命的浪潮，扬起生活的风帆，探寻生命的真谛，铸造文明的辉煌。让阅读成为我们生活的一部分，让书香陪伴我们走过每一个精彩瞬间。

展开书卷，沉醉于阅读的世界吧！让阳光做伴，与文字共舞，在其中找寻另一个真实的自我。让思想在梦幻的海洋中尽情舒展，让生活在平淡中绽放出丰富多彩的光芒。何不潜心享受这份宁静与美好，让阅读成为我们心灵的滋养，为生活增添一抹亮丽的色彩呢？

以父亲的名义

我颂扬父亲，讴歌父爱之伟大。

在这个世界上，又有哪个称谓能像"父亲"一般，从古至今被世人传颂，历经千年而不衰？这简单的两个字，犹如一股强大的力量，穿越历史的长河，轻轻拨动着人们的心弦，深深叩击着人们的灵魂。在瞬息之间，它便能侵占整个心灵，带来无尽的温暖。当我们轻声呼唤"爸爸"时，无论是在遥远的他乡，还是在人生的低谷，那刚强而坚定的眼神总会浮现在我们的内心深处。那是父亲的魅力，是他用无尽的爱与坚韧，为我们筑起的避风港。

父亲，这一称谓在我们的生活中耳熟能详，有时我们亲切地唤他"爹"，有时则称他为"大"或"爸"。这些称呼背后，蕴含的是我们对他的深深敬仰。高大、坚强、刚毅、豁达，这些褒义词仿佛都成了他的代名词，描绘出他那无比高大的形象。

父亲总是能在前一刻与我们亲密无间地玩闹，而下一刻又能严肃认真地讲述他心中的真理。他的话语总是那么掷地有声，充满力量。在父亲面前，我们只需虚心倾听，遵从他的教诲。他的经验和智慧，是我们成长道路上不可或缺的指引。当然，我们也会有疑惑和不解，但面对父亲的教诲，我们断然不可轻易反驳和抵抗。因为，那份深沉的爱与责任，早已深深地烙印在我们的心中。

父亲不英俊，但有风度，无不潇洒。外表的美丑，那是父母赋予的，英俊固然能带来诸多便利，但也可能引来不必要的纷扰。作为父亲，有高矮之分、俊丑之差、胖瘦之别，但这些都绝非评判他们优劣的尺度。相反，这些差异并不会削弱他们在人情世故、礼尚往来中所展现出的落落大方与翩翩风度。这样的父亲，是真实的，充满情趣的，更是潇洒自如的。他们以自己的方式，诠释着父爱的深沉与伟大。

父亲不高大，但有力量，无不如山。对于每一个正在牙牙学语、蹒跚学步的孩子来说，父亲的肩膀就是他们成长的"练兵场"。在那里，孩子们被父亲有力的双臂轻轻提起，坐在他的肩头，或扶着父亲的头，或抓着父亲的耳朵，他们的每一个指向，每一个愿望，都能在父亲的陪伴下得以实现。不论四季如何更迭，风雨如何交加，父亲始终如山一般伟岸，为子女提供无微不至的依靠。他的存在，就像一座坚实的山峰，为孩子们遮风挡雨，给予他们无尽的安慰与力量。

父亲不软弱，但很坚强，无不自信。正如古人所言："人生不满百，常怀千岁忧。"生活中总会遇到种种困惑与挫折，无论是与人相处的难题、学习的困扰、工作的失意还是生活的种种不如意，最终我们总会选择回到原点，寻找那份最初的宁静与力量。此时，父亲那会意的一眼，便足以让我们身心得到平静，回归自然纯粹的状态。在那一刹那，我们仿佛满血复活，信心百倍，斗志昂扬。那些曾经难以参悟的道理、难以决断的计划、难以启齿的心声，都在父亲那趋于佝偻的身影与坚毅的双眸中找到了答案。

父亲的坚强，如同一座明亮的高塔，在岁月的斑驳倩影间屹立不倒。他默默地指引着我们，让我们在人生的旅途中不再迷茫，找到那条属于自己的康庄大道，勇敢地迈向未来。

父亲不趋名利，却有万千粉丝，无不从容低调。他如同麦田的守望者，精心照料着每一片农田。当麦子成熟、收割归仓时，他独自守着一亩三分地，回味着过往的辛劳与快意。他也似舞会的策划者，编排预演、统筹协调，当曲终人散时，他独自坐在舞台中央，默默点数着喜怒哀乐。他更像是一位曾在疆场英勇奋战的战士，刀光剑影、血雨腥风中力挽狂澜，于废墟之上建起广厦。如今他解甲归田，守望相助，过着平静的生活。七尺之身得史册铭记，受万千歌颂，无名利裹身之纷扰，享天伦昭昭之悠然，任凭风吹雨打零落去，自在逍遥乐陶陶。他的存在，就像是一首悠扬的乐章，让人心旷神怡，如沐春风。

父亲，这个可说不尽说、可言不尽言的名号，是说不清道不明的称谓，却以独特的方式，以坚韧、坚定、坚强的人格魅力深沉地表达着父爱温情。

牵手走过这尘世

忙碌的间隙，耳边时不时会响起"给个理由"之类笑谈的话题。这不，我也被所谓的"理由"上了一课。

周六接妻子下班，见我提前到了，她准备脱手套的手直接伸向我。我用力拽下手套，看她被闷得发泡的手，因为湿疹显得更皲皱，便随口说道："拿出对病人的耐心，关爱关爱你的手，又不好好养护了吧？"她嗔道："你又不牵，我护给谁看？"这让不太会表达情感的我一时语塞。想想都老夫老妻的，哪有小青年那么多的你侬我侬。她说满大街都是牵手的，就我不懂浪漫。话赶话，两人打赌，若是在大街上找到三对牵手的，我就请她吃饭。我再次声明，仅限于牵手，恋人间的挽胳膊不算。她坚定地说："我就给你一个牵手的理由！"

平日上下班总是行色匆匆，很少会留意身边的行人。我总以为他们和我一样，都是在这风沙雨雪、天昏地暗中匆匆赶路，没有理由去牵手沉醉。所以，没走出一百米，我便调侃道："这么冷的天气，谁会没事牵手溜达，早就都回家取暖了，看来这顿饭你请定了。"妻子听后只是笑而不语。她情不自禁地哼起了歌曲，心情与初春的乍暖还寒格格不入，仿佛早已被那牵手的喜悦所感染。

行至街心花园，妻子轻轻推了推我的胳膊。我顺着她的目光望去，只见三位年轻女子正款步过马路，似乎是大学生。她们的手紧紧相牵，随着步伐的迈进，摆动得有如受检阅的部队般整齐而富有节奏感。她们有说有笑，同步向前，眉飞色舞的神情中流露出满满的愉悦。

望着她们的背影，我心中涌起一股惊异之情：在这纷繁复杂、人事纷扰的世界里，竟能见到如此如兰花般清雅脱俗的交心之情，实属难得。她们就像那高洁典雅的兰花，散发着幽远而淡雅的香气。"幽兰香风远，蕙草流芳根"，她们正是这股清流，在喧嚣的尘世中显得尤为珍贵。

我冲妻子窘迫地笑了笑，示意她还差两对。然后相安无事地朝熟食店走去。下班时间，这里已经是排成蛇形的队伍，我们紧随其后。此时，斜前方祖孙俩的对话引起了我的注意。

"爷爷，奶奶最喜欢吃煎饼裹鸭皮，她说脆脆的感觉很爽口，我们再多买点儿煎饼和烤鸭皮。""不错，我孙子考虑真周到！"爷爷牵着孙子的手，懂事的孙子站在爷爷身旁开心地聊天。夕阳余晖如轻纱般绚丽缥缈，在他们脸上洒满了金辉。我动容于他们的这份暖意。你陪我长大，我陪你终老，大手拉小手，本能地牵手就是最好的理由。看着身后的长队，我对妻子说："我们不排队了，让给更需要的人吧，今天我请客！"说完，拉着她走了出来。待她回过神，说只找到了两对，还差一对。我坦然地笑笑，举起牵着她的手说："这是第三对！"她也笑了，随即将头靠向我的肩膀。

其实，牵手如吃饭一般是不需要理由的，无论是扶手助力的友情，血浓于水的亲情，还是"执子之手，与子偕老"的爱情，享受相处的和谐美好，感受左手牵右手的温情暖意，前行的步伐定会路遇芬芳、浪漫无限。

有些举动如此暖心

大姐寄来一盒核桃汁，那核桃的香气扑面而来，清新如春风轻拂柳梢，令人陶醉。

我给她打电话，但电话那头无人接听。不一会儿，手机振动，一条短信跃然屏上，附带一个温馨的笑脸表情："在开会。东西应该寄到了吧？别人送了些核桃，我弄成了核桃汁，饭袋里还有核桃饼，记得热一下再吃。"

大姐平日忙于公司事务，能抽空做这些，实属难得。我不禁回想起儿时与大姐争抢祖母做的核桃饼的情景，那时她曾信誓旦旦地说："等我长大了，也做给你吃！"话语间，流露出那份穿越山高水远的思念与割舍不断的亲情。

思绪正飘飞，一阵刺耳的铃声将我拉回现实。"你下班了吧？一会儿有快递，记得查收。"妻子在电话那头神秘兮兮地说。我好奇地问是什么东西，她笑道："打开看看，记得拍照发给我。"

原来，前几天与女儿游戏时，我随口唱起："小燕子，穿花衣，年年春天来这里……"并对女儿说："等天气暖和点，我们穿上新衣去找春姑娘。"没想到，这无心之语被妻子记在了心间，她竟为我买了那件心仪已久的 T 恤。穿上它，镜中的我显得干练稳健，我不禁对妻子的眼光赞叹不已。

暖意还未消散，手机又振动起来，是一条信息："兄弟，好久不见，最近可好？这几天老婆在挑苜蓿，我突然又想起小时候咱们一起偷苜蓿的日子，给你也寄了点儿，凉拌起来味道还是那么棒！"几番寒暄，我们仿佛又回到了那个无忧无虑的童年，偷吃苜蓿饺子的情景历历在目。那时，为了抢饺子，连盘子都摔碎了，我们还用自己的零花钱给人家赔了一个。这份来自老同学的朴实问候和家乡美食，让我在春暖花开的季节里感受到了满满的温暖与回忆。

"饺子就酒，越吃越有。"饭点将至，不能没有酒助兴。我下楼买完酒，恰逢电梯门将关，一位老人按住按钮等我。我道谢后按了顶楼，他顾着和我聊天，忘记按负一楼。我抱歉地说："真不好意思！"他却微笑着摇头，开始唱起歌来，口中念念有词："祝福你天天开心，幸福美满……"我这才发现，他是小区里常捡拾垃圾的老人，腰间还夹着刚捡的纸板。

他为人着想，微笑祝福，乐观豁达。我送他一瓶酒："喝点儿，暖暖身子，也祝您身体康健，笑口常开！"言谈间，我到了顶楼，他也开始下楼。我为他的乐观与善良感到由衷的高兴。

生活中的点滴细节，或许看似微不足道，却蕴藏着无尽的温情与美好。这些暖心的瞬间，值得我们用一生去珍藏与回味。

生活需要微笑

"你笑起来真好看，像春天的花一样……"每当这悠扬的旋律在耳边响起，我总会情不自禁地回想起那段中考的日子，以及那些用微笑温暖我心灵的人。

那时的我，就像一艘航行在题海中的小船，忙碌而紧张。然而，命运却在我最关键的时刻投下了阴影。病魔如狼似虎般袭来，将我原本平稳的生活搅得天翻地覆。某日，午休后起身欲返学校，腹部突如其来的剧痛，让我几乎无法站立，汗水浸湿了衣襟，眼前的世界仿佛变得模糊起来。经查，竟是肠梗阻，需要紧急手术。这个消息对我来说，无疑是晴天霹雳，让我原本充满希望的心瞬间跌入谷底。

然而，就在我陷入绝望之际，大哥的身影出现在了我的视线中。他毫不犹豫地放下手头的事务，背着近乎昏迷的我，艰难地爬上医院楼梯……他的每一步都走得那么坚定，那么有力，仿佛要将我所有的恐惧和不安都踩在脚下。在那段艰难的日子里，他阳光般的微笑成了我最大的精神支柱。每当我看到他那温暖的笑容，心中就会涌起一股莫名的力量，让我有勇气去面对病痛的折磨。那时，耳边不时传来他微笑的声音："坚持住，马上检查好。""别睡，护士们都来看你了。""我帮你揉揉肚子，一会儿就不疼了。"……

手术很顺利，但接下来的康复过程却漫长而痛苦。我每天都只能躺在病床上，依靠吊瓶中的药液来维持虚弱的身体。然而，正是这段时间，让我更加深刻地感受到了生命的脆弱与宝贵。为了缓解我的焦虑，大哥每天都会给我带来外面的故事，讲述世界的精彩与美好。他的声音是那么温暖而坚定。那些忙碌的护士姐姐们，无论是晴天还是阴天，白天还是夜晚，都会在工作间隙关切地询问我的恢复情况。她们的微笑是那么纯真而自然，仿佛能够驱散所有的阴霾和病痛。病友们虽然也在忍受着病痛的折磨，但他们从不吝啬自己的微笑，彼此相互鼓励着。

这段时间里，我每天都沐浴在大哥的呵护微笑、护士的关心微笑以及病友的互勉微笑中。这些微笑如同阳光般温暖，照亮了我那段黑暗的日子。或许是因为生病的缘故，我对生命的体悟变得更加深刻。我不再挑食，不再冲动，也不再抵触他人。

那些毫不张扬的微笑、坦诚交心的微笑、关怀备至的微笑……每一种微笑都蕴含着深深的情感。这些微笑让我学会了如何去回应他人的微笑，如何去享受他人的微笑，以及如何把发自内心的微笑，像阳光一样照亮他人……

自嘲之乐

在日常生活中，我们时常会听到诸如"喝口凉水也塞牙""躺着也中枪"这样的抱怨，这些话语不仅令人感到尴尬，更会导致心绪不宁，进而影响我们的生活质量。

随着年龄的增长和工作压力的与日俱增，近年来，我的头发如同枯枝败叶般纷纷扬扬地飘落，尽管尚未形成那令人尴尬的"地中海"风貌，却也日渐稀疏，显得颇为狼狈。同事们不时地打趣道："想当年你一头乌黑浓密的秀发，阳光帅气，如今长发变短发，将来会不会连短发都留不住，变成一片平地呢？不是有句话说'聪明脑袋不长毛'吗？干脆你就来个全秃，那样说不定更显文人风骨！"面对他们的戏谑，我笑着指了指自己日渐光秃的头顶，自嘲道："其实我正有此意呢，你们不知道秃头有个好处，那就是能第一时间知道外面是不是下雨！"一番话语，既巧妙地化解了尴尬，又让周围的气氛瞬间变得轻松而愉快。

刚踏出办公室的门，我正准备去管理课间活动，不料，后方一名学生急匆匆地追赶着前方的队伍。为了避开迎面走来的同学，他躲闪不及，从侧面与我相撞。由于惯性，我顺势前倾，双手迅速撑住地面，才避免了摔倒的窘态。

那孩子显然也被吓得不轻，他急忙扶住我，连声道歉："对不起，老师，我不是故意的……"我强忍着手上的剧痛，拍拍手安慰他："没事的，你看，我们这次的相撞，正好验证了物理学中'同极相斥，异极相吸'的自然原理呢！"听我这么说，他紧张的神情放松了许多，腼腆地笑了笑。我轻轻地摸摸他的头，温和地说："下次走路的时候可要小心些，别再和别人'相斥'了哟！"

看着他远去的背影，我相信这次的经历会让他在以后做事时更加小心谨慎，不再那么莽撞。

我自幼生长在辽阔的北方旷野，对于游泳的认知，仅仅停留在与三五玩伴在河水中的简单嬉戏与玩闹。相较于南方人在水域中的娴熟泳技，我无疑是个门外汉。一日，几个同伴热情邀请我到小区的游泳馆游泳，盛情难却，我只好硬着头皮前往。

准备工作就绪后，他们一个个如鱼儿般优雅地跃入水中，尽情嬉戏。而我，则只能站在泳池的一角，扶着栏杆，任由水浪轻轻拍打。没过多久，我便忍不住上岸，心中对水的恐惧难以言喻。

他们不断地鼓励我下水，这不禁让我想起那则寓言中，狐狸够不到外墙的葡萄，便说"那串葡萄是酸的"。于是，我笑着对他们说："为了让你们尽情享受游泳的乐趣，我还是乖乖待在岸上欣赏吧。我这个'旱鸭子'一旦下水，恐怕连你们都得跟着游空气喽！这五味杂陈的水，喝下去虽然解渴，但感受可就不那么美妙了！"

这句自嘲的话语，既化解了我的狼狈，又激发了玩伴们的游兴。大家纷纷提议让我当裁判，相互比赛游泳。于是，我便在岸上欣然接受了这一角色，与他们一同享受着这欢乐的时光。

"人生不如意事十之八九"，这是每个人生活中难以避免的现实。无论是困窘还是尴尬的处境，都是人生旅途中的一道道坎。若我们消极面对，往往会使心理失衡，陷入无尽的烦恼与苦闷之中。然而，若我们能以微笑面对这些困境，并伴以自嘲式的解脱，那么这种态度便不失为一种生活的智慧。

宽容之光照亮教育之路

宽容，如春阳融冰，夏风拂躁，秋果滋心，冬火暖魂。它是矛盾的调和者，伤痕的疗愈师，成长的催化剂，人生的调色师。

古人曾言："人非圣贤，孰能无过？过而能改，善莫大焉。"此言深刻地揭示了一个道理：在待人接物、评述说明时，我们应以发展的眼光看待问题，同时保持一份宽容之心。身为教师，面对性格各异的学生，更应如此。与其同学生针锋相对，导致双方陷入僵持，不如巧妙地运用迂回的方式，善用宽容来促进学生的成长。

宽容，犹如矛盾的调和剂，在我心中悄然流淌。新生小左同学，他多动，行为独特，常常不服班干部的管理，使得老师们既爱又责。每当与同学产生矛盾，他难以控制情绪，往往会以破坏公物发泄怒火。由于时间管理不当，他常熬夜补作业，白天则在课堂上补觉。面对此景，我无奈地对他说："你似乎白天精神萎靡，夜晚却异常活跃。"他却以此为乐，扮起鬼脸，引得众人哄笑。

小左的行为自然引起了其他同学的不满，矛盾日渐凸显。然而，我深知宽容是化解矛盾的最佳良药。一日早读，我见他如"小鸡啄食"般忙碌，便轻轻走上前去，为他披上外衣，示意他稍做休憩，待精神饱满后再投入学习。这一细微之举，却如春风化雨，让他感受到了我的理解和关爱，矛盾也因此得以缓和。

时光流转，小左的家长多次对我致以感激，并对孩子学习生活的规划不周深感自责。经我与家长携手引导，小左渐改陋习，专注学业，展现出全新的面貌。

更令我欣慰的是，小左在音乐领域展现出了非凡的才华。他热爱小提琴，常常利用课余时间刻苦练习。升入中学后的教师节，他发来一段视频，以悠扬的小提琴独奏表达对我的感激之情。视频中，他全情投入，那美妙的乐曲声仿佛穿越屏幕，触动我的心灵。我深感欣慰：宽容不仅调和了矛盾，更点燃了他对音乐的热爱与追求，助他在音乐道路上熠熠生辉。

宽容，犹如自信的集结号，在我心中回荡。我曾教过一个比同龄孩子稍显稚嫩的同学小王。他总爱提出一些与学习无关的好奇问题，如"老舍去草原访问，是否骑马，是否曾摔倒"等。课外闲谈尚可接受，但课堂之上若任由他漫无边际地遐想，无疑会扰乱学习的节奏。下课铃响，我还未及离开教室，小王便急匆匆赶来："老师，您推荐的那本《童年》，我早已翻阅过。"他的话音未落，我便赞许他阅读的热情，却因有会需赴，便告诉他稍后再聊。午饭过后，我返回办公室，只见小王已在门口守候。我诧异地问道："此刻不是午间阅读时光吗？你为何在此？"他反问："您不是说忙完再聊吗？"我这才恍然大悟，原来他竟如此信守我的话，每个课间都来寻我。我再次赞扬他求知的热情，并邀他坐下，共叙读书心得。

尽管小王的举止有时略显唐突，不分场合地给我"惊喜"，但他那份真挚的"交流"之情却深深地打动了我。相处两月有余，一个周末，我接到了小王母亲的电话。她语气激动而诚恳，感激之情溢于言表："因孩子年纪尚小，心智尚未成熟，他难以接受以往老师的教学方式。如今，他在您的引导下学得如此开心，周末在家不是沉浸在书海中，便是搜集与您交流的资料……"听着她的话，我心中涌动着感动。我想，保护小王的那份天真与好奇，或许正是唤起他自信、激发他潜能的力量源泉。

宽容，犹如梦想的发动机，在我心中持续燃烧。小李同学做作业速度迟缓，每每他人已完成作业并有闲暇阅读时，他只能完成三分之一。因此，他饱受老师批评与同学白眼，久而久之，他学会了对此无动于衷。然而，我并未因此轻视他。一日，我拿起他的作业本，当着全班的面，指出其中一个词语，大力赞扬他写得专注、用心，并肯定他做事一丝不苟的态度。他眼中流露出惊异之色，面带微笑地说："我是怕出错，所以才写得慢。"我立即抓住这难得的时机，告诉他："练习中出错乃常事，正是错误让我们明了改变的方向，此乃幸事。犹如一个家庭，岂能因未挣得足够钱财而罢食罢生？"

自那日起，小李写作业的速度有了显著的提升，亦能按时上交。时光荏苒，毕业一年后，我收到他发来的市级硬笔书法比赛一等奖照片。凝望着这份耀眼的成果，我深思：或许，正是当初我接纳了他的缓慢，给予他蜕变的时间，才激发了他精益求精、不断前行的动力。这份宽容，不仅是对他成长的助力，更是他实现梦想不可或缺的发动机。

小左、小王、小李，仅是众多学子中的几抹亮色，而我所坚守的宽容，则成为他们成长路上不可或缺的养分。从最初的微笑渐变，到如今的进步成长，他们的每一步都凝聚着我的宽容与理解。当然，善用宽容，并不意味着放任学生的问题。相反，它需要教师用智慧去引导学生认识到自己的错误，并帮助他们找到解决的方法。这样，学生才能真正成长，不断进步。正如世间花朵各有花期，为人处世亦当如此。在不违背原则的前提下，我们若能怀揣一颗宽容之心，实乃智慧之举。默默耕耘，静待转变，相信那万紫千红的绚烂中，总有一抹新艳会在不经意间浸润我们的心田。这不正是宽容之人所期待的景象吗？

宽容，这份智慧与修行的结晶，化解纷争，温暖心灵。它让我们接纳不同声音，包容个性差异。在宽容的滋养下，心灵净化，世界和谐。让我们以宽容为指引，点亮生活中的每一个角落！

雪花擦亮冬的眸子

"白雪却嫌春色晚，故穿庭树作飞花。"千里冰封、万里雪飘的冬景，才让人真正感觉到了冬日的味道。

关于冬景，给我印象最深刻的当数柳宗元的《江雪》："千山鸟飞绝，万径人踪灭，孤舟蓑笠翁，独钓寒江雪。"寥寥数笔，简洁凝练，意蕴丰富地描绘出一幅幽静寒冬图。

雪花，天真烂漫地跳着闹着，所过之处均被她披上了厚厚的白衣。疆土一线，水天一色，被她打扮得如绒如烟如幻如梦。

置身其间的我，被她的神韵所吸引，被她的魔力所倾倒，可以扯开嗓子仰天大叫，可以低头沉醉于雪白，可以三步一滑雪，可以一股脑儿和雪毯来个亲密接触。

雪花像是曼妙的音乐，回荡在北国的夜晚。漫步雪中，放歌山野，别有一番情致。昏暗的路灯下，街上行人匆匆，如泼如倒的雪花裹住了建筑，包围了人群，我们几个孩子在僻静的小巷里滑雪。滑雪可是个技术活，先得小跑助力，三五步后叉开腿，前脚用力一迈，后脚一蹬，配合手势的张合，借助惯性，自然就滑了出去。倘若助力不够或力道太猛，架势还未摆出，要么滑不了多远，要么重心不稳，不是"狗吃屎"栽倒就是四脚朝天"屁股开花"。滑累了，索性拿块木板垫屁股下，双脚腾空，前边一人拉，后边一人推，优哉游哉地在雪地里撒欢儿。当然，滚雪球、打雪仗是必玩项目。几个大小不一的雪球胡乱一拼，一个雪人便成形，有人扒开雪在地上抓一把土，往雪人头上点几下，口眼耳鼻顿时勾勒出面部神情。倘若小手冻得通红，便抓一把雪搓搓，不一会儿手指胀热，全身舒坦。北国的子夜，会流淌出洁白的旋律，咯吱咯吱地响在路灯的纹路里。

雪花像是勤劳的画师，默默地装扮着北国的白天。学习之余，我喜欢在冬日的乡村一隅听山野的絮叨。冬天的庄稼除了休眠，弥漫着萧条的景致都翘首盼望雪的滋润。光秃秃的枝丫上鸟巢显得突兀，小鸟活动的范围有所扩大，它们尽情地在林间嬉戏，给静默的画框镶上灵动的线条。枯荷倔强地挺立在池塘边，等待雪花的朝圣。冬风面露狰狞，把行人吓得个个裹衣缩颈，逃回家中。田间地头，缕见青松苍翠，梅花傲骨。"朔风如解意，容易莫摧残。"我又喃喃低吟，"落红不是无情物，化作春泥更护花。"北国的山河大地,因此描绘出纯白的画风,定格在多变的布局,窸窸窣窣地浸在画笔的脉络中。

冬日漫漫,就连庭院里的牲畜都显得慵懒无比。没有了蚊蝇的叮咬,少了炎暑的煎熬,一味在圈舍里吃喝,享受主人的精心照料。当太阳高照,才悠闲地到河边踱步,喝喝水,散散心,撒欢儿、打滚儿是对冬日的礼赞。这些牛羊鸡鸭被雪花擦亮了眸子,或静默或欢腾,或成群或独行,或站立或侧卧,咀嚼过往,回味美好,尽享寒冬的味道。

"岁暮阴阳催短景,天涯霜雪霁寒宵。"一山一水,一景一梦,都注入了不可或缺的冬日元素。踏雪归途,感受一裹万里的雪白,这样的寒冬才真实,才美妙,才快乐。

音乐相伴好人生

"自把玉钗敲砌竹,清歌一曲月如霜。"每个人的成长之旅,总有那样一曲清歌,如涓涓细流,轻轻拨动我们心底的琴弦,深深叩击我们内心的深处。启迪心智,浸润心灵。

幼时的我,深受启蒙老师的熏陶,对音乐产生了深厚的喜爱。每当我漫步在乡间小路上,或是悠闲地放牛于田野间,歌声总是不由自主地溢出喉咙,甚至在梦中,我也常常沉浸在美妙的旋律之中。课余时间或是集体活动之时,我们如同众星拱月般将老师簇拥在中间,她宛如一位音乐女神,口中流淌出优美的旋律和动听的歌声。在她的引领下,我们挥动着手臂,打着节拍，抑扬顿挫地唱出："小燕子，穿花衣，年年春天来这里……"我们仿佛成了那快乐的小燕子，在老师温暖的羽翼下，茁壮成长，展翅高飞。

音乐，宛如一幅绚烂多彩的画卷，总能为我展现别样的认知世界。当我步入小学的殿堂，开始深入探索音乐的奥秘时，课堂上的种种风采便如泉水般涌现在我眼前：那充满浪漫诗意的舒伯特，他的音乐如同梦境般缥缈，令人陶醉；神秘莫测、令人销魂的肖邦钢琴曲，每一曲都仿佛诉说着一段深邃的故事；充满爱国情感的柴可夫斯基，他的旋律中蕴含着对祖国的拳拳深情；国歌的缔造者田汉、聂耳，他们的作品激荡着民族的骄傲与自豪；抗敌救国的冼星海，他的音乐如同战鼓般激励人心；民族器乐大师刘天华，他的演奏将传统与现代完美融合；还有那位致力于儿童歌曲创作的谷建芬，她的作品陪伴着无数孩子快乐成长。

这些中外音乐大师们的作品，如同数字的奇妙排列组合，传递出截然不同的情感温度。它们或激昂慷慨，或柔情似水，或深沉厚重，或轻盈飘逸，直击人心，让我在音乐的世界里尽情遨游，感受着那份无法言喻的美好与感动。

中学时代的我，对音乐的痴迷愈发深沉。课余时间，我时常沉浸在音乐的海洋中，耳机挂在耳畔，随身听藏于口袋，流行的旋律与心仪的歌手之声交织成美妙的乐章，让我陶醉其中。

当我因优异的成绩而备受赞誉时，我会陶醉在《精忠报国》那意气风发的旋律中，感受着自豪与激昂的情感激荡，让我更加坚定地追求自己的梦想。

然而，当我陷入慵懒无趣的时刻，我会沉溺于《雨的印记》

那悠然婉转的钢琴旋律中。这首曲子如同细雨般洒落在我的心田，带给我一份宁静与沉思。

有时，面临困境、心情低落时，我会痴迷于《真心英雄》那激昂的旋律中。这首歌曲如同一剂强心针，激发我内心的英勇无畏和志存高远。它让我明白，每个人都有可能成为自己心中的英雄，只要我们勇敢面对困难，坚定信念，就能战胜一切……

这一首首美妙的音乐交响曲，是我成长的辛酸与甜蜜的见证，是我思想蜕变的印记，更是我心灵沃野上绽放的微笑。它们陪伴着我走过青春的岁月，让我在音乐的海洋中找到了属于自己的方向与力量。

如今，成家立业，教养子女，在忙碌的生活中，音乐于我更多了一种慰藉情愫。耳畔时常回荡着孩子们的儿歌，那些纯真无邪的旋律让我在感受他们心情变化的同时，也重新找回了对音乐的初心。家庭聚会时，一曲欢快的音乐便能营造了温馨氛围，让我们在欢声笑语中共享天伦之乐；婚丧嫁娶之时，音乐更是起到了"黄花助兴方携酒，红叶添愁正满阶"的作用，让喜悦与哀愁得以尽情释放。若出现夫妻拌嘴、兄弟反目、生意失利时，可以选择倾听音乐。那悠扬的旋律如同清泉般流淌在心间，将万目睚眦、怒火中烧的情绪一一化解。而在感到悲寂寥、哀怨叹时，我也会放声歌唱，让心中的情感随着歌声流淌而出，感受那"钟期久已没，世上无知音"的高山流水情。

"清风吹歌入云霄，歌曲悠扬绕云飞。"喜怒哀乐，爱恨情仇，人生百态，皆成歌韵。音乐，这门无形的艺术，以其独特的魅力，将纷繁复杂的情感凝练成动人的旋律，将漫长岁月镌刻成不朽的乐章，共同谱写出一曲幸福美满、壮丽辉煌的卓越赞歌！

且听絮语

街道之旁，杨柳依依，其姿婀娜，仿若舞动的翠带。春天的青翠与繁盛，在花草间悄然流淌，柳絮轻舞飞扬，释放出诱人的清香，令人心旷神怡。

那日，我赴女儿放学之约，她沿途手捧纷扰的柳絮，眼中闪烁着无尽的好奇与想象。她滔滔不绝地向我诉说着她内心的丰富世界，而我则忙于回复家长们的消息，时而应和，时而沉默。然而，她的热情与纯真，如这春天的气息一般，无法被我的疏忽所阻挡，悄然沁入我心。

转过街角，我们漫步进了一条绿意盎然的柳道，两旁垂柳轻轻摇曳，柳絮如洁白的雪花般纷纷飘洒，仿佛踏入了一个充满诗意的冬日仙境。柳枝嫩绿如新，生机勃勃，与柳絮的纯净洁白形成了鲜明的对比，更增添了几分清新的气息。

女儿兴奋地跑到前方，突然驻足，弯腰小心翼翼地捧起一把飘落的柳絮，紧紧地握在掌心，试图用小小的手指将它完全囊括。她回头焦急地呼唤我："爸爸，快来看，我找到了这些美丽的柳絮！"我顺着她的声音抬起头，只见她的眼中闪烁着兴奋与好奇，手中紧握的柳絮仿佛是她心中的珍宝，让我也不禁为之动容。我微笑着走向她，轻声回应："宝贝，真的很美呢！

你感受到了吗？这就是大自然的神奇魅力。"

只见女儿目不转睛地盯着那些从她指尖滑过的柳絮，她的胳膊几乎僵硬，生怕稍有动弹便让它们飘走。她的身体随着柳絮的轻舞而微微起伏，似乎与它们共舞。她怔怔地看着这些柳絮，眼中闪烁着好奇与想象，突然说道："爸爸，快看！这些毛茸茸的小白球，如同散落的珍珠，静静地躺在地面上，又像是柳树轻轻洒下的眼泪，带着淡淡的忧伤和无尽的思念……"

我立即驻足，反问她道："别随意触碰这些小白球，难道你也想哭泣，或是过敏吗？"然而，我未曾料到，女儿却轻轻摇了摇头，眼中闪烁着坚定的光芒，她说道："我才不会轻易哭泣呢。你听，这些小白球在微风的助力下，从柳树上轻轻飘落，它们是在向大地妈妈诉说着自己成长的点滴与收获的喜悦，那是激动与幸福的泪水，而非悲伤。"

女儿的话语，让我深感震撼与感动。她那纯净无邪的童心和乐观向上的心态，让我重新审视自己的心态。是啊，正如古人所言："桃红柳絮白，照日复随风。"柳絮的轻盈与飘逸，如同生活中的美好与希望，不断随风舞动，为我们带来无尽的惊喜与感动；又如同"癫狂柳絮随风舞，轻薄桃花逐水流"，它们自由自在地舞动，不受任何束缚，这正是我们内心所向往的自由与快乐。而"梨花淡白柳深青，柳絮飞时花满城"，更是描绘了一幅生机勃勃的春景，让人感受到生命的蓬勃与活力。

女儿的话，如同一股清泉，洗涤了我内心的尘埃，让我重新找回了那份对生活的热爱与向往。从今往后，我也要像她一样，用乐观的心态去面对生活中的每一个挑战，去感受生活中的每一份美好。

"梨花院落溶溶月，柳絮池塘淡淡风。"在这如诗如画的春景中，柳絮轻轻起舞，随风而起，随风而舞，最终又随风而落。柳絮虽小，却能随风飘向远方，无声地展示着生命的顽强与不屈。正是这独特的姿态，使得柳絮成为春天最温柔的标志，为四周的世界带来无尽的活力与欢愉。我们人类，又何尝不像这柳絮一般？虽微小却坚韧，虽平凡却怀揣梦想。无论身处何种境遇，都应保持一颗坚韧不拔的心，从柳絮中汲取力量，用勇气和坚持，去创造属于自己的精彩篇章！

幸福的等待

他刚下班，正在风雨中赶晚上八点的公交车，错过这班车，就要再等十五分钟。他努力借助奔跑的惯性，平衡雨伞逆风上扬的冲击。

每次在跨上汽车的那一刻，他都会冲司机露出感激的微笑，刷卡入座，长舒一口气，享受车内播放的音乐。

路上二十分钟的车程，要说快也快，但对他而言，总感觉是一种煎熬。每次，他都在与她的电话中一路到家。

"上车了吧？拿好包，戴好口罩。"女人说，"再坚持一会儿，菜已经做好，等你下车我就炒面。"

"你先吃点儿，垫垫肚子。被你这一说我还真感觉饿了，下班回家能一起吃饭，工作的疲惫顿时就没有了，想想都是件无比幸福的事！"每次他都会这么说。收到的回复也都是她要减肥，没关系，静等他回家。

女人是牙医，准点下班，买菜做饭，变着花样地为他烧菜。他喜欢吃面，每顿餐桌上必有面食，看着他狼吞虎咽，她像照顾小孩般拿纸巾为他擦嘴。他是名职员，加班是常有的事，每天沉浸在文山会海中，下班还得再写稿码字，负责几个微信公众号的文案推送。

为了早日在这座城市拥有房子，两人极少去外边吃饭，经常利用碎片时间提升自己的专业素养。经过努力，女人取得了医师资格证、营养师证，还做起了副业。每天最开心的是餐桌上两人互谈理想，彼此鼓劲，仿如世界在房外，房内俨然孙悟空的水帘洞般逍遥自在。

车内仍旧响起了那首熟悉的歌曲："不能不哭你就让我把你抱着，少了大的惊喜也要找点儿小快乐……"他看着捧在手里、被自己倍加呵护的礼盒——女人今天的生日礼物。他不喜欢花花草草，觉得这些没有任何实质性的纪念意义，昙花一现不如心花怒放。盒子里是她心仪已久的一套连衣裙，因价格不菲，她始终犹豫未买，生日之际，她值得拥有。伴着动情的歌曲，他能想象女人穿上连衣裙幸福的样子……

事情正按照预想的轨迹有条不紊地展开，整个房间里，只有他，那个深情的男人，独自为心爱的女人唱着生日歌。他的声音温柔而富有磁性，每一个音符都充满了对她的爱意和祝福。

一张大桌上，摆满了色香味俱佳的家常菜，都是她精心挑选并亲手烹制的，每一道菜都蕴含着对他的深情。菜肴的香气在空气中弥漫，与生日的氛围相得益彰。

他缓缓地走近女人，如同一位优雅的绅士，为她轻轻戴上那款精心挑选的发卡。发卡上的小装饰在柔和的灯光下熠熠生辉，与她乌黑如瀑的秀发交织在一起，形成了一幅美丽的画面。换上连衣裙的女人，宛如一位优雅的仙子，曼妙的身姿在幽暗的光影中若隐若现，更增添了几分神秘与魅力。她的脸庞在灯光的映照下，如同精心雕琢的瓷器般柔美动人，一双明亮的眼睛胜似夜空中最亮的星星，闪烁着迷人的光芒。身处这个异乡的小角落，尽管没有厅堂笙歌的繁华，也没有家族温馨的祝福，但两颗心却紧紧相依，仿佛能感受到彼此每一次心跳的共鸣。

这个女人就是我的妻子，我们经过努力打拼，在繁华的都市拥有了属于自己的房子、车子。此刻，耳畔又响起那首歌："虽然有时候际遇起伏，至少我们有一起吃苦的幸福……"孩子不解地问我，为什么老是放一首歌，听得不厌烦吗？我笑了笑，没有回答他。或许他还不懂，也无法理解。在我的心中永远有个记忆：有人愿给我做碗面，并且乐意陪我吃。

盈盈一枝柳

忙碌的间隙，猛一抬头，春天彻彻底底地站在眼前了。

晚饭后我总会和妻子一起沿护城河河边散步。小城的春夜，月色朗朗，微风不燥，点点路灯映照着河边的柳树与樱花树，红绿交织，协调搭配，装扮得夜也浪漫无比。妻子冲我微笑说："出来走走，心情会随着春景变得舒畅。"我点点头，表示赞同。

倏忽间，一股芳香直击面前，隐隐约约，断断续续。"你闻到了清香的味道吗？"妻子惊呼，我忙说："闻到了樱花夹着柳条的芳香，这是泥土和柳条萌芽的欢歌。白天行色匆匆，只是感官上的愉悦，夜晚才会真切亲闻成长的裂变。"妻子闭眼抬头，用力吮吸这淡淡的清香。

在这静谧安然的氛围里，有樱花陪伴的柳树宛如绝代佳人，碧绿的身躯丰满了很多，柳条间相互手拉手，有诉不完的温情道不尽的暖意，嫩黄的柳芽如发夹上点缀的宝石愈发明艳；柳影摇曳，临风起舞，如欢笑荡秋千的孩童，如对镜梳妆的少女，如舞袖飘飘的仙人，柳丝纤纤，柳叶绰绰。放眼望去，沿堤排列的柳树恰似给河道撑了一把绿伞，倒映水中的柳影在河面上泛起圈圈涟漪，不知是水动了情还是柳泛了意。万千柳条细细密密，接天连叶，绿浪翻涌，就像那缥缈绿烟间浮动的翠云，荡漾在顺着河道蜿蜒前行的灯带里。

我顺手折了一段边角的嫩枝，用力握住，左右手指对拧，让其筋骨分离，再抽出枝干，留下外皮，把外皮截成拇指长短不等的小节，选一端边部的一厘米处用指甲刮去外皮，当作"哨片"，放口中一吹，便发出清脆的声音。"让你回味下儿时的快乐！"妻子随着我吹出的旋律挥手打着节拍，柳条也快乐地扭起身子助兴。

我看过红叶似火般的枫树热情，也俯身亲吻金黄烂漫的桂花艳丽，但就是对于柳树的翠绿清香尤为钟情，不仅仅是她婀娜多姿的形体之美，更多的是她由内而外散发的生命热情。无论天南海北、山丘平原都有她倔强的身躯，无论春来秋去、严寒酷暑都有她劲挺的坚持。此地，横贯河面生长的柳树，仿如铺起的天桥，莫言桃叶渡，偏照玉门关，会不会继续承载鹊桥欢歌？她无惧无畏，彰显生机，在朦胧中以清幽之色给春天增加异样锦绣和特别味道。

这是成长的味道，纯粹的味道，生命的味道。清澈、敞亮、透彻。妻子说："这坚挺的风骨，纯粹的气魄，不正像你们扎根基层的清廉公仆和刚正不阿的仁人义士吗？不被理解的事很多，出来走走，亲近自然，心就不闷了。"我说："嗯，泛着泥土味的柳条真清香啊！"

妈妈没空

向田低垂着头，犹如被秋风吹散的落瓣，漫无目的地在小区内徘徊。行人匆匆，各自奔向家的港湾，而她，却像迷失在茫茫人海中的一叶孤舟。

她再次拿起手机，目光久久地停留在那串熟悉的数字上，却迟迟没有按下拨号键。多少次，她幻想妈妈能突然出现，给她一个温暖的拥抱，但现实总是那么残酷，一次次将她的幻想击碎。那句"记得随天气变化添加衣服，多喝水，继续在大妈家吃饭，妈妈暂时没空……"的叮嘱，在她脑海中回荡，如同冰冷的锁链，束缚着她的心灵。

这次，来例假的她高烧不退，却依然坚持参加了模拟考试。然而，结果却令她心碎——数学和英语成绩都跌入了谷底。作为课代表的她，心中充满了自责和痛苦。更让她难以接受的是，这次考试关系到她能否获得保送重点高中的名额。整个下午，她恍恍惚惚，如同行走在迷雾之中，心中充满了无尽的失落和自责。

向田拖着沉重的脚步迈进家门，桌上妈妈留下的便条再次刺痛了她的心。初中三年，妈妈总是忙于工作，加班、出差成了家常便饭。她们母女俩最长的一次分别，是整整一个月没有见面。每次打给妈妈的电话，要么是暂时无法接通，要么是关机。她只能在邻居张大妈家感受那份久违的温暖和关怀。

委屈的泪水终于无法控制，顺着脸颊悄然滑落。她趴在沙发上，任由泪水打湿衣襟。冰冷的房间，冰冷的环境，都像是无数根钢针，深深地刺痛着她的心。

就在这时，门铃突然响起。向田没有动，一把钥匙轻轻转动了门锁。张大妈那熟悉而温和的脸庞出现在眼前。看到地上散落的玩偶和书籍碎纸片，张大妈的神情充满了关切。她轻轻地拉着向田的手，温柔地说："我以为你在上兴趣课没回来呢，大妈烧了你喜欢吃的虾饼。"

向田顺势躲进了张大妈的怀中，泪水再次涌出。她哽咽着告诉张大妈："妈妈总说她没空……这次模拟考来例假发烧……明天要开家长会……"张大妈抚摸着她的头，轻声安慰着她。然而，向田却越发觉得自己辜负了张大妈和妈妈的期望，心中的悲愁和自责如同潮水般涌来。

张大妈看着向田的样子，心中也是一阵感慨。她指指新买的衣服，告诉向田："明天家长会新衣服买好了，一切都准备妥当。你妈妈虽然忙，但也是为了人民的安全在努力工作。我退休之前比你妈妈还忙呢，你兰姐也是经常放在爷爷家照顾。你要理解她，她也是为了你们这个家。”

向田听着张大妈的话，心中的悲痛和委屈似乎得到了些许缓解。她依偎在张大妈的怀里，任由泪水肆意奔流。张大妈轻轻地摇晃着她，像是在给婴儿摇摇篮般温柔。

“哭吧，孩子，别憋在心里。有大妈在呢，大妈理解你，也理解你妈妈。她这么坚定地出差加班，就是为了追查毒枭老大，尽快将黑恶势力绳之以法。她始终觉得对不起你和你爸爸，如果不是你爸爸挺身挡那一枪，你们也不会阴阳两隔。相信吧，‘天网恢恢疏而不漏’，一切都会好起来的！”

这时，向田的目光不经意间落在了墙上父亲的照片上。那张熟悉而温暖的脸庞，灿烂的微笑，向她传递着无尽的关爱与鼓励。她回想起父亲生前的话语：“只要心中有爱，有信念，就能够战胜一切。”这句话如同父亲的嘱托，深深地烙印在她的心底。

与此同时，门外传来了熟悉的脚步声。向田的心跳突然加速，她睁大眼睛，只见妈妈满脸疲惫地走了进来。妈妈环顾四周，问候张大妈之后，径直走向向田。她眼神中透露出一丝愧疚和自责，替向田擦去眼泪，理了理头发，将她紧紧拥入怀中。

“对不起，孩子，妈妈一直都很忙，忽略了你的感受。”妈妈的声音带着颤抖和歉意，“得知你明天开家长会，我今天特意请假回家。”

向田听着妈妈的话，心中的委屈和痛苦也似乎得到了缓解。她抬头看着妈妈，眼中闪烁着坚定的光芒：“妈妈，我懂了。我会坚强，会勇敢，会记着爸爸的话，心中有爱，有信念，去战胜一切……”

母女俩紧紧相拥。在这一刻，向田突然感到一股暖流涌上心头，她似乎嗅到了一丝花香，那是妈妈的爱和关怀的味道，淡淡的，却又如此真实。她明白，无论生活有多么艰难，只要心中有爱，有信念，就能够战胜一切。

修缮

拎着满满一袋零食的老张，刚走到自家门前，便听到屋内传来女儿愤怒的喊叫声。那声音如同利剑划破宁静的夜空，刺入他的心扉。

"张子扬，你这个混蛋！居然敢偷我的私房钱，还把奶奶留给我的景德镇瓷瓶打破了！要不是我发现瓶口被我放钱的地方有胶糊的痕迹，我还被你蒙在鼓里呢！妈，等会儿你儿子回来，我非好好教训他不可！"女儿的声音中充满了愤怒与失望。

老张的脚步顿时停滞，眉头紧锁，心中涌起一股复杂的情绪。他深知女儿性格刚烈，一旦触及她的底线，便会毫不留情地发作。

女儿张子萌双腿盘坐在沙发上，双唇微翘，带着一丝不悦。茶几上，那只原本完好的瓶子此刻已一分为二，躺在那里，仿佛是个破碎的梦。瓶中的硬币和纸钱散落一地，如同调皮捣蛋的孩童，此刻正静静地等待主人的责罚。

老张轻笑着走上前，蹲下身来，温和地询问女儿事情的缘由。张子萌噘着小嘴，不满地叙述道："我本来打算拿出存的钱，可刚一托起瓶子，它就裂成了两半。这可是奶奶留给我的嫁妆啊，他居然敢这么糊弄我，用胶水粘着来骗我！"她的声音中带着一丝委屈和愤怒。

掌上明珠生气，老张只好安慰，笑盈盈地甩甩水果袋子，"看，给你买什么好吃的……"话未说完，女儿已经赌气进了房间。

他舒了口气，听老伴补充。"从学校回来，发现瓶子弄破，发泄到现在了，怎么劝都没用。家里就这么几个人，肯定是你儿子干的。这可是古董，太可惜了！"

老张洗净双手，小心翼翼地拿起那两半裂痕的瓶子，轻轻一拼，一个完整的瓷器便奇迹般地呈现在眼前。这瓷瓶小口大身，设计精巧，瓶身上印着人物热火朝天的劳动图景。瓷瓶的寓意深远，它象征着母亲的生活如同福袋一般，蒸蒸日上、幸福美满。

女儿张子萌考上大学时，母亲便将这瓷瓶作为珍贵的礼物馈赠给她，寄托着对女儿未来生活的美好祝愿。这不仅仅是对一件物品的损坏，更是对母亲心意的亵渎，她怎能不感到痛心疾首呢？

老张呼唤着老伴，让她取来剪刀、胶水、镊子、油灯等工具，随后他戴上手套，开始了瓷瓶的修缮工作。老伴则在一旁屏息凝视，时刻准备着传递所需的工具，不时为老张轻轻拭去鬓角的汗珠。

经过一番精心修补，老张终于将瓷瓶放入烘干器中。当他脱下手套的那一刻，脸上露出了满意的笑容。再看那瓷瓶，原本狭窄的开口处巧妙地镶嵌了一枚国徽，周围环绕着一圈熠熠生辉的小星，与国旗的飘带相互映衬，宛如一幅美丽的画卷。这修补不仅完美掩盖了裂痕，更增添了几分华丽与庄重。整个瓷瓶仿佛被赋予了时代的华丽元素，活像一位征战沙场、意气风发的战士，归来后依旧光彩照人。古悠之风的瓷瓶与现代的华丽元素完美融合，彰显出一种别样的韵味与魅力。

张子扬去图书馆看书，这次比往常晚了两个小时才回家。刚一踏进家门，就遭到了妹妹张子萌一顿隔靴搔痒式的毒打。自知理亏的他，并没有反驳，只是默默地承受着。见妹妹得理不饶人，他也不甘示弱，拖着妹妹就进了房间。

老张见状，起身又坐了下来。这次，他并没有劝架的打算，反而觉得让女儿出出气，教训教训鲁莽的儿子也好。于是，他继续沉浸在享受瓷瓶的韵味和往事的追忆当中。

房间内，吵闹的声音逐渐由大变小、由强变弱，最终如同海浪被海风吞噬到水底深处一般，变得死寂无声。老张感到有些不适应，于是起身去敲了敲门。见里边没有应答，他便说道："差不多就行了，我帮你修补好了，看到绝对让你惊喜！"

兄妹两人走出房间时，脸上都露出了笑容。这让老张有些费解，刚才还是乌云密布、电闪雷鸣的，怎么突然就变得晴空万里、艳阳高照了呢？他摇了摇头，心中却满是欣慰。

哥哥张子扬表现出了大度的一面，他拿出一直攥在手里的玉石烟嘴，坦诚地说道："上周末我们俩打闹时，我不慎误伤了您这个宝贝烟嘴，因为担心您生气，所以一直不敢拿出来。本来我们打算一起凑钱给您再买个玉石的烟斗，但昨天我试图把节省下来的零钱放进瓷瓶里时，由于瓶口太小，我用力过猛，结果瓷瓶没拖住，摔在地上裂成了两半。没想到修饰的痕迹还是被妹妹发现了……"

老张听后，一副若无其事的样子，笑道："我就说嘛，你妹妹能这么快饶你，原来有把柄在哥哥手里！"

女儿张子萌此时也撒娇道："爸，对不起，把爷爷留给您的宝贝打碎了。不过我们刚才也学着您的方法进行了简单的修补，您得给我们把把关！"老张被这撒娇攻势弄得无法抵挡。

"来，我看看你们的手艺如何。"老张接过烟嘴，端详着。只见装烟口处有明显的裂纹，烟嘴已经无法装进去了，但吸口部分还完好无损。想到兄妹俩的用心和努力，老张不禁莞尔一笑，觉得手中的烟嘴似乎变得更加完整了。

他顿了顿，说道："孩子们，老爸一直想戒烟，但总是缺乏坚持的勇气。这次烟嘴没了，每当我想抽烟的时候，就会选择去散步锻炼，或者和你妈一起在菜地打理蔬菜。我已经坚持一周了！你们看，茶几上的零食，就是我接下来的'香烟'。吸烟有害健康，劳动却能怡情养性。拥有健康的身体，才能享受快乐的生活。趁着新时代的东风，我还想再登台唱两嗓子呢！"

兄妹俩做梦都没有想到，他们内心准备了多个版本的解释和搪塞之辞，在父亲的包容和理解下瞬间土崩瓦解。他们的脸上洋溢着久违的笑容。哥哥张子扬坚定地说："您不仅修补、装扮了瓷瓶，也坚定了我内心的信念，让我更加明白行事要顾及周全。现在，我们决定全力以赴冲刺期末的奖学金！"

老张听后，点了点头，说道："嗯，确实如此。物品坏了可以修补，但心坏了就难以修复了。"

妹妹张子萌也不禁挺直了腰板，笑着回应道："是啊，东西破损了没关系，我们还可以修复或者重新购置。但家人的宽容与和睦，无形中也在滋润着我们的内心，坚定我们的意志，鞭策我们的行动！"

幸福密码

接女儿放学回家时，我带回了很多快递，进家门的指纹解锁任务就落在了女儿身上。她熟练地输入密码开门，若有所思地说："输入密码能打开宝藏之门，那获得密码是不是就能拥有幸福呢？爸爸，你的幸福密码是什么？"

女儿告诉我她最近学习了课文《幸福是什么》，其主要讲三个牧童发现树林里一口老泉不涌泉水，为了让人们能喝到干净的泉水，他们主动疏通泉眼，开沟引水，砌井加盖。智慧的女儿——一位美丽的女孩，看见他们的所作所为，称赞他们做了一件好事，并祝他们幸福，但三个牧童并不理解什么是幸福，智慧的女儿便引导他们自己去弄明白。十年以后，三个牧童又在小井旁边相遇，他们回顾各自十年间的生活经历，对幸福是什么有了比较深刻也比较一致的体会——因自己的劳动给别人带来益处而感到幸福。

听完女儿陈述后，我也陷入了沉思。农夫获得丰衣足食、衣食无忧的幸福密码就是耕种技能；匠人获得精湛技艺、化腐朽为神奇的幸福密码就是精雕细琢、精益求精的初心；学子获得金榜题名、加官晋爵的幸福密码就是坚定目标，勇往直前地拼搏与奋斗；自然获得唯美天成、诗画意境的幸福密码就是花草树木、四季更替的和谐打扮。我是由祖母带大的，我的幸福密码就是那份诗意的田园生活。

祖母精心规划，将农家小院一分为四，划分出种植区、学习区、晾晒区、休闲区，各得其宜。篱笆院墙四周，爬山虎与缤纷花草交相辉映，为这片田园增添了一抹温馨的色彩，勾勒出一幅生动的"田"字形画卷。

种植区内，蔬菜与果树错落有致。按季节更迭，辣椒、西红柿、黄瓜、葱、土豆等家常蔬菜相继成熟，硕果累累。而苹果、桃子等果树，更是为这片田园增添了几分果香四溢的芬芳。学习区里，凉棚之下，黑板、桌椅一应俱全。我面朝天地，背对日月，诵读经典，与古人对话，领略千年文化之精髓。晾晒区内，常年堆放着酒糟、玉米等饲料，衣物晾晒在阳光下，散发出清新的气息。休闲区则是最为热闹的地方。棋台上，楚河汉界针锋相对，智慧与策略在此碰撞。简易的木桩秋千架上，孩子们欢声笑语，跳皮筋、跳房子、滚铁环、打弹珠、扔沙包，各种游戏让人目不暇接。欢歌在此唱响，笑谈在此蔓延。冬去春来，晨风暮月，这里记录着我的喜怒哀乐，也见证着我的诗情画意；享受田园之乐，田园之趣，大有"采菊东篱下，悠然见南山"的闲适之风。

受祖母影响，清晨我会给瓜果蔬菜拔草。黄昏时分，祖母摘了一篮子蔬菜，让我和她一起给上了年纪、腿脚不便的长辈们送去，再相互拉拉家常。和谐的人际关系能够给我们带来无尽的快乐。

空闲时祖母会坐在院中织毛衣，晒太阳，看着鸡鸭悠闲地带着小宝宝觅食。应季的水果、蔬菜、花朵竞相开放，院子宛如世外桃源。"留连戏蝶时时舞，自在娇莺恰恰啼"，相看两不厌，只有自家院。诗意的生活是祖母带着我成长的主旋律，也是我们用双手劳动换来的幸福，这幸福在我们的生活中绽放出更加美丽的光芒。

其实，生活本就是一场寻找幸福的旅程。让我们带着坚定的信念、和谐的人际关系、满足的心态和积极向上的追求，去探寻属于自己的幸福密码。

善良的尊重绽放最暖的花

我曾经居住在集多条小巷子的城中村老小区，每当上下班时间，来来往往的汽车、电瓶车、自行车、行人都会拥上窄窄的路面，泛着红砖青瓦、砂石、泥土气息的道路，俨然一位垂暮的老者，悠然地奏响集市交响曲。

小区里不大的广场上，是人们茶余饭后的聚集地。在这里能听到各种奇闻逸事，上到城乡发展规划，下至张家婚丧嫁娶、李家小猫怀孕。按照作家梁晓声的话说，有炊烟的地方才是人间。"最是人间烟火气，夜夜笙歌不夜城"，这个最质朴、最纯粹的环境里也最能洞见人心。

一对父子的乒乓球赛吸引了我。在父亲各种角度接球、扣球的劳累下，看得出来他球技不佳，属于初级水平。儿子则游刃有余地左右旋球，并配以讲解说明。父亲不断地擦拭额头沁出的汗水，一边重复演练，一边微笑捡球，快活得像个小孩子。

"先生也来一局？"父亲朝我扬了扬球拍。

"你们水准高，我这球技上不了台面。"我欲谢绝。

"感谢您这几天给我们捡球陪练，来一局玩玩。"他儿子的这番话让我无法拒绝，只得接过球拍。

我多少也有点儿基础，只是学校毕业后再没有碰过球拍，还是略显生疏，第一个球刚好擦网发了过去。我有点儿不好意思。他父亲拍手说我发球不错，没有失利，比他初学刚上场时好多了。经他这么一说，我放松了很多。

一来二往，几个回合下来我渐入佳境，抓住时机，左右路不断地扣球，小伙子连连败阵。我彻底放松了。一边学着运动员半蹲左右晃动身体，一边比画着扣球姿势，仿佛启动待命的汽车，只要一脚油下去就能离弦冲刺。

"看得出来，你有底子的。茶余饭后打打球，出出汗，健健身，真好！"他父亲捡起球，冲我感叹道，"这对于我这种刚退休，还没有真正融进柴米油盐酱醋茶生活的人，就是最好的选择。感觉这时候才是生活的开始。"

言谈中，得知他儿子这次休假回家，每日陪父亲来打球消遣。他们计划就这样练下去，明年父亲可以参加社区里的乒乓球比赛。

中场休息，他儿子捡起球坐在我旁边说："我爸就是一心为工作，很少有自己的生活，练练球既可以找点事做，也能锻炼身体。"

我看他不住地捏脚踝，脸上露出疼痛的神情，不住地用毛巾擦豆大的汗滴，似乎猜测出了什么。他见我询问，忙压低声音说："不要让老爷子知道，受了点儿小伤，回来调休了半个月。

本来要外出打比赛的，只能拉着他陪练了。"

我的脸瞬间红到了脖根，莫名的羞愧涌上心头。回想刚才豪放不羁的厮杀，他礼让善意的切磋，微笑来往捡球的举动，原来，我是和专业运动员练习！差距可想而知，但是他真诚的微笑似绚烂的阳光照耀着我的心。

儿子去买饮料了，父亲随和地说："我这老寒腿跑不动了，也该歇歇了。小子为了我的退休生活丰富多彩些，让我学打球。其实这些年我一直都在练习，虎父无犬子，儿子这么优秀，我也不能掉队不是……"

父亲知道儿子受伤，为了不让儿子多跑捡球，自己在场上激情四射；儿子知道父亲退休无聊，为了快速适应退休生活，咬牙带伤练球。我这个旁观者，受益于父子的善良，也痛快酣畅地放松了一把。若无其事表现出来的善良之举，就是对彼此的尊重。人们在相互交往中，若能多一份体谅和尊重，生活处处都能看到赏心悦目、绚烂多彩的艳阳花。

选择的智慧

生活中，我们常常会遇到各种选择和决策。每一个选择，无论大小，都可能改变我们的命运和人生轨迹。关于选择，有很多名言和故事，例如，"选择比努力更重要""失之东隅，收之桑榆""一个选择，决定一种命运"等。选择虽然看似简单，但却需要我们认真思考和慎重对待。

选择是一种辨识真假的能力。在面对选择时，我们需要清晰地认识到每个选择的真实含义和潜在后果。只有通过辨识真假，我们才能做出最适合自己的选择。同时，我们也需要听取他人的意见和建议，以便更全面地了解每个选择的优劣。"要有勇气听从你的内心"，老师的话又回荡在我耳畔。通过内心的指引，我们可以更好地理解自己的需求和价值观，从而做出更明智的选择。"黑云压城城欲摧，甲光向日金鳞开。角声满天秋色里，塞上燕脂凝夜紫。半卷红旗临易水，霜重鼓寒声不起。报君黄金台上意，提携玉龙为君死"，是何等雄壮！

选择也是一种权衡利弊的能力。在做出选择时，我们需要尽可能地权衡每个选择的利弊，以便做出最适合自己的决策。有时候，一个选择可能带来成功和喜悦，但也可能带来失败和痛苦。因此，我们需要清醒地认识到每个选择的潜在后果，并尽可能地将风险降到最低。同时，我们也需要学会接受选择带来的结果，无论是成功还是失败，都要勇于承担责任并继续前行。《淮南子·泰族训》如是说："欲知轻重而无以，予之以权衡，则喜。"

选择的智慧还表现在它能改变我们的命运。有些人认为命运是预设的，我们无法改变。但实际上，我们的选择和命运是相互作用的。通过明智的选择，我们可以改变自己的命运，创造自己的人生。正如一位名人所说："你能做我所不能做的事，我能做你所不能做的事。我们一起合作的话，就能成就伟大的事情。"通过选择与命运的相互作用，我们可以创造属于自己的未来。

"五风六气本无私，万类纷纭一瞬之。自有至人如我在，可能大用是天时。神功不远心常定，道德虽高志独奇。造化于公皆妙理，谁云此意太微诗？"拥有选择的智慧是一种非常重要的能力，通过培养辨识真假的智慧、权衡利弊的能力以及改变命运的勇气，我们可以更好地理解和掌握自己的命运。

光影流年诗画卷

午后时分，阳光柔和地洒落，我悠然地坐在摇椅上，手中捧起一本泛黄的老相册，一页一页地慢慢翻阅。阳光温柔地抚摸着相册的每一页，每一张照片都承载着岁月的印记，散发出一种无法用言语表达的温暖。它们宛如一位历经沧桑的长者，在我耳边轻声细语，娓娓道来那些尘封已久的往事。

我自觉五官端正，行于世间，既不损市容，亦不惊行人。然，我仍未自信至每日留影，以记录生活点滴。然，岁月不居，时节如流，总有些瞬间，被光影捕捉，成为永恒的回忆。

幼时与祖母的合照，纯真无邪；童年坐于兄长膝头的照片，欢声笑语犹在耳边。学段更迭，毕业照记录着青春的蜕变；职场拼搏，证件照见证着成长的痕迹。这些照片虽不多，却足以温暖午后的心田。它们如同时间的使者，悄然记录下我的笑容、泪水、成长与老去，成为岁月的见证，生活的印记。

那张黑白照片，是我学摄影的小姑所摄。当时年幼，生活无忧，每日只知嬉戏玩耍，笑容天真烂漫。坐在玩具车中，我仿佛拥有了整个世界的快乐。那辆玩具车，或许就是每个孩童心中那辆无往不胜的神车吧！

剑峰千仞，山脉绵延，以苍翠的山峰为背景，站在大石之上，相互搭肩的三人合影，是初中时在我们当地的一个景点进行班级活动时拍摄的。我居中，分列两边的是好友张伟和郭晖，三人姿态和表情都非常自然和放松，眉宇间难掩青春懵懂的青涩稚气。

还有那张毕业照，熠熠生辉的行楷校名大字前，我们排列整齐，红领巾鲜艳夺目。那时的我，站在前排，与校领导并肩而立，一脸庄重与肃穆。或许，工作之后的我们，总是要学会用微笑去面对生活中的种种挑战吧？

我站在讲台，身姿挺拔，面带微笑，眼神中满是对知识的热爱与教学的热情。学生们围绕四周，或站或坐，手持笔记本，托腮沉思，眼中闪烁着对知识的渴望。这是公开课的照片。从照片里，我们仿佛能听到热烈的讨论声，感受到思维的火花在碰撞中绽放。师生间的互动与交流，如同无形的纽带，紧紧相连，共同探寻知识的奥秘。

摩挲着这些旧照片，我感受着岁月的流转。它们从指尖传递至心底，唤起我无尽的怀念与感慨。在这些照片中，我看到了自己的成长轨迹，人生的冷暖变迁，以及岁月的无情更迭。反思这些年来的变化，从黑白到彩色，从远景到特写，从孩童到中年，我看到了自己的蜕变与坚守。那眼神与表情的细微变化，就如同种子从萌芽到开花结果的过程，每一节令的变迁都充满了成长的喜悦。每一枚叶子都散发着生命的纯粹，每一张照片都是我生命中独特的一瞬。

看着这些照片，我思索着人生的意义与价值。生命虽短暂，但这些照片却留下了永恒的温度。它们让我明白，生命的意义不在于长短，而在于我们如何度过。这些照片让我更加珍惜现在的生活，也让我更加期待未来的日子。

"万古此机中，能消几许功。无心求法宝，有口说神通。大道何曾隔，幽居自是穷。我来相就卧，一笑破昏蒙。"曾经的瞬间如同多彩的颜料，以温暖的追思为底色，以温情的落花为线条，以温裕的热情为主题，共同描绘出我多彩而丰富的人生画卷。

期待生命之光，追寻远方之路

生命像一本未完成的书，我们是它的作者，每一刻都在为它创作。然而，有时候我们会迷失在自己的故事中，忘记了前方还有更多的章节等待着我们去书写。因此，给生命一份期待吧！

大地给万物一份期待，孕育了春夏秋冬的神奇与壮美；生活给人们一份期待，陈述了青春的奋斗与意义；人文给社会一份期待，承载了历史的艺术与文化；科技给人类一份期待，实现了现代化的发展与创新；心灵给自己一份期待，探索了生命中的感悟与成长……

人从呱呱坠地，到习得生活技能，再到改造世界的成长中，难免会遇到许多挑战、机遇与考验。因为所处环境的不同，地域文化的差异，学识层次的高低，有了三六九等的区别，优秀的人或许擅长应对和挑战，而另一些人则会感到无助和绝望。然而，每个人都可以给他们的生命一些期待。期待可以是眼前的，短期的，可触及的，以激励我们去迎接挑战和抓牢机遇；期待可以是以后的，长远的，引领思想的，以便发现自己内在的勇气和力量。活在期待中，向阳而生，每天积极面对各种挑战和机遇，努力让自己变得更好，完成更多的目标，充实自己的人生，取得更大的成就。同时，也学会感恩和珍惜身边的一切，欣赏美好的事物和人情，享受人生的美好。要始终相信自己的潜力是无限的。

期待也意味着我们应该去寻找真正属于我们的梦想和渴望。有些人可能会追求名利和物质财富，而另一些人可能会追求自由、平等和安全。无论我们追求什么，只要我们能把焦点放在自己内心的成长和坚守初心的信仰上，那么我们就能更清晰地看到自己的目标并更快地实现它们。

相信自己、追求自己的至高理想。给生命赋予期待，就如同给风筝系上线，让它们在蓝天下自由翱翔；就如同给音符注入灵魂，让它们在乐曲中跳跃奏响；就如同给画笔蘸上颜料，让它们在画布上绽放出绚丽的色彩；就如同给船只扬起风帆，让它们在海洋中破浪前行。这是一种积极的态度。它鼓励我们思考未来并付诸行动，更好地发掘和利用自身的潜力，让自己的生命更有意义，更充实。

当然，期待也不排除夹杂个人行事待人中的利欲熏心、蝇营狗苟，这就要辩证地去看。用诚恳的态度和耐心的沟通，能让对方感受到我们的关心和理解，何尝不是化解矛盾的好方法？用善良的言行和真诚的情感，能让我们赢得他人的信任和尊重，何尝不是建立良好人际关系的基础？用宽容的心态和包容的态度，能让我们理解他人的不足和错误，何尝不是促进和谐社会的重要途径？用创新的思维和勇于尝试的精神，能让我们开拓新的领域和创造新的价值，何尝不是推动社会进步的动力？无论我们走到哪里，我们都会发现这份期待非常重要，因为它代表了我们心中的愿景和梦想，这些愿景和梦想最终都会成为生命中最珍贵的大宝藏。

生命是一本书，它需要作者去创作，也需要读者去感受。给生命一份期待是我们作为作者的责任，也是我们作为读者的期望。我们期待我们创造的故事能够引领我们走向更加充实、美好的人生。所以，给生命一份期待吧！心中有梦，眼里有光，脚下生风，笔尖聚力。它鼓励我们去探索新的世界，追求更高的境界，创造更有意义的故事。让我们的人生因此更加有趣、精彩！

第六辑
／
醉梦流年

我家兴起"党史课"

夜幕降临，当钟声敲响，全家人就会兴致勃勃地围坐在客厅里，迫不及待地准备好自己的笔记本和学习资料，迎接每晚最激动人心的时刻——"党史课"的开课。

课程开始了，这位沉着冷静、大气磅礴的开讲人向大家阐述着宝贵的历史知识。他的语言简练而富有感染力，神情抑扬顿挫而富有代入感，使得全家人的心都被深深地吸引着。在他的讲解下，孩子们了解了新中国成立的历程，中国共产党的建立；认识了民族英雄岳飞、文天祥，革命烈士赵一曼、董存瑞，儿童团团员刘胡兰、王二小等人物；清楚了以焦裕禄为代表的人民公仆的事迹。"革命虽然已经结束了，但是它留下的回忆却永远不会消失。我们这一代人更重要的是牢记政治使命、历史使命，铭记光辉历史，传承红色基因，矢志不渝地去奋斗！"听着他振奋人心的言辞，这些带有深刻意义和重要历史价值的课程，对每个人都是至关重要的，为打下正确的"三观"夯实了基础。

在主讲人的教学中，我们了解了很多关于党的知识。老少合作，或站或坐，或读或讲，或演或辩，在话语间交流思想、分享心得，给学习过程注入了新的活力。有时候儿子、女儿自告奋勇登台讲述；有时候全家一起扮演角色，以演代讲，既锻炼了表达能力，又增进了亲情。女儿自豪地说："坚持学习党史以来，我储备了很多故事，积累了很多名言警句，作文表达都比之前更有条理了！"

对了，这位主讲人可是我们家德高望重的历史爱好者、老党员——父亲也。

把学习过程推向高潮的当数"唱红歌"环节，女儿一首《我们是共产主义接班人》，瞬间带领大家回忆起胸前红领巾迎风飘扬，紧握双拳入队宣誓的光荣时刻；妻子一首《十送红军》，眼前依稀可见爬雪山、过草地三军尽开颜的胜利会师；老妈一曲《唱支山歌给党听》，道出了老一辈同志至死不渝的革命情怀；老爸一首《歌唱祖国》，饱含对幸福生活的礼赞！家庭处处展学风，人人脸上露笑容，悠扬歌声嘹亮情，牢树忠心向党志！

除我们小家学党史外，我们整个家族近百号人中党员众多，父亲提议大家一起学党史，每日在群里打卡学习成果，彼此交流。天刚亮，大伯在群里发了学习党章的感悟文字；二姑家小孙子朗诵了《红星照我去战斗》诗歌；父亲发了一篇《七律·家庭党史课》，还附了自己的创作心得；姐夫分享增进党性修养的视频和短片；侄子当起了我们的"云"导游，带我们"云游鲁迅故居"，再现了鲁迅先生用"笔"战斗的光辉历程。党史学习给刚参加工作的外甥树立了党性思想，他坚定地说："'大贤秉高鉴，公烛无私光'，跟党走，思想自觉，行动自觉，在实践中磨砺自己……"

虽然这只是每天早晚的一小段时间，但它对我们每个家庭成员来说，却具有非凡的意义和价值。自从我家兴起"党史课"，家里的氛围便焕然一新。

每个人的脸上都洋溢着笑容，思想有了张力，生活有了动力，奋斗有了魄力。我们不仅在课程中了解到许多珍贵的历史事件和人物，更加深刻地理解了党的历史使命和责任。这不仅丰富了我们的知识储备，还增进了家庭成员间的亲情交流。

"党史课"如今已成为我们每晚最为期待的时间。每当夜幕降临，一家人便围坐在一起，共同聆听那些激荡人心的历史故事，感受那段峥嵘岁月中的坚定信仰和无私奉献。这是我们心灵深处的敬意和信仰的凝聚点，也是我们传承红色基因、铸就中华魂的重要时刻。

党兴则国强，国强则家旺。我家将以"红色基因"为振兴中华的强心剂，铸魂育人，为祖国的繁荣富强贡献自己的力量。我们相信，在红色基因的滋养下，我们的家庭将更加和睦，我们的祖国将更加繁荣昌盛。

"百家讲堂"驻我家

"《百家讲堂》现在开讲啦——"随着报幕员一声令下，全家老少正襟危坐，心情激动，这便迎来了每日最热闹的时间。说起这项活动，还得从头说起。

疫情防控期间，人们外出减少，我们家也不例外。喜欢锻炼的父母整天追剧，女儿沉浸在动画片里，这种慵懒的生活会使人思想颓废，身体素质明显降低。怎么办？一时间我很焦虑。当看到电视里播放《百家讲坛》时，我眼前一亮："讲坛，演讲讨论的场所，何不把这种形式请到我们家，我们也来个'百家讲堂'？让每个人参与其间，展示自己的才艺，交流见闻心得，既能增进彼此交流，又能调节身心。"我的提议得到了大家的一致赞同。

首先登场的是老爸。只见他站在书桌前，端起茶杯轻呷一口水，清清嗓子，说道："各位听众，今天我带来的内容和教育有关，前不久各地都出台了新的教育政策，特别是关于中考体育改革的呼声是仁者见仁、智者见智，云南省率先施行满分制。唉，你们女儿现在就得加强体育锻炼了……"还没等我回复，女儿便大声插话道："爷爷你说错了，我每天都在跑步机上锻炼，幼儿园的其他小朋友都没有我跑得快，不能说是中考，我这应该算'大考'啦！"一时间逗得大家哈哈大笑。

接收完各地教育信息后，老妈"粉墨登场"了。她系着围裙，端着和面盆，一边搅拌里边的面粉，一边说："在一斤面粉里掺入六个蛋清，使里面的蛋白质增加，包出来的饺子下锅后蛋白质会很快凝固收缩，饺子起锅后收水快，不易粘连。"老爸微笑着说："晚锻炼后我帮你包饺子，今天加夜宵。""刚吃完饭又要吃啊！"女儿笑着补话。老妈继续沉浸在自己的生活哲理中，"面要和得略硬一点儿，和好后放在盆里盖严密封，醒十到十五分钟，等面中麦胶蛋白吸水膨胀，充分形成面筋后再包饺子。"妻子频繁点头，起身看面，似乎口水都流出来了。我凑上去协助揉面，说："妈，就喜欢吃您包的饺子，过瘾！"

妻子的"单口相声"逗得大家前仰后合，我助兴点评后，女儿的压轴大戏也来了。她大方地鞠了一躬，右手握拳放于嘴边："今天我不跳舞了，给大家唱一首歌，歌名叫《听我说谢谢你》，爸爸，Music——"全家不约而同地打着节拍，附和唱着。

明快的旋律，悠扬的曲风，带着我们幸福地飞翔。

自从我家兴起"百家讲堂"，每个人脸上都洋溢着笑容，作息有规律，身心有调节，生活有情趣，不仅丰富了知识储备，还提升了个人素养。真可谓："炫讲堂丰富生活，有识强心；舞人生讴歌真情，有爱暖心。"

国庆欢聚

每年国庆节，都是我心驰神往的日子。在这个特别的时刻，我能够利用长假，驱车千里，与我们一家四代欢聚一堂，共度佳节。这不仅是亲情的团聚，更是心灵的交会，让我备感温馨与幸福。

国庆假期前一周，妻子就开始计划回家带的礼品，列好清单，大买特买。我说："现在生活不缺吃穿，回家再买，省得拉着东西翻山越岭，颠来簸去。"她却说："城里大型超市货源丰富，商品更新也快，保质期长，爸妈他们能放久些。再说，我们开车到家已是晚上，还去哪里买？"儿子、女儿也在一边忙着挑选带的衣服和书籍。

那几天下班回家，谈论的都是如何过好国庆的话题。孩子们特别开心，吵嚷着什么时候走，思忖给兄弟姐妹带什么礼物，回去饭后表演什么节目，忙活着练习。妻子收拾好大包小包：买给爷爷奶奶的衣服和营养品、父母的生活用品、亲友的礼品，等等，五花八门，琳琅满目。而且，每天和亲人视频聊天次数频增。

终于到了放假，安排好工作事务后，就立即驱车赶路。无论多远，只要踏上归程，心里总有一股莫名的精神力量支撑，心情格外美丽。车内音乐是那么悠扬，使我总想高歌一曲，表达内心的愉悦。

一路跋涉，一路欢歌。到了家，祖父母、父母、兄弟姐妹们已在家久等，相互寒暄，入座举杯，海阔天空，谈天说地。祖父、父亲自然是加入我们一方，发表曾经的在职经历，追忆青春年华，大家默默倾听。看到他们身体硬朗，心情畅快，我们也格外开心。父亲自豪地说："这才像过节的样子！"

围坐一桌的第四代，也有模有样地举着饮料，相互祝贺。就餐后，大哥大姐主持，小弟小妹们开始才艺展示了。刚掉了大门牙的侄子，奶声奶气地唱着儿歌；外甥女跳着娴熟的芭蕾舞，宛如一只小天鹅；侄女声情并茂地诵读《少年中国说》，荡气回肠，振奋人心；教书的小表妹也加入其间，一边给孩子们打着节拍，一边附和唱着："五星红旗迎风飘扬，胜利歌声多么响亮，歌唱我们亲爱的祖国……"我们也被歌曲感染，推杯换盏，觥筹交错，祝福祖国繁荣昌盛，祝愿亲人身体健康。

之后，全家老少围坐一团，大哥宣告这一年里家族各代人取得的喜人成果，祖父母对其颁奖表彰，再由父母寄语今后的奋斗目标。每个人都笑逐颜开，每张笑脸写满坚定信念。妻子对我低语："言传身教，好家风缔造好人格，我们都是最棒的！"

是啊，家国同心，才能继往开来。传承好家风，才能书写好人生。

身为师者

"王师未报收东郡，城阙秋生画角哀。"在时局动荡之际，仁人志士忧国忧民之心日明可鉴。无数凡夫俗子放下颜面，舍弃闲适，毅然背起行囊，奔赴危机四伏的前线。他们以一己之力，矢志改天换地，铸就书生意气，为国家的繁荣稳定贡献着自己的力量。每逢此刻，身为师者顿觉传道有声，教诲有音，坚守有实。

教师节在即，陆陆续续收到来自天南海北过往所教的学生的祝福，每次课后回到办公室，桌上总能见到惊喜的祝福卡片。各式各样的纸张，传递着曾经的点点滴滴和真情感受。静心思忖，反观自己的成长，冥冥之中在重要的转折点都会有人生的导师出现，一件事，一句话，一次交流，甚至一个眼神都能启迪我的心智，叩击我的灵魂，指点我的生活。

温婉慧心莫属许。在还没有普及九年义务教育时代的我，如果成绩很糟糕，将会面临不能升入初中的困境，我也亲眼看见班级同学小学毕业后走入社会的残酷经历。时任我的数学老师许春娟，见我数学成绩堪忧，私下找到我，肯定了我作业书写和偶尔作业质量优秀之后，给出了我如何学数学的方法建议。自此，在剩下一个月的复习中，只要我拿着习题去问许老师，她都会停下手头事务，温和亲切地给我讲解，有时候一道题要讲好几天我才理解。然而每次许老师都饱含热情，逐步分析，直到我理解为止。有了老师的关注和我的认真落实，我收获了毕业考试九十七分的高分，也顺利进入了重点中学的重点班级。许老师，用她的温婉慧心，滋养着小学生积极上进的心。

事无巨细当归刘。青春懵懂，韶华在目。为了能使我们更自信、更全面地展现自己，班主任刘建军老师制定了一套系统的管理模式，我们的每个时间段都被排得满满的，人人有事做，事事有人做。他大胆放手，不断锻炼我们各项能力的同时又细致入微地关注引导。也就是那时候，我养成了敢于尝试、勇于争先，不轻易言弃的学习、生活态度。数年后，我在工作中仍然保留这份较真之举，干什么事都要干到自己满意为止。刘老师，用他事无巨细的关怀搭建起了中学生敢于担当的成长热情。

睿智洒脱风采杨。从枯燥乏味的书海中解脱出来，怀揣一份成熟踏上了工作之旅，我才发现，际遇沉浮，非等闲之辈可探其详，索性利用空闲和节假日报班培训，以期能有些许技能可饱皮囊。指导学习的杨全良教授风趣幽默，所到之处俨如春姑娘的奇妙身手，春风化雨、姹紫嫣红，带领大家享受知识海洋的五彩缤纷。我就像那飞向高空的风筝般感受拂堤杨柳的清爽，呼吸鹰击长空的激昂，内化刚柔相济的本真。杨老师，不高的个头却抵得上千军万马，头顶青天，脚踏高山，用智慧开启一个有志于生活者的全部真情。

亦师亦友真情李。平淡的生活，哪有那么多的起伏和沉沦？褪去华丽的外衣，每个人都在追求着内心的自我，以缓解纷纷扰扰、繁杂无序的苦恼。和李立锋老师一起并肩从教已逾十八年之久，我的每个重大的成长转折点都有他的相伴和见证。以师者形象，他的风趣幽默似乎是与生俱来的。平淡无奇的一句话，经他抑扬顿挫的语调处理，如菜园的青菜登入了五星级酒店的殿堂，闻之润耳，听之动心，乐在其中，总觉享受不够。全方位地思考问题，直击要害地分析问题，浸透着他对生活的通透诠释。每个棘手的教学问题或者班级管理问题，经他深入浅出地剖析，我似乎有拨云见日般敞亮清晰之感。他的叮嘱与关心，在我每次举棋不定、犹豫不决之时，耳畔总能响起。换位思考，站在高处，权衡顶层设计，我经历很多事情之后，总能用时间证明当初决断的英明。李老师，亦师亦友中春风化雨之举，书写伯牙与子期的知音交情。

我的老师们给予我思想引领，我又给予我的学生们前进的把控能力。"青山一道同云雨，明月何曾是两乡"，人间有大爱，万古余清音。我想，身为师者，能理解其间之情和韵。

一支粉笔铸丹心

机缘巧合，我步入了教育这条神圣的道路。初涉教坛，我怀揣着一颗敬畏之心，兢兢业业，不敢有丝毫懈怠。然而，数载之后，我目睹了个别人的敷衍应付与得过且过，他们的理由似乎都围绕着"学生难教，亦不敢教"这一主题。生活的安稳让他们满足于旱涝保收的现状，尽管囊中羞涩，却鲜有人愿意卖力付出。

然而，正是那堂课，如同一道闪电划破了黑暗，再次点燃了我内心对教育的初衷热情。那一刻，我深感教育的力量与意义，也坚定了自己继续奋力拼搏的决心。我深知，教师不仅仅是一份职业，更是一份责任和使命。

离开学校的体制庇护，我毅然投身于民办教育的大潮之中。方知此间高手云集，实力非凡。"看别人的戏，唱好自己的戏"，我深知，在这个队伍中要想立足，唯有不断提升自我，方能站稳脚跟。因此，在妥善处理手头工作的同时，我亦不忘进修学习，以期在教育的舞台上唱好自己的戏，与同仁共同演绎一出出精彩纷呈的教育大戏。

某次教学活动规模宏大，有幸邀请到全国赫赫有名的特级教师贾志敏老师莅临指导。虽未曾亲睹贾老师的风采，但我对他的作文教学理念早已深感兴趣，时常在闲暇之余研习。我对其教学主张深感佩服，并时常在班级中实践，以此锻炼学生的朗读与写作能力。

开课伊始，贾老师那浑厚而富有磁性的朗读声便牢牢地吸引了我。他深情地诵读着："爸爸的老师……"仿佛在我眼前立刻浮现出一位高大挺拔的身影，他慈祥地微笑着，温文尔雅，尊师敬师，正带着自己的孩子去探望自己一年级的老师。贾老师的朗读，字字清晰，句句铿锵，语气、语调、语速处理得恰到好处，如同春风化雨，润物无声，让人身临其境，代入感极强。

在座的各位老师也不禁被贾老师的朗读所感染，纷纷跟着诵读起来。这哪里仅仅是一堂教学课，分明是贾老师带领我们共同领悟"其言皆出吾口，其意皆出吾心"的心灵之旅，是一次心灵的洗礼！贾老师的教学张弛有度，训练有方，这才是真正意义上的教学艺术！我对他的敬佩之情油然而生，深感自己在教学的道路上还有很长的路要走，需要不断地学习和进步。

课后，贾老师为我们带来了一场主题讲座，内容质朴，字字珠玑，深入浅出地剖析了当前课堂教学的种种弊端，以及亟待更新的教学方法。其中，最触动我心灵的，莫过于他那种行事态度和对课堂的敬畏之心。

数九寒天，尽管身着羽绒服都难以抵挡寒冷，贾老师却依旧西装革履，精神矍铄地站在我们面前。从言谈间得知，无论在国内还是国外，大江南北，只要登台授课，他都是正装示人。他深情地说："我上课都是自己带粉笔，因为粉笔的型号和质量都会影响到书写的效果，给孩子们写字，我必须用心。只要是上课，无论严寒酷暑，我都会穿上正装，西装领带，这是我对课堂的敬畏。做老师，要敬畏课堂，我们教的是小学生，虽然他们年纪尚小，但他们是鲜活的生命，是有思想、有情感的人……"

贾老师那独到的教学设计，贴切的文本解读，以及睿智精准的教学评价，无不彰显着他古稀之年依旧熠熠生辉的教学风范和拳拳丹心。他将每一堂课都视为神圣的使命，用心诠释着教育的真谛。他心怀敬畏，行露全力，不期名垂千秋，只为捍卫三尺讲台的尊严。

记得《阿甘正传》中，阿甘的妈妈告诉阿甘："要将上帝给你的恩赐发挥到极致。"很多事情前期是十分耕耘，三分收获，后期才是三分耕耘，十分收获。

是啊，做老师，要敬畏课堂，敬畏生命，用心去教书育人，用爱去滋润学生的心田。只有这样，我们才能真正做到"传道授业解惑"，为学生的成长和未来贡献自己的力量。

陪读

作为家长，关注的是孩子成长，担心的是接到老师电话。三年前，一直忙碌且幸运的我也难逃被老师"接见"的窘境。也就是从那刻起，我走上了"陪读"之路。

儿子五年级时，有天老师冷峻地对我说："你家孩子其他都好，就是不喜欢阅读，阅读量很少，写出的作文语句混乱，表达不清……"这对主管儿子生活的我无疑是否定的。我向来以儿子为傲，成绩过得去，综合素质都挺好，哪承想老师的评价竟然这么低！不甘服输的我，放下自己喜欢的文艺节目，决定当"陪读"。

经过全家商议：儿子放学回家，全家不使用电子设备，统一学习。刚开始，儿子还能安静地写作业，没过一会儿就松懈了，嫌我在边上干扰他思考。我则抱着"不管风吹浪打，胜似闲庭信步"的态度，自顾自地阅读，硬磨了好几天，才消除他很不友好的态度。但是我又发现，即使他写完作业，也不乐意阅读，看课外书纯粹是看看，漫无边际、毫无规划。我陷入了沉思：怎么才能让我的"陪读"发挥效果呢？

这得益于和同事闲聊。王姐说她给女儿买了一些绘本，觉得图文并茂的绘本还真挺有意思的。说者无心听者有意，我萌生和儿子共读一本书的想法。说干就干，看儿子写完作业，我先做了一些话题铺垫，然后说："听说，在英国，有一个人在荒无人烟的岛上生活了二十八年才回国，真难以想象他一个人是怎么度过的！""那个荒岛具体在哪里？爸爸，您给我讲讲？"儿子迫切地询问。我显出神秘之色，说："是一本书上写的，我还没有读，打算明天开始读。"儿子哪里肯罢休，争强好胜的心理促使他非要看，央求道："好爸爸，您就抓紧时间读，告诉我吧！"我装出为难样子说："要不，咱俩一起读？不过，阅读的时候你得给我讲讲我弄不懂的地方。"儿子拍着胸膛，双方就算谈妥了。

阅读中我故意示弱，佯装不理解词语意思和不明白语句要义，儿子当然乐意效劳，帮我答疑解惑、分析述说。在我的一次次示弱和困惑中，引导儿子在书上做了批注，写了心得，提出看法，道出思考。看着他神采飞扬地朗读，手舞足蹈地比画，条理清晰地表述，我久违的成就感涌上心头，仿佛沉浸在文艺节目现场。

父子共读一本书，从不同身份、不同视角、不同认知，全身心地浸润书海中，让书香恒久散发，塑造自身的完美，领悟人生的真谛。儿子变得健谈了，思想开朗了，想问题多元了，能体谅父母了，作文也被老师当范文朗读，更重要的是他爱上了阅读！

我的陪读，也读出了成果：背诵积累了很多经典诗文，陆续在各大报刊发表文章。饭后两人在书房里，或站或坐，或读或写，或谈或辩，思绪遨游、高谈阔论。已经是初中生的儿子戏称我是他的"陪读爸"。

一路走来，我真切地感觉到：家庭才是教育的好场所，父母才是孩子的好老师，只有家长以身作则，孩子才会奋力成长。

脱离"掌上监狱"

一个周末，阳光明媚，我带着儿子到公园游玩。正当我沉浸在这份愉悦中时，突然发现儿子的心思并不在此。

他的眼睛始终离不开手机屏幕，手指在屏幕上飞快地跳跃，仿佛整个世界都与他无关。看着儿子沉溺在手机游戏中的神情，我十分担忧。

我轻轻地走到儿子身边，拿走了他的手机。他抬起头，有些茫然地看着我。我温和地问："儿子，你想和小伙伴们一起玩吗？"他点了点头，眼中闪过一丝期待。我继续说："那你得先把手机放下，这样才能全心全意地玩耍。"儿子有些不情愿，在经过我的一番耐心劝说后，终于肯把手机交给我，加入了小伙伴们的游戏中。

没过多久，一个皮球从旁边的小朋友手中飞出，直直地冲向儿子。他毫无防备，脑袋被那皮球重重地砸了一记，痛得大哭起来。

我立刻跑过去，轻轻地抚摸他的头，试图缓解他的疼痛，同时温柔地提醒："你看，如果不放下手机，你就无法注意到小伙伴的球；放下手机，专注地投入了，也就不会受伤了。"他听着我的话，泪眼蒙眬地看着我，似乎在思考手机游戏带给他的快乐与痛苦。

我继续说："儿子，手机游戏虽然好玩，但与现实生活中的小伙伴游戏或参加户外活动同样充满了乐趣。只有当你真正放下手机，才能感受到与小伙伴们玩耍、与大自然亲近的快乐。"

儿子默默地点了点头，似乎明白了我的良苦用心，也意识到了自己的错误。回到家后，我拿出一本相册，里面是我们一家人在海边玩耍的照片。我指着其中一张照片说："儿子，你还记得我们去海边的那次旅行吗？那时候你多么开心啊！可是现在，你却因为手机游戏而忽略了现实生活中的美好。"

儿子低头不语，我知道他已经意识到了自己的错误。我继续鼓励他："戒掉手机游戏并不容易，但只要你愿意努力，爸爸妈妈相信你一定能做到。"从那以后，我经常陪着儿子参加各种户外活动，鼓励他多与小伙伴们交流互动。此外，我购买了他喜欢的书籍，每天和他一起阅读，交流心得；鼓励他参加各种社会实践活动，锻炼综合能力。渐渐地，儿子对手机游戏的依赖减少了，变得更加开朗、活泼。对于孩子来说，父母的爱和陪伴是他战胜一切困难的力量源泉。希望每个孩子都能远离手机游戏的困扰，把更多的时间和精力放在学习和生活上，发现现实生活中的美好。

妻子的"三把刷"

"皎若太阳升朝霞 灼若芙渠出渌波。"如今的女性几乎都是容貌与智慧共存，美丽与时尚并举，我家这位也得而兼之。特别在亲友间那更是"刷"名远扬。

刚吃完饭，她便躲进书房开始"学习"了，什么新闻财经、文化娱乐、科技教育节目都照单全收，尤其对影视综艺作品情有独钟。如果你听到从隔壁房间传来"哈哈"的笑声，定是她观看综艺节目，感同身受，难掩喜悦；这时推门进去，她准是调动肢体，站在那边手舞足蹈地笑，且非要感染你笑出声来才罢休；有时候气氛一片寂静，仿佛空气都被凝固了，你看她，神情呆滞、满脸泪痕，跟霜打的茄子般蔫了吧唧，一准儿是剧情角色的外显。

有天晚上，我被莫名的声响给惊醒，惺忪双眼，她拿着手机，侧卧着的身体随着笑声不断抖动。

"几点了还不睡觉，你明天不上班了？"

"太感人了，生活中哪能见到这样任劳任怨的女人。"看她破涕为笑，若有所思地感叹。我凑上去看看屏幕，估摸一算时间，一部四十集的电视剧两个晚上给看完了！看着她，我送她一句："你可真是'刷剧大王'！"

妻子打算考研，每天早上都捧着书背知识点，书本上画得密密麻麻，笔记记了一大摞，晚上还熬夜练习，即使闺蜜喊聚餐都借口学习推辞，拼搏的韧劲可以媲美"老革命"。功夫不负有心人，她如愿以偿地考上了理想的大学。这个消息在家族群里一公布，大伯就发信息祝贺："大侄女了不得，看来刷题还是有效果！"妻子得意地回复："行万里路，读万卷书，刷刷刷，刷出新生活！"

逢周末休息她也不闲着，将房间打扫得一尘不染，我打趣地说："昨天不是刚擦过柜子，怎么又擦？"她的理由让我无言以对："你昨天还吃过饭，今天怎么又吃呢？又没让你打扫，我这样勤俭持家的媳妇你还挑什么？"我倒不是嫌她这个，这不，为了保持住妖娆的身材，她又锻炼上了，动则在跑步机上大汗淋漓，静则在瑜伽垫上婀娜多姿。等我忙完手头事务，消遣看朋友圈时：早上女儿练字的视频、爸妈跳广场舞的视频、我蓬头垢面码字的姿势中还配着夸张动漫的视频……总之，工作生活，吃喝玩乐，都被她记录在"案"。让她别老刷屏，她还自信满满地说："看我拍摄技术是不是有提升？我觉得生活需要仪式感，更需要幸福感。"

受妻子影响，孩子听话懂事；父母退休心态很好，全身心地享受天伦之乐。一家人的生活积极快活，其乐融融。

老妈爱集邮

我的老母亲是一个兴趣广泛、热爱生活的人。她不仅喜欢读书、听音乐，更是热衷于集邮。无论是陈年的稀缺邮票，还是当下时兴的纪念性邮币，她都会淘回家来，然后分门别类地整理。书柜里放满了邮票和纪念币，全家送给她一个雅称——"集邮大师"。

退休后，老母亲仍然痴迷于集邮，老年人常去的公园找不到她的身影，广场舞人群里也看不到她的身姿，不用猜就知道她一准儿去了街头巷尾的邮币社、古董店，或者图书馆。可以说，她不是在集邮就是在集邮的路上。

我常常看到，母亲在家中安静地坐着，拿着她最喜欢的邮集本子，一张一张地剪裁着。她会笑着说："这些邮票虽然不值钱，但它们却承载了世界上很多不同地方的历史与文化。"然后她解释起每一张邮票的来历，草原、森林、沙漠、海洋、风光和文化景观，每一张都给定了一段时间，在母亲那里，那是一段段令人难以忘怀的回忆。

这不，你看她眼睛红肿，原来是看随儿子定居在德国的张姨寄过来的邮票，上面还写着几行慰问的话。她激动地对我说："这张邮票让我非常感动，让我感觉到了友情的温暖。"看着她泪眼蒙眬的样子，我心里既心疼又骄傲。

刚吃完晚饭，母亲清洗双手，戴上手套，从书柜里又拿出一个大集邮册，我知道她又要欣赏宝贝了。只见她小心翼翼地翻开册子，如同打开尘封千年的宝藏一般。她专注的神情，仿佛整个世界都静止了，只有她和她的邮票在互相交流。她在集邮过程中，会仔细观察每一张邮票的细节，包括题材内容、印刷技术、品相等，不仅如此，老妈还会主动去了解这些邮票的发行情况和背后的故事。她会通过图书馆、互联网、参观邮博会等途径获取更多的信息，这样就能更加全面地了解邮票的价值和意义。另外，老母亲还会不断地补充自己的集邮内容，不断地更新自己的集邮册子。

在她眼中，每一张邮票都是有生命的，而她自己是在守护这些邮票的生命，让它们得到更好地保存和利用。万里长城、科技博览、人类登月、体育盛会……小小的邮票，集历史、科技、经济、文化、风土人情、自然风貌于一身，承载着历史的痕迹，见证了社会的变化与发展，仿佛将她年少时美好的憧憬与畅想在这一寸寸、一厘米厚的小本子中丰盈着。

二十年前此集邮，千官拜舞拥宸旒。九天雨露弘仁泽，万里河山乐自优。一本本集邮册如同一本本百科全书，蕴含着丰富的知识，也带给母亲无穷的乐趣。

父亲的"口袋书"

父亲热爱学习，无论在家务农还是外出赶集，都怀揣一本"口袋书"，放松休憩间隙，都要打开书翻阅一二，摘记再三。

冰融了，雪化了。历经一个寒冬的煎熬，很多老人都纷纷走出庭院踏青赏花，或三五成群晒晒太阳，慵懒地拉着家常。广场的角落，父亲则精神抖擞地拿着毛笔，写着地书，偶尔一两个字词想不起来，用手蘸着唾液，在"口袋书"上翻翻，再把头往前凑凑，确定是想要的诗词，便又挥毫泼水，笔走龙蛇。父亲蘸着水，写着字，像一个"驰骋沙场百战威，铁骑闯破万重围"的战士，一排排错落有致的水体大字被他妙笔镶嵌在大地上，不时传来驻足观看者的喝彩与赞叹。交流中，遇到新奇的写法或是不同的见解，父亲都照单全收，快速记于"口袋书"中，便于闲暇参悟。

荷叶田田，蝉声哇哇。人们躲在空调房中避暑纳凉时，父亲却搬着桌椅坐在院子角落的梧桐树下读书看报，遇到精美的好词佳句，便会记录在"口袋书"中，偶尔有不认识的汉字，及时翻阅桌上的字典求助。用父亲的话说，万般皆下品，唯有读书高，他是心底无私天地宽——吹着自然风，享着读书乐，就像鱼儿游戏于水间的舒坦、惬意。

金色满山，硕果飘香。父亲在田间地头忙碌地收获玉米，金色的收获带给他梦幻般的色彩，他快速地在"口袋书"中记录着什么。当我凑过去，父亲自豪地扬起他的宝贝，说："今年雨水足，科学培育，产量明显比去年高出很多。这多亏我的'口袋书'指导，它功不可没！"

燕南归，畜回巢。外边寒风阵阵，父亲又把学习阵地搬回了房间，有火炉相伴，大家不会冻手冻脚。父亲往火炉里添煤时，总会告诫我们："'星星之火，可以燎原'，人生亦是如此，贵在平时积累，关键时刻才能助你成功。我就是把看到的、听到的、想到的，统统记在这个小本上，得空时间多翻翻、多看看，所以聊天时我无所不知，也还说得头头是道。"

学习可以说是父亲晚年的追求。父亲热爱学习，离不开学习。所谓的"口袋书"无非是孩子们丢弃的练习本裁剪后装订的小本子，装于口袋，方便使用。它就像父亲的外形般，虽算不上高大上，但却是集人文、地理、历史、风土人情、自然风貌于一体的"百科全书"，值得学习、为之钦佩！适逢中国共产党成立100周年之际，在父亲的影响下，我们全家也准备了各自的"口袋书"，摘记党史，抄写英雄故事，品历史，唱红歌，绘制家庭的美好蓝图。

翻阅着父亲的"口袋书"，看着各种颜色的书写，包罗万象的内容，记录无穷的乐趣，我笔尖一动，流泻下一时的感受："夕阳生花跟党行，听说读写记书中。小小口袋书乾坤，快意人生写春秋。"

积木城堡聚父爱

和女儿玩乐高，总会让我想起小时候父亲陪我搭积木的事。

我的父亲是位沉默少言、忙于奔波的农民，但他的善良却温暖了我的整个童年。

为了更好地维持五口之家的生活开支，父亲承包了一座山，用勤劳的双手在山上开荒种树、驯养培育。每天天蒙蒙亮，他便背着干粮，开着拖拉机上山了，中午时分就吃带的午饭，短暂休息后又开始了忙碌。破石开路、遇水搭桥、建屋拉电、翻耕播种……直到星辰照路、华灯初上，他才拖着疲惫的身体慢悠悠地回家。母亲料理好家务，由奶奶带我们兄妹俩，她便匆匆地赶赴山里，和父亲一起辛勤地劳作。

有时候我们也跟着去帮忙，说是帮忙倒不如说是在他们陪伴下玩耍，我们捡拾田间地头的小石块排成一排，各种夹杂泥土的石块形状不一、大小不同，随形拼搭高高垒起，仿如一个城堡。站在里边的人，顿觉铜墙铁壁庇佑，可以舌战百万雄师溃于脚底，可以扯开嗓子高呼，亦可面对父亲对峙片刻，自诩孙悟空七十二般变化，打得敌人弃械求饶、落荒而逃。无论是书上看到的故事还是电视中了解的战事，我们都能在所造"城楼"中应景展演，这份畅快的喧闹和角色的体验，都得益于父亲鼎力配合。我和姐姐谈论彼此梦想，要是能有电视中拼拼搭搭的木质积木该多好，就可以随意拼型，搭建梦想帝国。

　　寒来暑往，日复一日，看着漫山的金黄掩映在一片绿色之中，枝繁叶茂、郁郁葱葱的大山顿时就有了生机，父亲脸上也露出了久违的微笑。他蹲在地头，点了支烟，深深地吸一口，说道："这样打理下去，过不了几年，果树挂果，大棚卖菜，育苗批发，粮食增产，外加野生的核桃、大枣、林木，就可以给我们带来经济效益，过上小康生活指日可待！"

　　秋风送爽，瓜果飘香。我们随父亲上山收获果实，休息之余，父亲从怀里变戏法般掏出一盒积木来，我顿时雀跃起来："哇，可以搭积木喽！"得知是父亲用刚卖核桃的钱买的积木，我更加珍惜这道"精神食粮"。父亲把积木从盒中倒在小圆桌上，让我看看配图，认识各种积木，告知我可以随意用这些不同形状的积木搭建城堡。我好奇地拿着把玩，东摸摸、西瞧瞧，父亲便搭建好了一个城楼门，他若有所思地告诉我："搭建城楼要用心，用力不能过猛，否则随时就会倒塌，就像我们开山种树、务农一般，心不能急，得一步一步稳扎稳打。这座山就是我搭建的城堡，让你们开心、幸福地享受丰衣足食的感觉……"当时我还小，不能全懂其中的道理，只觉得父亲说得对，便把对他的支持融进积木城楼的搭建中。言谈间，眼前出现了小洋房、大城门、小动物、小汽车……

　　因为有父亲的陪伴，积木城堡故事的演绎，童年生活无忧无虑，让我也真切地感受到大山的呼唤与点化，早早体会到父亲的艰辛，深深地明白：只有知识才能改变命运。

　　积木城楼搭建着我的理想，大山绘制着父亲的梦想蓝图。前几日打电话和父亲商量好，周末带女儿回家，一起再到山上走走，呼吸新鲜空气，采摘时令果蔬。其实，在我心底还有更重要的想法，就是在曾经留下我和父亲身影的那块山头，把我儿时玩过的积木送给我的女儿，并告诉她关于爷爷的开山故事。

点燃健康新希望

"吸烟可是点燃希望，吐出智慧……"客厅里又传来了"烟枪"老爸的歪理宏论。对于一日三餐伴烟过，四季风雨烟随性的老爸，要戒烟可比登天都难。

年轻时看不出什么变化，随着年龄的增长，我的子女相继出生，老爸吸烟有所收敛。虽然不明面上抽了，但是背地里他却肆意妄为，卫生间、书房、阳台、楼道口等都有他秀"烟枪"的身影，完全彻底地体现着"地道战"的精髓，打一枪换一个地方。所过之处烟雾缭绕、残烟滚滚，杀伤力极强。忍无可忍，我们私底下联盟一致对抗这位老"烟枪"。

只要老爸在家，我们就轮番在他身旁晃悠，不给他单独行动的空间和机会。要说也有效果，明显日抽烟量少了。不过"道高一尺，魔高一丈"，严防死守的策略换来他待在卫生间的次数又明显增多。这招不行，再换一招。我们在他身旁故意咳嗽、吐痰，以身体的多种不适反应来间接告诉他"吸烟有害健康"的事实。起初他置若罔闻，不予理睬。时间久了，他开始厌烦，不是给你倒水，就是拿润喉糖，搞得你不知道自己是真咳嗽还是装咳嗽。看来又被他成功反击。

接着，我们想到了一个新的点子。我暗中还找到他的一个痛处，这些年来他多次去医院治疗各种病症，花费不菲，其中也包括由于大量吸烟而引起的一些慢性疾病。我将这些医药费的数字告诉他，让他见识到吸烟对经济的巨大影响。这样的打击效果立竿见影。他逐渐认识到自己的问题，也开始尝试控制自己的烟瘾。尽管老爸戒烟一定程度上是因为我们的努力和打击，但更重要的是他的自觉性逐渐增强，意识到了自己的问题。我们再利用妻子职务之便，常约她医生朋友一起聚会，时间久了，双方父母便熟识，借其父母医生的权威，给老爸传授养生之道。讲得久了，他也默默接受并进行健康锻炼，虽然再无"一日无烟，百事荒芜""饭后一根烟，赛过活神仙"那般决绝，毕竟能接纳戒烟了。

初见成效，我们紧追不舍。我们经常有意识地谈论健康饮食、快乐养生之类的话题。妻子分工每日科普，我则不是说张三抽烟患肺气肿，就是说李四因抽烟得肺癌，以杜撰的身边事来教育身边人。细心的老妈还买了坚果零食给老爸消遣，以此控制和减少他吸烟数量。人常说隔代亲，我就发挥子女的优势，让他们来督促爷爷锻炼。没过多久，老爸抽烟的次数果然直线下降，甚至一两天都不抽一根。

一日，六岁的儿子跑过来说："我用爷爷的烟当玩具玩，围了一个篱笆墙。"顺着他手势，我看到地上排列的一根根香烟。这还了得，这无异于要老爸的命啊！我忙追问他爷爷是否知道，他说爷爷让他玩的。出于不解，我问老爸，得到一句平淡且意味深长的回答："点燃的是香烟，消耗的是生命。抽了一辈子了，也该停掉了。不想再看到孙子吸二手烟……"不抽烟的老爸在孙子孙女的软磨硬泡下，做游戏，学绘画，练跳舞，诵诗歌，生活很有规律，脸上也舒展了笑容。

爱怜晚辈树新风，意志坚定弃陋习，老爸终于戒烟了。对于老爸而言，丰富多彩的晚年生活，才是他真正的"点燃希望，秀出智慧"的新"烟枪"。

童心映师恩

六一儿童节如期而至，这个专为孩子们设立的节日总是洋溢着欢声笑语，精彩纷呈。过去，我们或许习惯于组织一些游园活动，或是举办文艺会演，为孩子们带来欢乐的时光。然而，今年的儿童节却别出心裁，与众不同。

上午的游园活动的欢声笑语渐渐落幕，午后的自习时光，孩子们却突然展露出异样的举止。班级的科代表，脸颊微红，带着些许羞涩，轻声询问我能否在下午安排一节语文课。我虽心生疑惑，但仍旧爽快答应。上课前，偶然与几位科任老师相遇，得知孩子们也邀请了他们来听课，我心中不禁泛起一丝涟漪，暗忖这些孩子莫非在捉弄我？

带着一丝"不祥"的预感，我步入了教室。孩子们端坐其中，目光齐聚于教室门口，期待着我的到来。他们的神情庄重而认真，就连平日里调皮捣蛋的建亮也显得格外专注，透过眼镜的镜片，紧盯着教室的入口。我怔了怔，随即以镇定自若的姿态走上讲台。

环顾四周，这熟悉而又温馨的教室，四十八双明亮的眼睛齐刷刷地投向我。我开始有些不确定，究竟是谁在捉弄我。然而，孩子们那真挚的目光和神情，却让我心头涌起一股暖流。看着几位老师相继落座，我突然间感受到了一种莫名的愉悦，仿佛被孩子们的快乐所感染。

"同学们，今天这节课，我们不仅要一起上语文课，还邀请了几位老师共同参与。今天是儿童节，你们都收到了学校发放的礼物了吧？"孩子们兴高采烈地回答："收到了！"我微笑着继续道："那我们就来做个有趣的游戏吧！大家喜不喜欢？"孩子们兴奋地大喊："喜欢！"

于是，我提出了几个问题，让孩子们分组讨论并回答。答对的组别可以选派一名代表进行口头简报，分享他们的所见所闻。孩子们迅速投入讨论，课堂气氛异常活跃。很快，答题环节结束，到了表演时间。

孩子们一个个自信满满地站起来，用清脆悦耳的声音表达着自己的见闻和观点。他们的笑容如花朵般绽放，自信的语言表达和流畅的肢体动作，都展现出他们纯真的活力和热情。他们的天真本性和美丽灵魂在这一刻得到了充分展现。

轮到班长表演时，他快步走到我的跟前，低声问道："老师，我能用一下投影吗？"我微笑着点头同意，心中充满期待。随着他们齐声高呼"老师——儿童节快乐"，一张张稚嫩的脸庞在投影上闪现，孩子们自己录制的感恩祝福视频开始播放。有的孩子深情地朗读着写给老师的信，有的孩子展示着亲手绘制的精美卡片，有的孩子端上了亲手制作的美味佳肴，还有的孩子则以歌舞小品的形式展示着自己的才艺。不同的场景、不同的声音，却传递着相同的感激和祝福。

班长讲述了他们为了这次活动所付出的努力，希望在小学最后一个儿童节将最美好的心意送给老师。他们搬出了一个装满礼物和卡片的盒子，恭敬地送给老师们。看着这些充满童趣和创意的卡片，品尝着孩子们亲手制作的美食，老师们的脸上露出了惊喜的笑容，眼角泛起了感动的泪花。他们被孩子们真挚的情感打动，被这份充满爱意的气氛所感染。

原本以为这只是一次寻常的班级活动，却不料是孩子们精心策划的感恩环节，为我们带来了无尽的惊喜与感动。这个简单而温馨的举动，宛如一股清泉，流淌在我心田，我随即写下了当时的感受。

> 师恩如春风，童心映日辉。
> 情深共长路，桃李满园归。

多彩活动

班主任牛大发刚说完，六（1）班教室里就沸腾了起来。王小蒙挥舞着手臂高喊起来，连默不作声的"学霸"李晓华也被这热闹的氛围所感染。原来，明天班级要举行活动，同学们都在商讨准备相关物品。

牛大发看到这些欢快的场景，心里十分满足。他安静地站在那里，微笑着，好像一尊雕塑。这对他来说是一种最好的回报，他很享受轻松的氛围。

"老师、老师，明天的活动是什么呀？我能不能带之前运动会的那个玩具？"胡大胖举手。他所说的玩具就是"小黄鸭"装饰品，运动会上，他舞动着"小黄鸭"替同学鼓劲呐喊，涨红的脸还历历在目。

王小蒙抢先回答："活动的必需品嘛，肯定要的。我再带点儿充气棒，好给牛老师捶捶背。"

胡大胖泛红的脸颊挤出怪异的神情。他知道但凡牛老师默许的，都是可以执行的。他冲着人群叫道："我明天给大家带零食，需要的举手……"

"薯片、麻辣条、香肠、冰激凌……"声音此起彼伏，如涌上岸边的浪花，撞击着牛大发的心。牛大发对胡大胖说："你多带点儿，最好把你家超市都搬过来！"

王小蒙知趣地跑回位子坐端正。牛大发惯有的犀利目光盯着王小蒙，竖起大拇指点头微笑。大家心领神会地安静归位，端正的坐姿势如破土向上的嫩竹奋力劲挺。意料之中，王小蒙被牛老师大力表扬，说她课堂有规矩。得意的王小蒙脸上洋溢着灿烂的笑容。

"胡大胖，你现在收拾东西，以百米冲刺的速度跑出校门，回家去！"

"啊……"胡大胖瞬间绯红了脸，言辞不知所措，"我……"

"别磨蹭，五分钟之内走人！"

全班陷入了异样的寂静，仿佛连呼吸都能听见。牛大发微微勾起一个看似专业但略显疏离的微笑，让同学们不禁猜测他此刻的心思。他清了清嗓子，语气中带着一丝调侃和严肃："同学们，明天早上的活动对我们班级来说意义重大，我知道你们现在可能都迫不及待地想要放学，甚至有人可能还想去参加婚礼。但请记住，我们的活动同样重要。"

他顿了顿，目光扫过全班，最后定格在胡大胖身上，嘴角勾起一丝笑意："胡大胖，别忘了，就算你要去参加婚礼，也得给我带回半颗喜糖来！"

同学们闻言，都忍不住笑了起来，原本沉闷的气氛瞬间活跃起来。胡大胖也笑着回应："牛老师，您放心，就算我去参加婚礼，也一定给您带回半颗喜糖！"说完，他带着欢快的笑声，快步冲出了教室。

次日清晨。牛大发将同学们带到学校附近公园的草坪上，隆重介绍了一位特殊嘉宾——物理专家杨莫教授。此时，胡大胖姗姗来迟，气喘吁吁地跑着，脚力不稳，摔倒在同学面前。杨教授扶起胡大胖，拍着他的肩膀，借此展开授课："同学们，知道这位同学为什么会摔倒吗？"

"他太胖了。""他着急迟到了。""他没看路。"……

"这位同学因为身体处于奔跑中，重心前移，加上惯性，就摔倒了。此刻，他还会感觉疼痛。从他这个举动告诉我们三个信息：惯性、力、作用力与反作用力……"

杨教授开始讲课了，各种自然现象、人文景观、生活常识经过他生动有趣的讲解，大家无不圆睁双目、大张其嘴："啊——呀！"

在杨教授的指导下，牛大发带着同学们将气球吹大后，用手捏住吹口，然后突然放手，观察气球运动变化。在杨教授的讲解中同学们明白了："吹大的气球各处厚薄不均匀，张力不均匀，使气球放气时各处收缩不均匀而引起摆动；气球在收缩过程中形状不断变化，在运动时表面处的气流速度也在不断变化。

根据流体力学原理，流速大，压强小，所以气球表面处受空气的压力也在不断变化，气球因此而摆动，从而运动方向就不断变化……"

杨教授深入浅出地引导同学们了解物理，感知物理。同学们被别开生面的活动课深深吸引，神情激动，好不快活。

牛大发坐在王小蒙的折叠椅上，享受零食，心中默默地回味教授的话："物理物理，万物之理……万法自然，顺应天性，方能随性……"

掇撷墨香

我小时候对各种笔有一种特别奇妙的向往，不仅仅因为其别致的造型招人喜爱，更叹服经墨水、墨汁的相融，在白纸上能流淌出娟秀、潇洒的汉字。这常常令我心驰神往、潜心书写。

刚认识汉字的时候，我特别兴奋，无论走到哪里都要驻足流连目之所及的汉字，非一一通读不可。有次陪祖母买菜，菜店门口张贴着大大的海报，大意是特价菜促销，我便饶有兴致地大声朗读用毛笔书写的汉字，过路的行人均以为我是卖菜家的小孩，看我可爱的样子，纷纷进店买菜，顿时店老板忙前忙后，喜不自胜。老板娘不知是看我读得投入还是替她大声吆喝，不断地对祖母夸赞我热爱学习，还特意送给我一个西红柿和一根黄瓜。经此"待遇"，更激起我的识字斗志，每每外出都是伴着街边的店铺招牌、广告词、宣传语一路欢读到家。

到了小学，书本上印刷的宋体、楷体字蕴含笔画的端庄秀丽，似美妙的画卷引人入胜。那些基本笔画的起笔、运笔、落笔之柔美，就像只用拟声词点缀、不用修饰语堆砌的动听音乐般字字清晰，笔笔有韵。我就这样忘情地临摹描红，有时候书写不到位，就用橡皮擦擦掉重写；有时候一个字要书空、揣摩好久才动笔，非在空格中写得和临帖一模一样方肯罢休；有时候为了模仿老师的书写，以至于被点名回答问题时还沉浸在间架结构的畅想中。我如一匹饿狼，贪婪地在各种字体中吮吸着笔砚墨香。

我的作业书写经常被老师在全班表扬，这也渐渐让我养成每日练字的好习惯。铅笔写过的作业本会二次更换用钢笔再写，写完一遍后再换成毛笔，几经书写，本子俨如一幅残年落寞的抽象画，处处现出流年沧桑。在练习中我认识了楷书四大家以及书圣王羲之、米芾等"宋四家"，启功、田英章等名家大师；了解了篆、隶、楷、行、草五大系书法特色，从具体笔画中读出了作者的文化修养、思想内涵和书法风格。特别是班主任李老师的粉笔字结构严谨精巧，笔力遒劲，行笔洒脱，很是令人崇拜！为了不影响家人休息，我还经常晚上躲在卫生间练字，且以"提笔绘青春，落笔写春秋"打油诗为两得之举自嘲。书法练就了我求真稳健的童子功，也丰盈了我的读书时代。

第一次被领导认识且记忆深刻是在全县工作交流会上，各单位要展示半学期来的工作成果，其中我的足有六本任教学科教案，从数量和书写质量上获得了与会同仁的欣赏和夸赞。这让初入职场的我信心倍增。此后，书法练习可以用争分夺秒来形容，合理利用碎片化时间临摹名家作品，甚为快意。书法让我不单单练就了一手好字，还从练字中感悟到了做人做事的道理。习得墨香之气，感受文字生命的律动，再次体会出点画圆润多姿，横画平正宽绰，撇画收笔稳重，捺画运笔柔顺……

掇撷墨香吧，这是对流年的追忆，是对生活的告慰，是对阶段性付出的总结，也是对新征程发出的憧憬。言为心声，字为心画。体悟汉字之美、文化之妙的同时养心性、扬正气。正如歌中所唱："写好中国字，做好中国人，写字要用心，做人要真诚……"

独享秋韵

在秋天的斑斓画卷里，我悠然自得地漫步其中。村庄在暖阳的温柔轻抚下缓缓苏醒，万物都沉浸在宁静与安详的氛围之中。我轻盈地迈出家门，追随着那缕缥缈如仙境的薄雾，踏上了这趟如梦如幻的旅程。

薄雾中，牛羊已经开始在山坡上悠闲地吃草。它们脖子下的铃铛响起，像是一曲欢快的晨曲。我向它们问好，大牛在灌木丛下悠闲地嚼着水草，享受着我的轻抚，它满足地告诉我："清晨的水草，真甜美。"小羊在草地上欢快地跳跃，尽情享受着我的触碰，它兴奋地告诉我："运动的感觉，真棒！"我唤醒了一位睡眼惺忪的牧童，他立刻精神焕发，和我分享他一天的计划。早起的老人看着丰满的玉米穗，笑得合不拢嘴。我在这个秋日的上午，走过房前屋后，穿越大街小巷，穿越山川深谷，留下我轻柔的身影。

立秋已过，但暑热依然笼罩着大地，仿佛一个顽皮的孩子不愿离去。我站在山顶上，感受着这股执着的热气。我深吸一口气，然后向山下缓缓呼出一口热气，激情地向世界宣告秋天的到来。果园里的石榴最先感应到了这股气息，它们立刻变得红彤彤的，仿佛是烈日下的小太阳，照亮了整个果园。苹果在枝头摇摇欲坠，终于承受不住这股暖意的诱惑，纷纷掉落在地上，化作一地的诗意。橘子、柿子、梨子也不甘示弱，它们在枝头欢快地摇曳着，仿佛在跳一支秋天的舞蹈。

菜园里，豆角拉起了小提琴，它们的琴声悠扬，回荡在田野之间。番茄则敲起了鼓，鼓声咚咚，为这支秋天的交响乐增添了几分节奏感。茄子和黄瓜也不甘示弱，它们齐声歌唱，用最美的声音赞美这个季节。庄稼地里，玉米与鸟儿共舞，它们的舞姿轻盈优雅，在演绎一段秋天的神话。高粱则聚在一起低声交谈，它们分享着夏天的故事，也期待着秋天的丰收。整个世界都被我热情洋溢的气息感染，一切都变得丰盈而美好。

夜幕渐渐降临，天空被深邃的蓝色覆盖，华灯初上，街道两旁的灯光在夜色中闪烁，犹如星星点点的希望之光。我疲惫不堪，但在这宁静的夜晚，依然享受着这个时刻的静谧与美好。

我沿着公园的小道散步，每一步都踏在厚厚的落叶上，那是秋天华丽的谢幕。每一片落叶都是岁月的印记，是自然的韵律，是大树告别夏天、迎接冬天的诗篇。我低头看着这些落叶，它们五彩斑斓，红的、黄的、绿的……交织在一起，就像一幅秋天的油画。

一阵微风吹过，带着些许凉意，也带来了秋天的气息。我抬头望向天空，星星在夜空中闪烁，月亮高悬，洒下柔和的月光，为大地披上了一层银白色的轻纱。远处，几盏路灯下，树叶摇曳，影子在地上起舞，似乎在讲述着秋夜的故事。

就在这时，天空适时地飘起了雨。雨滴轻轻落下，打在树叶上发出清脆的声响，落在地上与落叶融为一体。雨声潇潇，为这宁静的夜晚增添了一份沉稳的气质。我静静地站在雨中，感受着雨水的洗礼，让疲惫的身心得到放松和舒缓。雨中的公园更显静谧之美。湖面泛起涟漪，雨滴落在水面上激起一圈圈波纹。湖边的柳树在雨中摇曳生姿，仿佛是在跳一支优美的舞蹈。远处的山峦在雨雾中若隐若现，更增添了几分神秘和悠远。我深深地沉醉在这秋夜的韵味中。雨声、落叶声、远处的虫鸣声交织在一起，形成了一曲美妙的秋夜交响乐。我在这音乐中漫步前行，感受着自己与大自然的和谐共存。

我默默地行走在秋韵之中。当我高兴时，我用柔情陪伴万物放松；当我愤怒时，我用狂欢将情感尽情表达。在这个秋天里，我化作一阵风，将秋天描绘成一幅美丽的画卷，一首动人的诗篇，一曲激昂的歌曲。

学雷锋，忆当年

前段时间老爸单位开展"学雷锋"活动，他帮助张叔修补自行车胎，聊起健康饮食，打算从家里带午饭。今天，老爸便收到了张叔送来的礼物——银白色铝饭盒。这让有带饭经历的我，思绪瞬间回到了教书时光。

初涉教坛，是在西北家乡的小村子里。村民居住分散，通村大路绕行较远，每日需从家徒步翻越一座山，到山的另一边村子边上的学校上班。早上去下午回，来回差不多五里路，且风雨无阻。农村学校实行两顿饭作息，早饭后九点到校上课，下午三点放学。母亲担心我吃不好，变着花样提前做好饭菜，让我带去学校中午热热吃。

每日在我的集合哨声中，同村的孩子们陆陆续续就上学了。行走在被绿水青山包围的乡间小道，仿佛穿梭于侠义豪情的江湖，与各路英雄对话：山下招呼燕雀的啾啾，山腰倾听溪流的潺潺，林间同虫兽和鸣，山顶与彩蝶欢舞……

孩子们似乎有使不完的力气，一会儿跑上山坡，回首向山下家的方向高歌大呼；一会儿窜进路边小林，采摘蘑菇捡拾花瓣。走走停停等等是常有的事。这时，人群中免不了出现各种各样的饭盒：银白色铝饭盒里的蒸饺、小塑料盒里的饭团、小塑料袋里的馒头、手提饭盒里的炒菜和烙饼、玻璃瓶中的榨菜……大家亮完自己的饭食，有人就开始分带来的零食。在相互分享中，我教他们唱："学习雷锋好榜样，忠于革命忠于党……"

午休时间是最温馨的时刻。孩子们以天为厅以地为桌，成堆地围坐在一起，相互攀谈，"互通有无"，然后大快朵颐。有的孩子会把家长做的馒头丁、炒黑豆、芝麻饼、爆米花等食物分享给我，我也会将自己的臊子肉夹到他们馒头里。为了照顾一些家庭条件不太好或者家里没有家长做饭的同学，孩子们会把自己富余的食物放在老师的桌上，由老师分配给有需要的同学。有些孩子甚至借故"还不饿""没胃口"等理由全部奉献，即使被老师责令，他们也微微一笑坚持己见。孩子们吃着馒头，咬着烙饼，一口饼干就一口水果……完全沉浸在美食带来的享受和满足中。吃完午餐后，孩子们开始放飞自我：赛跑、做游戏、读书……尽情享受着青草、微风和暖阳带来的惬意。

孩子们的表现，总让我想起雷锋说的话："一滴水只有放进大海里才永远不会干涸，一个人只有当他把自己和集体事业融合在一起的时候才能最有力量。"

那四年的风雨兼程仍历历在目，而这些"小雷锋"的陪伴、鼓励和互助，更是让我记忆犹新。每每回忆此事，心中都泛起一阵阵温暖、感动与欣慰。

我家的亚运迷

"亚运旗帜飘空中，五星红旗更鲜红。体育英杰聚华夏，志愿队伍集杭城。"书房里，又传来了体育迷父亲慷慨激昂的朗诵声。

"亚洲运动会简称亚运会，是亚洲规模最大的综合性运动会，由亚洲奥林匹克理事会的成员国轮流主办，每四年举办一届。杭州亚运会共建设五十六个竞赛场馆，以及三十一个训练场馆、一个亚运村和四个亚运分村。以'中国新时代·杭州新亚运'为定位，'中国特色、浙江风采、杭州韵味、精彩纷呈'为目标，秉持'绿色、智能、节俭、文明'的办会理念，坚持'以杭州为主，全省共享'的办赛原则，是继北京和广州之后，中国第三个举办亚运会的城市。亚运会吉祥物是一组名为'江南忆'的机器人。三个吉祥物分别取名'琮琮''莲莲''宸宸'。其中'琮琮'以机器人的造型代表世界遗产良渚古城遗址，名字源于良渚古城遗址出土的代表性文物玉琮。'莲莲'以机器人的造型代表世界遗产西湖，名字源于西湖中无穷碧色的接天莲叶。'宸宸'以机器人的造型代表世界遗产京杭大运河，名字源于京杭大运河杭州段的标志性建筑拱宸桥……"父亲继续重复着倒计时百日开始的亚运会知识宣讲活动。随着倒计时不断接近，听着这些宣传，看着密密麻麻的记录本，我内心这份荣誉感、自豪感和期待感愈加强烈。

"爷爷，您讲得太好了，我不仅明白了亚运会知识，还能熟练背诵杭州风土人情。届时，我这个小志愿者绝对能胜任宣讲杭州文化的重任。"儿子自豪地表达学习收获。

父亲从小就热衷于各类体育运动，还在年轻时积极参与各项比赛。在他的带领下，我也逐渐培养了兴趣，并从小跟着他一起观看体育赛事。对亚运会，父亲更是狂热。他花费大量的时间研究各个项目的比赛规则和选手信息，为了让我和儿子能够在比赛期间拥有最佳的观赛体验，他拿出退休金购买了一台更大的电视机。赛前我们手绘宣传画，同唱主题歌，分析各队的实力和预测结果。在比赛期间，我们同运动员同呼吸共命运，一起忘我地欢呼和加油，共同见证了中国运动员的优异成绩，感受那种奋斗、拼搏的精神。

"场上对手夺金牌，场下好友比感情，中华健儿多奇志，金牌榜上第一名。"亚运会不仅是一场体育盛宴，更是一个增进家庭凝聚力的载体。我们父子三代人，在这一场场的赛事中，感受团结、勇敢和拼搏的力量,激励彼此不断追求梦想、奋发向前。

期待 2023 年 9 月 23 日这一天的杭州亚运会开幕式,期待那声振奋人心的发令枪声!

劳动创造新生活

每逢周末,是我们家卫生大扫除的日子,父母早早就换上穿了一辈子的工作服,准备好劳动工具等我和妻儿。还是老规矩:我和儿子负责清扫房间的天地,老爸负责整理杂物,两位美女负责擦洗工作。伴着"小度"悠扬的音乐,我们开始了热火朝天的劳动。

要说打扫卫生,在我看来大可不必这样兴师动众、大动干戈,只要打开扫地机器人,就一切解决了。再说了,现在生活节奏这么快,好不容易有个周末放松放松不是挺好吗?还可以优哉游哉地坐在沙发上看报品茶。最初,我这样的提议还没有说完,就被父亲一顿训斥:"正因为现在生活节奏快,人们缺少锻炼的机会,所以百病缠身。再说,总想着不劳而获是不对的,生命在于运动嘛……"

未等父亲说完,我眼前已经浮现小时候全家劳作的场景。每个周末我都是早早地从被窝里被拽起,偌大的院子,父亲在前边挥着扫帚,我在他的身后提着畚箕,他前倾的身体有节奏地在地面画着弧线,所过之处尘飞沙扬、枝叶围拢,就像一个

"驰骋沙场百战威，铁骑闯破万重围"的战士，我则快速地将垃圾装好，紧随其后，生怕懈怠掉队。母亲烧好早饭，走出来喊我们吃饭时，一边走一边大力夸赞我卫生意识强，院子清扫得很干净。她总要在我们浇水的小菜园里提来水桶弯腰给我洗手，对我浇过水的蔬菜做一番点评：这个黄瓜可以下顿吃了，那个西红柿要过几天可以摘，末了还要责怪我又把鞋子弄脏了。我虽无萧红笔下《祖父的园子》里孩童那般随性，但也确实通过父母的指导享受到了自己劳动换来的可口美味。

长大后，我远行去了外地工作，除了有条不紊地上班外，周末时间仍然养成了打扫房间、清洁卫生的好习惯。个把小时的擦洗清洁，出出汗，提提神，人一整天精神无比。空闲时间邀请三五好友宿舍小聚，择菜，洗菜，炒菜，秀一番拿手烹饪好菜，品一方地域特色，酒足饭饱再共同收拾整理。一群人天南海北地阔聊，成长经历的交流，生活体验的感悟，无不在劳动中增加了彼此了解，增进了彼此友谊。

"当家才感柴米贵，养儿方知父母恩。"孩子的出生，让我深刻体会到了父母的不易与良苦用心。生命在于运动，特别是科技带来便捷生活的当下，小孩子受电子产品影响，总感觉躺平舒服，久而久之肥胖与体质弱就接踵而来，影响成长。所以，父亲提议周末大扫除时我们全家一致赞成。孩子从最初不情愿收拾自己的玩具，到成为全家榜样影响积极参与劳动。看着他满头大汗，一个房间接一个房间地推着拖把来回拖地，还俯身对着地砖打理发型，抢过爷爷手中纸板背起来炫耀自己是男子汉的自豪感……我由衷地享受劳动给他带来的改变。

父母如永远不停歇的陀螺，从早到晚转个不停，看着他们通过劳动增强身体素质，改善生活条件，丰盈生活质量，创造幸福生活。相信作为新时代的孩子们，他们受到潜移默化的影响，定会传承和发扬劳动精神，谱写成长的新篇章。

再忆重阳

重阳节，一个承载着深厚历史文化底蕴的节日，伴随着秋天的脚步，再次向我们走来。

重阳节，亦称重九节、登高节、祭祖节等，有着悠久的历史和丰富的文化内涵。古人认为"九"为阳数，两阳相重，故名"重阳"。这一天，恰逢秋高气爽，人们登高远眺，祈求平安和健康，更表达了对美好未来的期许。

在这个特殊的日子里，天刚蒙蒙亮，我和父亲便踏入了熙熙攘攘的市场去买菜，各种菜品和果实应有尽有，色彩斑斓、琳琅满目。我们满载着敬意和期待，将这些象征着大自然恩赐的供品摆放在家中的客厅里，一炷炷吉祥的香在香炉中燃烧，青烟袅袅，带去了我们对先人的敬仰和思念。在这温馨而庄重的气氛中，家人聚在一起，静静地聆听长辈讲述重阳节的历史和文化。

燃香祭祀先祖，重阳糕是必不可少的珍馐美馔。重阳糕的制作过程虽然有些烦琐，但是每一步都充满了乐趣。在父辈们的指导下，我先将糯米粉和黏米粉按照一定的比例混合，再加入适量的水搅拌成糊状。接着，在锅里蒸上一段时间，直到它变成软糯的糕点。最后，我们还在糕点上放上一些果仁和糖桂花，以助它更加美味。

在制作完重阳糕之后，便是一家人一起登高赏菊的环节了。我们选择了附近的一座小山作为登高的地点。在爬山的过程中，我们一边欣赏着枫林扫落叶的凄凄，一边感悟着层林尽染的深秋意境。到达山顶的时候，我们看到了一片盛开的菊花海，五颜六色的菊花在微风中摇曳，心也随之开阔明净了不少。我们找了个地方铺毯而坐，品尝着刚制作好的重阳糕，欣赏着美丽的景色，规划着新的蓝图。"万里关山劳远目，十年烽火隔南州。可堪身逐征鸿去，回首云阳几处楼。"在享受完这美好的时光之后，我们准备下山回家。在下山的过程中，我们没有选择原路返回，而是走了另外一条小路。虽然这条路更加陡峭，儿子几次摔倒，但是它带给了我们更多的乐趣和挑战。我们一家人手牵手，慢慢地走下了山。

回到家之后，小孩子给爷爷奶奶送上了祝福和关爱，给他们捶背、按摩，和他们聊天谈心。我望着桌上那鲜艳的菊花和丰硕的果实，心中充满了感激和希望。我明白，这不仅仅是秋天的收获，更是生活的馈赠。在重阳节这·天，向先人表达敬意，向未来寄托希望，以此庆祝秋天的丰收，庆祝生活的美好。所谓凡是过往，皆为序章；人逢利市，天佑吉祥！

莫怀戚《散步》一文中，最后夫妻二人背起母亲和儿子的画面闪现在我眼前，他们走得很慢，很稳，很仔细，因为他们背的是整个世界。于我的世界，父母身体健硕，孩子健康成长，则是传承这份尊重、和谐的家庭美德。也就应了那句：陪伴是最长情的告白。

藏在草帽里的秘密

唯美的秋季里，庄稼丰收，瓜果飘香，我总能从草帽中捡拾起散落在山野间的记忆。

我生长在农村，对山野草地有种莫名的感情。特别是一到秋天，我便将积攒的力气一股脑儿地撒在了庭院间，抛向了瓜田和果树上，投到了池塘、小河中。

这时，院前屋后、田间地头往来的行人，都要戴一顶帽子。人们不仅可以用它遮挡灼热的阳光，而且在干活的间隙还可以把帽檐当作板凳；在树下小憩时，还能把它当作扇子，驱蚊降温。乡亲们戴得最多的是麦秸帽。在从最初泛着清香的淡黄色到使用后变成深黄色、灰黑色的代表农村暑夏符号的草帽里，藏着我童年的很多秘密。

还记得小时候，每当吃过早饭，我就会被父母带到场院。场院宛如母亲擀过很多次的面板，又平整又硬实。摊开的麦秸在阳光的照耀下泛着金色的光芒，石磙碾轧麦秸发出的吱呀声附和着拖拉机的轰鸣声，有节奏地开启了我的快乐时光。

一群玩伴在麦堆的阴凉处围圈静坐，中间一条横线泾渭分明。两人将不同的物品藏在草帽下，其他人背对着横线数数，数到十后，转身竞猜草帽下的物品，猜对获赏，猜错受罚。惩罚方式多样，有贴纸条、讲故事等。因为草帽下的物品都是我们带去的零食和卡片之类的东西，除去奖品外，剩下的物品不多，故受罚的可能性大。有时候，我们为竞猜一个物品争得面红耳赤，最终只能以"石头剪刀布"的方式确定答案。即使脑门被弹得很疼，满脸都是贴纸，也还是难掩激动的心情。大家会共享猜中的零食，往往口中还嚼着泡泡糖，突然就被一只手送来的薯片塞满了嘴巴。我们的兴头总会被远处大人的呼唤声打断，然后立刻戴上草帽去帮大人抬麦秸。临走前还不忘偷瞄一下草帽下的物品，以提高自己的猜中率。

下午的场院更为热闹。男人们在树荫下拿着草帽扇风，交流经验，畅谈下一季的打算；妇女们则吃着西瓜，拉着家常；孩子们穿梭在草堆间捉迷藏，跑累了便躺在草垛上，用草帽遮挡住脸，呼呼大睡起来。有亲友的帮助，孩子们也就解放了，他们钻进树林，不一会儿便托着草帽在家长面前炫耀自己的劳动成果，与家人分享草帽里的野山桃、青梨和黄杏。

夕阳西下，大地散去了炎热，借着风，大人们开始做最后一道工序——扬场。扬场者头戴草帽，松形鹤姿，木锨抖扬有序；落场者亦头戴草帽，弓背俯首，摆扫有条不紊。此时，孩子们最大的乐趣就是在空旷的场院上一边甩着草帽一边狂奔。伴随着牛羊回圈的铃声，放牧归来的爷爷从草帽里拿出新鲜的玉米棒和美味的野葡萄。爷爷看着我朝他跑去，必定会摸摸我的头，并把草帽里的美味拿出来给我吃。

忙碌了一天的草帽也要休息了。挂在墙上的淡黄的草帽如同质朴、勤劳的长辈们在场院上露出幸福的笑容，演奏着一首首丰收的乐曲。

温情守望

祖母迈入八十岁高龄之际，她的人生仿佛蜕变成一幅多彩斑斓的画卷，展现出无比多变的特质。

每当暑假归家，我总爱与祖母在院中纳凉。夏夜的微风，如同自然之手的轻拂，带来丝丝凉意，将燥热驱散。此刻，祖母便会坐在藤椅上，轻轻合上双眼，进入甜美的梦乡，轻微的呼噜声与这宁静的夏夜交织成一首和谐的乐章。而我，则坐在她身旁，抬头仰望满天繁星，耳畔轻响着舒缓的音乐，享受着这难得的宁静与惬意。

有时，我忙于备课与学习，夜深人静时，肚子便会发出咕咕的抗议。此时，祖母仿佛有心灵感应一般，轻轻地从房间中走出，带着些许责备的口吻说道："这么晚了，还吃泡面？这可怎么行？没营养的。"她拿走我手中的泡面，转身走进厨房。不一会儿，一碗热气腾腾的面疙瘩汤便出现在我面前。那汤，香气四溢，每一口都如同暖阳般融化在我的胃里，温暖着我的心。

我细细品尝着这碗汤，而祖母则坐在一旁，静静地看着我，脸上洋溢着满足的笑容，眼中闪烁着温暖的光芒。我吃完后，她才打着哈欠，缓缓起身，回到房间再次进入梦乡。

祖母的多变性格在她的节俭观念中尤为凸显，尤其体现在她对剩菜的态度上，这常常让我感到无奈。我曾多次尝试以温和的方式向她解释，剩菜不仅口感已失，还可能潜藏健康隐患。

然而，她始终坚守自己的观点，不愿轻易倒掉剩菜，反而会在我们不注意时悄悄地将它们藏起来，待我们离开餐桌后再独自享用。她总说浪费可惜，即使我再三提醒，她也只是露出一丝会意的笑容，说："你们这些年轻人啊，就是不懂得珍惜。这些剩菜，若是随意丢弃，岂不是太过可惜？"

祖母虽年事已高，但精力却旺盛得令人惊讶。刚吃完饭，她便会转身去菜地，忙着给瓜苗浇水、给白菜松土。好不容易扶她回房间休息，她又开始忙着擦桌子、拖地板，一刻也不停歇。我笑着调侃道："奶奶啊，我这年轻人都没你这般精力。"更让我难以理解的是，她深夜还在为我打毛衣。昏黄的灯光下，她的身影略显佝偻，但手中的针线却飞舞得灵活自如。她所用的毛线，竟是我曾经穿旧的毛衣或毛裤上拆下来的。那些看似平凡的毛线，在祖母的手中焕发出新的生命。她用心地搭配着颜色，巧妙地变换着花样，将一根根毛线编织成一件件精美的毛衣。看着祖母在灯下忙碌的身影，我心中涌起一股莫名的感动。她用自己的方式，默默地为我付出着，用实际行动诠释着亲情的真谛。

每当我晚上外出应酬或参加聚会时，一旦过了十点，祖母便会不停地拨通我的电话，声音中透出焦急与担忧，催促我早点儿回家。即使我事先已告知她有事外出，她依旧会在灯下默默地织着毛衣，等待我的归来。有时毛衣即将完工，她却因为不满意某个细节而大拆特拆。当我深夜踏入家门，总能看见祖母坐在藤椅上，手中针线翻飞……她微笑着说，自己年纪大了睡不着，等我回来才觉得心安。

有时因工作不顺利，我心情低落。祖母察觉到我的情绪，她没有直接询问，而是默默地做一桌我爱吃的菜。吃饭时，她不停地给我夹菜，还分享着她年轻时的趣事，试图用这些温馨的故事驱散我心头的阴霾。

祖母的爱如夏日微风般轻柔拂过我心田；如冬日暖阳般温暖我的身心；如深夜明灯般照亮我前行之路。虽然她的方式多变，但那份深沉的爱意与无尽的关怀却始终如一。

祖母的多变，或许是她与时代的碰撞，是她坚守传统与习惯的方式罢了。我自豪地为她点赞："多变祖母心似海，深情厚恩润无声。夜深人静灯影下，牵挂织就温暖情。"

后　记

　　在熙熙攘攘的菜市场，在午后阳光的轻抚下，在夜幕降临的静谧中，甚至在梦境的深处，我都努力追寻着文字的足迹。

　　我渴望写下那一份属于我和祖母的情感，用墨香记录我们共同度过的时光。然而，当祖母在九十岁高龄辞世时，那本书仍未完成。我深感遗憾，为自己未能实现那个心愿而自责。那时，我才深刻地领悟到时间的无情与珍贵。

　　祖母是我的支柱，是我的温暖，是我生活中不可或缺的一部分。她的离去，仿佛带走了我生命中的色彩，留下了一片灰暗和无尽的哀伤。一度，我机械地度过着每一日，仿佛行尸走肉一般。我试图寻找祖母的身影，却只能在梦中与她相见。每当醒来，那种失落和痛苦便如潮水般涌来，难以自拔。妻子和朋友试图安慰我，但我却无法摆脱内心的苦楚。白天装作无所谓，夜里却是独自沉浸在悲伤之中。常常想起祖母的话语，那些温暖的笑容和慈爱的眼神，成了我心中永恒的记忆。

　　我渴望找到一种方式，让自己的心灵得到解脱，让那份无尽的哀伤得到慰藉。

　　工作中，看着学生们如春笋般茁壮成长，我深感为人师者的责任与榜样。生活中，身为父母的我们，总是为子女的未来担忧，希望给他们一个美好的交代和珍贵的记忆。这一切都成了我写作的动力。我将对祖母的思念转化为创作的热情，于是，随着季节的更迭，我发表了一篇又一篇小文章。

　　三年的时光，如同一首悠长的诗篇。在这期间，我以笔墨为舟，穿越教学的繁忙与琐碎，创作了近一百三十篇文章。这些文字是我对世界的感知、对生活的感慨、对亲情的珍视。每一篇都是心灵的注脚，记录着岁月的痕迹。如今，我将这些文章整理成册，取名为《岁月的注脚》，以此表达我对祖母的思念和致敬。我希望通过这本书，能够与读者分享那些生活中的点滴，让我们共同感受岁月的流转和人间的温情。

　　在人生的旅途中，我们每个人都会有不同的境遇和经历。无论是处于高位的成功者，还是低谷的奋斗者，抑或是中间的普通人，我们都会有困惑、挫折和追求。对于成功者，这本书提醒他们不要忘记初心，要时刻保持谦逊和学习的态度，在追求更高的目标时，不要忘记身边的人，要懂得感恩和回报；对于低谷的奋斗者，这本书提供了一些方法和策略，帮助他们更好地面对挑战和困难，找到自己的方向和目标，习得写作的技巧和策略；而对于普通人，这本书则提供了一些沉心思考的机会，让他们能够更好地理解自己和周围的世界，找到内心的平静和满足。无论你处于哪一个层次，这本书都希望给你带去一些积极的能量和启示。它不仅是一本书，更是一份礼物，一份心灵的滋养。希望它能陪伴你走过人生的每一个阶段，成为你成长道路上的良伴。

感谢祖母的鼓励和启发，让我学会用心去感悟世界。感谢学生们带给我的成长与思考，让我明白为人师者的努力与尊严。感谢家人的支持和理解，让我有勇气追寻自己的文学梦想。没有你们，我无法坚定地完成这本书。

岁月如河悠悠淌，人生旅途风波扬。珍惜时光心怀梦，笔墨流转情更长。愿这本书成为我们共同的记忆和感悟。愿我们在岁月的长河中，留下属于自己的注脚。愿我们在生活的旅途中，不忘初心，砥砺前行。